역주 행명재시집 1

譯註 涬溟齋詩集

역주 행명재시집 1

譯註 涬溟齋詩集

尹順之 저
독서당고전교육원 역

보고사
BOGOSA

宰我曰吾聞鬼神之名不知其所謂子曰氣也者
神之盛也魄也者鬼之盛也合鬼與神教之至也
衆生必死、必歸土此之謂鬼骨肉斃于下陰爲野
土其氣發揚于上爲昭明焄蒿悽愴此百物之

首心覩以使氣加以鬯臭報魄也教民相愛上下
用精禮之至也
凡治人以遜莫急扵禮、有五経莫重扵祭夫
祭者非物自外至者也自中出生扵心宿心怵而
奉之以禮是故唯賢者能盡祭之義

백사공 친필 (祭本)

백사 윤훤 초상(서울역사박물관 소장 전시)

13世 평안도관찰사 백사공 휘 훤 영정 (종중 보관)

윤순지 필적

35.3×321.0, 1643년(인조 21, 관영 20), 1643년 통신사 일행을 대마종 태수가
에도까지 인도해 준 것에 대한 감사의 뜻으로 정사 윤순지, 부사 조경, 종사관
신유, 독축관 박인기 등이 작성한 시축(위쪽부터 순서대로 실림. 자필로 보임.)

머리말

　이 번역본은 초역의 주석 작업에만 일 년여를 들였을 만큼 유불도의 방대한 독서에 바탕한 언어취사의 폭이 넓은 원본을 대상으로 한 것이다. 2014년 초 완료된 초역의 교감 작업 과정에서 초역자와 교감자들 간의 알력이 번역진 이산의 불화를 초래함을 당시에는 비통한 심정으로 받아들였었지만, 지나고 나니 원본의 내용이 본디 지녔던 진폭의 파장에서 말미암았던 당연한 사실로 회상되고 만다. 최종적으로 남게 된 두 사람의 교열자는 원저자의 친족 후손이라는 조건 외에도 성격상의 소음성(少陰性) 침잠, 사색, 겸양 등등의 수동적 자세를 공유하는 처지인 바, 이는 다름 아닌 원작자 행명재께서 지니셨던 생애와 성격의 전승이라는 감격적인 자각에 귀납하는 체험이 두 사람의 교열자에게 남게 되었다. 행명재 어르신 생애의 부침까지 두 사람에게 이어질까는 아직 남겨진 생애 때문에 단언할 수 없지만, 이 역주본의 출간이 미칠 영향은 교감 교열 작업에 참여하는 동안의 체험을 바탕으로 충분히 예감되는 바이며, 또한 그 결과의 포폄 상황에 따른 두 사람에 대한 여망 여부도 그대로 받아들여야 함을 심중하게 예견하는 바이다.

　이런 여러 가지 사실에 대한 회상을 기조로 하는 경위 보고를 시작하고자 한다. 2012년 유도회에서 주최한 서포 모친 "윤씨부인 선양회" 세미나에서 던져진 질문-"이렇게 훌륭한 문재를 지닌 여성 출현을 뒷받침한 가학의 전승이 있지 않겠는가"에 답하는 길로 찾아진 2013년 초 사단법인 유도회 부설 한문연수원과 해평윤문 사이에 맺어진 해평

윤씨 문중 주요문집 번역 계약은 해평윤문 주요 문집의 번역을 기약하는 장대한 기획의 일환으로 출발했지만 일차 번역 대상인『행명재시집』에 소요된 시간에 기획 예정된 거의 전시기가 소요되고 말았다. 이 결과는 초역에 일년 여를 소비하면서부터 예상된 것이지만, 교감 과정이 늘어나면서 부터는 거의 확정적인 사실로 인지되었다. 여기에 초역에 가담한 출자–주석–정리 과정을 부연하고자 한다. 출자는 돌아가신 필자의 선친 남계(南溪) 윤 지(支)자 노(老)자 어르신의 헌신적인 지원금 일 억원이었다. 이 출자는 당시 한문연수원 원장이셨던 고 지산(地山) 장 재(在)자 한(釬)자 어른께 보고되었지만, 실제 운영은 초역 주도자 조기영씨에게 맡겨졌는데 조씨가 한문번역원 설립을 기도하면서 지산 선생님께 저지른 불충을 영전에 참회하는 심경을 지금도 지니고 있다.

이 책을 독서당고전교육원 명의로 출간하지만 모태는 유도회 부설 한문연수원에 있었음을 고백하면서 필자가 유도회 이사장인 한문연수원 제 일기 동료인 앙지(仰之) 정후수씨에게 약속한 특별지원금은 다름 아닌 필자도 가담한 스승님들께 대한 불충 사태에 대한 작은 보상임을 밝히고자 한다. 필자 선친께서 보여주신 신묘한 지감(知感) 덕분에 필자로서는 거액의 수용보상금을 받아서 독서당고전교육원의 운영 경비로 사용하고 있음을 이 기회에 함께 밝힌다. 그 단초가 된 81년의 3,000 여평 전답 매입 시 선친께서 들려주신 "이 땅을 네가 운영할 한 문서당에 쓰거라" 하신 성음을 회억할 때 마다 필자는 가없으신 은혜에 체읍을 지난 통곡을 금할 수 없는 불효자임도 만천하에 알리고자 한다.

교감 과정에 적극 참여하셨던 김영봉씨는 자신 때문에 빚어진 번역 진 이산에 부담을 가지고 교감자 명단에서 빠지셨지만, 그가 해평 윤문의『月汀集』번역에 가담한 것을 흡족해 하던 모습을 회상할 때마다 부끄러움을 금할 수밖에 없고, 김씨가 칭송해 마지 않던 해평윤문 월정공파 후손들께 이 책의 출간을 통보해야 한다는 책무감도 거기서 비롯되었음을 밝힌다.

이 책의 출간 이후 가질 출간기념식에서 최후의 교열자 두 사람이 소개겸 펼칠 발표에서 윤호진 교수는 행명재 시집의 서지 사항을 점검하고 필자는 시조 시인의 명분에 맞추어진 작품론을 마련하고자 한다. 삼가, 행명재 어르신과 돌아가신 유도회의 선생님들, 그리고 필자가 기휘하여 왔던 선친에 대한 사적인 추숭까지도 허락 받는 중요한 자리가 되기를 기원한다.

2020년 9월 말
독서당고전교육원장 윤덕진 삼가 아룀

추기 : 4권으로 분권된 이 책 각권마다 머리말이 들어가야 한다는 편집자의 조언을 따르면서 편차에 대한 설명을 덧붙이고자 한다.

1권 : 화보와 전체 차례의 뒤에 머리말. 뒤따라 『행명재시집』 제 1권
　　　주역과 원문
2권 : 『행명재시집』 제2권과 제3권(「동사록」 머리말 새로 작성해 붙임)
3권 : 『행명재시집』 제4권과 제5권
4권 : 『행명재시집』 제6권(속집 1권)과 부록

이 책의 편차는 대체로 연대별로 배열되어 있어서 제 1권과 제 2권 수록작은 대참화(백사공의 참형사건) 이후 파주 별업에 묻혀있을 때와 병

사호란 호종의 공으로 다시 환로에 오른 초기의 작이며 세 3권은 세
5차 일본 통신사 정사로 봉공했을 때의 작이다. 제4권과 제5권 수록작
은 관직 봉행의 여가나 치사 후 주로 파주 전원생활을 배경으로 하였는
데 이 시집에서 가장 한일한 정서를 토로한 수작들이 다대히 배열되어
있다. 시인으로서의 자각과 책무까지를 인식하는 행명재의 자세에서
근대시 선도자의 면모를 감지할 수도 있다. 제 6권은 문집 편차 뒤의
여적인 듯한데 이미 5권으로 분찬된 체제에 보태기에는 부족하여 속집
1권으로 묶인 듯하다.

발간 경위

2013년 1월   해평윤문과 (사) 유도회 해평윤문 주요문집 번역 협정 체결.

2013년 1월   제 1차 번역을 『행명재시집』으로 정하고 초역팀 구성(초역 책임자 조기영, 연구원 이진영·강영순).

2013년 5월   『행명재시집』 초역 협정을 한국고전연구원과 다시 체결하고 (사) 유도회의 초역 주관 업무를 옮겨 옴.

2013년 9월   성동구 왕십리동에 한국고전연구원 사무실을 정식으로 개설하고 『행명재시집』 초역 업무를 지속함.

2014년 3월   『행명재시집』 초역 업무 완결. 교감자로 김영봉·윤호진씨를 초빙하여 교감 작업을 개시함.

2015년 3월   한국고전연구원을 독서당고전교육원으로 개칭하고 사단법인으로 발족함.

2016년 2월   독서당고전교육원의 기관지 『독서당고전교육』 창간호에 『행명재시집』 제1권과 제2권 번역본을 분재함.

2017년 2월   『독서당고전교육』 제 2호에 『행명재시집』 제 3권과 제 4권 번역본을 분재함. (교감 작업을 마무리 하고 교열자로 윤덕진·윤호진 양씨를 선정함).

2018년 2월   『독서당고전교육』 제3호에 『행명재시집』 제5권 번역본을 분재함.

2019년 2월   『독서당고전교육』 제4호에 『행명재시집』 제6권 번역본을 분재하여 분재를 완결함.

2020년 7월   번역본 『행명재시집』 교열을 마치고 발간 계획을 세워 보고사와 출판 계약을 함.

2020년 10월   번역본 『행명재시집』 교정 작업 완수 예정 (교정자는 최종교열자인 2인의 후손이 맡음).

        – (사) 독서당고전교육원 이사장 윤덕진, 2020년 10월 3일 작성.

차례

행명재시집 권1

『행명재시집』 해제

출처 : 한국고전번역원, 김경희(金炅希), 1999

• 형태서지

권수제	행명재시집(涬溟齋詩集)
판심제	涬溟集
간종	목판본(木版本)
간행년	1725年刊
권책	原集 5권, 續集 1권 합 3책
행자	10행 20자
규격	20.4×14.7(㎝)
어미	無魚尾
소장처	연세대학교 중앙도서관
소장도서번호	811.19-행명재
총간집수	한국문집총간 94

• 저자

성명	윤순지(尹順之)
생년	1591년(선조 24)
몰년	1666년(현종 7)
자	낙천(樂天)
호	행명(涬溟)
본관	해평(海平)
특기사항	윤근수(尹根壽)의 문인

• 가계도

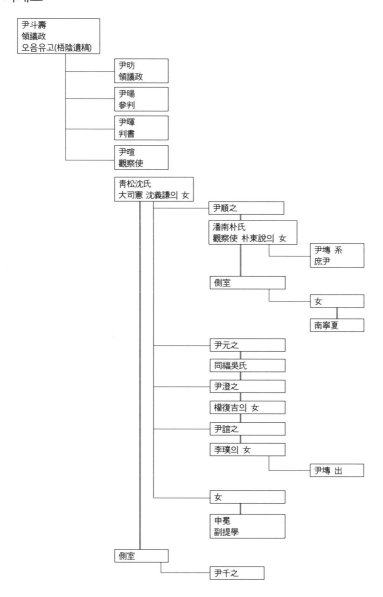

尹斗壽
領議政
오음유고(梧陰遺稿)

尹昉
領議政

尹暘
參判

尹暉
判書

尹暄
觀察使

靑松沈氏
大司憲 沈義謙의 女

尹順之

潘南朴氏
觀察使 朴東說의 女

尹塼 系
庶尹

側室

女

南寧夏

尹元之

同福吳氏

尹澄之

權復吉의 女

尹誼之

李璞의 女

尹塼 出

女

申冕
副提學

側室

尹千之

기사전거 : 墓表·尹暄墓表(尹淳 撰, 白下集 卷6), 尹斗壽神道碑銘(崔岦 撰, 梧陰遺稿
附錄) 등에 의함

• 행력

왕력		서기	간지	연호		연령	기사
선조	24	1591	신묘	萬曆	19	1	태어나다.
~	~	~	~	~	~	~	從祖父 尹根壽에게 受學하다.
광해군	4	1612	임자	萬曆	40	22	司馬試에 합격하다.
광해군	12	1620	경신	泰昌	1	30	庭試에 丙科로 급제하다.
광해군	13	1621	신유	天啓	1	31	7월, 가주서로 재직하다.
인조	1	1623	계해	天啓	3	33	7월, 정언으로 재직하다.
인조	2	1624	갑자	天啓	4	34	6월, 정언이 되다. 이후 지평, 부수찬이 되다.
인조	3	1625	을축	天啓	5	35	2월, 정언이 되다. 이후 부교리, 헌납을 지내다.
인조	4	1626	병인	天啓	6	36	10월, 교리가 되다.
인조	5	1627	정묘	天啓	7	37	2월, 부친 尹暄이 體察副使 兼 平安道觀察使로서 胡亂時 成川으로 후퇴하였다는 이유로 투옥되어 江華島에서 梟首되다. ○ 동생들과 坡山 別墅에서 守制하다.
인조	7	1629	기사	崇禎	2	39	5월, 예조 정랑이 되었으나 사양하다. 이후 嘯詠自適하며 지내다.
인조	14	1636	병자	崇禎	9	46	호란이 일어나자 南漢山城으로 扈駕하다.
인조	15	1637	정축	崇禎	10	47	2월, 부교리가 되다. ○ 6월, 동부승지가 되다.
인조	17	1639	기묘	崇禎	12	49	5월, 忠州 牧使 재직 중 탄핵받다.
인조	18	1640	경진	崇禎	13	50	8월, 좌부승지로서 問安使가 되어 淸太宗을 문안하러 瀋陽에 가다.
인조	19	1641	신사	崇禎	14	51	9월, 대사간이 되다.
인조	20	1642	임오	崇禎	15	52	1월, 병조 참의로서 通信使가 되어 일본에 가다. ○ 11월, 還朝하다.
인조	21	1643	계미	崇禎	16	53	4월, 도승지가 되다. ○ 9월, 대사간

						이 된다. ○ 10월, 대사성이 되었다가 도승지가 된다.
인조	22	1644	갑신	順治	1	54	3월, 京畿 監司가 된다.
인조	23	1645	을유	順治	2	55	5월, 대사헌이 되다. 이후 병조 참판이 된다.
인조	24	1646	병술	順治	3	56	9월, 대사성이 된다.
인조	27	1649	기축	順治	6	59	효종 즉위 후 12월에 도승지가 된다.
효종	1	1650	경인	順治	7	60	1월, 동지경연을 겸하다. 이후 이조 참판, 병조 참판, 도승지를 역임하다.
효종	2	1651	신묘	順治	8	61	6월, 대사헌 겸 예문제학이 되다. ○ 11월, 대제학이 되다.
효종	3	1652	임진	順治	9	62	1월, 대사헌이 되다. ○ 6월, 開城 留守로서 도둑 李愛男의 일을 잘못 密啓한 일로 체직되다.
효종	4	1653	계사	順治	10	63	2월, 도승지가 되다. ○ 윤7월, 京畿 監司가 되다.
효종	5	1654	갑오	順治	11	64	1월, 李元龜의 獄事를 신속히 처리하지 못한 일로 徒配의 명을 받아 황해도 延安으로 귀양가다.
효종	7	1656	병신	順治	13	66	윤5월, 서용되어 도승지가 된다.
효종	8	1657	정유	順治	14	67	1월, 宣祖實錄修正廳 堂上이 되다. ○ 10월, 冬至兼謝恩副使가 되어 燕京에 가다.
현종	1	1660	경자	順治	17	70	5월, 孝宗實錄纂修廳 堂上이 되다. ○ 11월, 예조 참판이 되다.
현종	2	1661	신축	順治	18	71	윤7월, 지의금부사로서 정언 元萬里의 탄핵을 받다. ○ 12월, 관상감 제조로서 寧陵의 奉審을 게을리한 죄로 파직되다.
현종	4	1663	계묘	康熙	2	73	12월, 공조 판서가 된다.
현종	5	1664	갑진	康熙	3	74	2월, 한성부 판윤이 되다. ○ 3월에 우참찬, 7월에 좌참찬이 되다. ○ 12월, 경기 감사 때의 일로 파직, 추고되다.

| 현종 | 7 | 1666 | 병오 | 康熙 | 5 | 76 | 9월 30일, 졸하다. ○ 長湍 盤龍山 先塋에 장사 지내다. |
| 영조 | 1 | 1725 | 을사 | 雍正 | 3 | – | 증손 尹汭이 江西에서 문집을 간행하다. (尹淳의 識) |

기사전거 : 墓表(尹淳 撰, 白下集 卷6) 朝鮮王朝實錄 등에 의함

• 편찬 및 간행

저자는 정묘호란 이후 초야에 묻혀 있던 10여 년 간 하루도 詩를 쓰지 않은 날이 없었다고 할 정도로 많은 詩作을 하였으나 원고를 거의 남겨 놓지 않았고, 文도 남겨 놓은 것이 거의 없었다. 그나마 남은 詩稿를 처음 정리한 것은 양자 尹博이었다. 尹博은 家藏 草稿를 바탕으로 詩를 수집, 1692년경 外族인 朴世采 등에게 刪定을 부탁하여 간행하려 하였다. 이때 朴世采는 저자의 遺志를 따른다는 입장에서 草稿의 1,2할만 취할 정도로 精選하여 刪定하고 跋文까지 써 두었으나 尹博 등의 죽음으로 실제 간행이 이루어지지는 못하였다.

그 후 1725년 증손 尹汭이 江西 縣令으로 나가게 되자 이곳에서 문집을 간행하고자 하였다. 이에 당시 부제학으로 있던 從曾孫 尹淳에게 편차를 부탁하니, 尹淳이 이미 朴世采가 산정해 놓았던 遺稿를 바탕으로 詩集을 6권(원집 5권, 속집 1권)으로 편찬하여 江西에서 목판으로 간행하게 되었다. 《초간본》 이 본은 현재 연세대학교 중앙도서관 (811.19–행명재)에 소장되어 있다. 尹淳은 이조 판서로 있던 1728년에는 평안도 관찰사로 나간 尹游와 함께 5代祖 尹斗壽의 문집인 「梧陰集」을 重刊하기도 하였으니, 世稿를 정리하고 간행하는 작업의 일환으로 본집도 간행한 것으로 보인다.

이후의 重刊 기록은 남아 있지 않다.

본서의 저본은 1725년 목판으로 간행한 초간본으로, 연세대학교 중앙도서관장본이다.

跋(朴世采 撰), 識(尹淳 撰), 梧陰集跋(尹淳 撰, 白下集 卷10) 등에 의함

• 구성과 내용

본집은 詩集으로 原集 5권, 續集 1권 합 3책으로 구성되어 있다.

맨 앞에 朴世采의 跋(1629년)이 실려 있고, 그 뒤에 권1의 目錄이 있다. 目錄은 각 권별로 들어 있다.

原集 권1~5는 詩 490여 題를 詩體 구별없이 대체로 저작 연대순으로 편차하였다. 권1은 주로 1627년(인조 5) 부친이 梟首당한 뒤 10여년 동안 坡山 別墅에서 지낼 때 지은 시들이다. 권2는 1639년(인조 17) 忠州 牧使가 되었을 때부터 이듬해 問安使로서 瀋陽에 다녀올 때까지 지은 작품들이다. 권3은 1642년(인조 20) 通信使로서 日本에 다녀올 때 지은 시가 주로 실렸다. 권4는 그 이듬해 이후 도승지, 경기 감사 등 內外의 관직을 역임할 시절 지은 작품들이다. 권5는 1654년(효종 5) 延安으로 徒配될 때부터 이후 돌아와 1657년 冬至兼謝恩副使로서 燕京에 다녀올 때, 그리고 그 이후 晩年의 작품이 실려 있다. 전체적으로 특히 敍情詩가 많으며, 敍景詩도 다수 실려 있다. 使臣 시절의 작품들을 제외하면 趙翼, 鄭弘溟 情 등에 대한 挽詩, 申翊全, 申翊聖 등과 나눈 시, 외직이나 사신으로 떠나는 이들에게 지어준 贈別詩 등이 여러 수이며, 月課로 지은 〈瀟湘八景〉 4수도 실려 있다.

續集 1권도 원집과 마찬가지로 117題의 詩를 대체로 저작 연대순으

로 편차하였고, 수록 작품의 특징도 비슷하다. 원집에 실리고 남았던 〈瀟湘八景〉 4수, 應製로 지은 〈七夕〉 등이 실렸고, 두 차례의 使臣 시절, 延安 謫居時의 작품 등이 주를 이룬다.

맨 끝에 尹淳이 지은 識(1725)가 실려 간행 경위를 알려 주고 있다.

『행명재시집』 해제

| 윤호진

1. 머리말

『행명재시집(涬溟齋詩集)』은 행명재(涬溟齋) 윤순지(尹順之)의 시집이다. 시집이라 한 것은 문은 한 편도 없고 시만 수록되었기 때문에 이렇게 이름 붙였다. 그렇다고 평생 시만 지었던 것은 아니지만 문장은 시만큼 많이 짓지 않았고 또 문집을 만들 때 지은 글들을 수습하지 않았던 까닭에 문장이 실리지 않았다. 왜 문장을 수습하지 않았는가는 사후에 문장이 남아 있는 것이 없어서 그런 것이기도 하지만, 유명(遺命)으로 글을 수습하지 말라고 하였고, 유문(遺文)을 수습하는 과정에서 1,2할만 남기고 나머지는 수록하지 않았기 때문이다. 따라서 행명재의 유문을 수습한 문집에는 문장이 없고 시만 있게 되었는데, 시도 모두 수록한 것이 아니라 많은 것이 누락되어 있다.

생애에 대해서도 "내가 죽거든 시호도 청하지 말고 비도 세우지 말며 벼슬로써 나를 거듭 죽이지 말라."고 유명을 내려서 그 흔한 묘갈명, 묘지명 등 생애자료가 많지 않아 자세히 살피기가 어렵다. 족후손 윤순(尹淳)이 쓴 「증백조좌참찬행명공묘표(曾伯祖左參贊涬溟公墓表)」가 유일한 생애 자료이다. 이러한 사정으로 『행명재시집』은 세상에 그리 알려지지 않았고, 행명재 윤순지에 대해서도 널리 알려지지 않았다.

해평 윤문의 오래된 본류라 할 수 있는 문영공(文英公)파는 괴산군 사리면 소매리 소종중 사당에 4세조 문영공 이하 15세조 까지 사리면 종산 봉묘(奉墓) 신위 34위를 모시고 있는데 2000년 새 사당을 지을 때 전액 2억원을 부담하였던 고(故) 남계(南溪) 윤지로(尹支老) 선생이 거금을 희사하였고 독서당고전교육원(원장 尹德鎭)에서 『행명재시집』을 번역하여 출간하고자 하며, 족후예인 나에게 해제를 부탁하였다. 여기에서는 이제 막 세상에 빛을 보려고 하는 『행명재시집』의 번역에 맞춰서 작자 윤순지의 생애와 생애의 국면 가운데 중요한 부분에 대해 자세히 살펴보고, 그의 『행명재시집』이 언제 어떻게 편집되어 간행이 되었는가에 대해 살펴보고, 이어서 문집의 내용 가운데에 주목할 만한 것은 무엇인가 등에 대해 살펴보고자 한다.

2. 작자 행명재(涬溟齋) 윤순지(尹順之)

행명재(涬溟齋) 윤순지(尹順之, 1591~1666)는 조선 중기 문신으로 본관은 해평(海平)이고, 자는 낙천(樂天)이며, 호는 행명(涬溟)이다. 증조는 윤변(尹忭)이고, 조부는 윤두수(尹斗壽)이다. 아버지는 관찰사 윤훤(尹暄)이며, 어머니는 청송심씨(靑松沈氏)로 대사헌 심의겸(沈義謙)의 딸이다.

증손 윤항(尹沆)이 종증손(아우 誼之의 손자)인 윤순(尹淳)에게 부탁하여 지은 「묘표」에는 "증백조 행명공은 인조 초년을 당하여 문학이 박아하여 경악에 출입하였고, 제부의 형제들도 나란히 공경의 반열에 섰으며 시종으로 있는 사람이 거의 10인이나 되었으니, 집안의 흥성함이 세상에서 둘도 없었다."[1]라고 하였다.

행명재의 제부곤제(諸父昆弟)들 가운데 공경(公卿)과 법종(法從)에 있던 사람이 거의 십여 인으로 문호의 성함이 세상에서 이러한 경우가 없다고 하여, 당시 해평 윤씨의 가세(家勢)가 어떠하였던가를 말하여준다. 오음(梧陰) 윤두수(尹斗壽), 월정(月汀) 윤근수(尹根壽)를 비롯하여 치천(稚川) 윤방(尹昉)의 형제들 그리고 윤신지(尹新之) 등의 형제들이 당대에서는 최고의 문벌을 형성하였다.

구당(久堂) 박장원(朴長遠)은 그의 『구당선생집(久堂先生集)』 권7에 수록된 「윤판서순지만(尹判書 順之 挽)」의 1-4구에서 "쇠를 단련한 뒤에 다시 임금을 만나, 충효를 겸비한 한 사람의 신하가 되었네. 문원에서는 월정 어른을 중히 보는데, 명경이 해평 문중에서 많이 배출되었네.[精金經鍊更逢辰 忠孝兼資一介臣 文苑重看月汀老 名卿多出海平人]"라고 하여, 행명재가 충효를 겸비한 신하임을 말하였고, 그 출신이 명경이 많이 배출된 해평 윤문이라 하였다.

박장원은 이 만사 이외에도 제문(祭文)과 송별시 등을 지은 바 있는데, 그가 이처럼 행명재의 만사도 쓰고 제문도 짓는 등 많은 글을 지었던 까닭은 그가 스스로 밝힌 바와 같이 행명재와는 인척관계가 있었기 때문이다. 박장원의 부인이 해평 윤씨로 윤원지(尹元之)의 딸이니, 박정원에게 행명재는 처백부이다. 윤원지는 윤순지의 아우 셋 가운데 바로 아래의 아우이다.

행명재의 생애에 대해 자세히 알 수 없다. 그에 관한 자료가 그리

---

1) 尹淳, 『白下集』 권6, 「曾伯祖左參贊涬溟公墓表」. "曾伯祖涬溟公 當仁祖初年 以文學博雅 出入經幄 諸父昆弟 並列公卿法從 殆十人 門戶之盛 世無二焉"(이하 尹淳의 「曾伯祖左參贊涬溟公墓表」에 대한 번역은 한국고전번역원의 『국조인물고』 제17집익 것을 옮겨옴.)

많지 않아서인데, 윤순은 「증백조좌참찬행명공묘표(曾伯祖左參贊涬溟公墓表)」에서 "저술한 바는 모두 초고를 버려버리고 수습하지 않아 남은 것은 시만 겨우 몇 권이 있을 뿐이다."라고 하였다. 자료가 많지 않은 것은 초고를 버리고 수습하지 않았기 때문인데, 또 다른 까닭은 행명재가 돌아가면서 남긴 유언 때문이었다. 이에 대해서 윤순은 「증백조좌참찬행명공묘표」에서 다음과 같이 말하였다.

> 공은 일찍이 스스로를 돌아보고 말하기를, "나는 궁천(窮天)의 슬픔을 안고도 구학(丘壑)에 엎드려 죽지 못하고 지위를 도둑질함이 여기에 이르렀으므로 죽어서도 민몰함이 마땅하니 내가 죽거든 시호도 청하지 말고 비도 세우지 말며 벼슬로써 나를 거듭 죽이지 말라."하였다. 그런 까닭으로 모든 일을 처리함에 있어서 치명(治命)에 따르고 어김이 없었다. 그러나 묘소에 끝내 비 한 장도 세우지 않으면 증거가 없게 되는 것이 두려워서 사후 60년이 되어서야 윤항이 비로소 짧은 돌을 다듬어서 묘소에 표를 세우려고 하면서 나 윤순에게 부탁하여 그 음기를 기술하게 하였다."라고 하였다.[2]

『한국민족문화대백과사전』에서 윤순지에 대해 "조선시대 경기도관찰사, 한성판윤, 공조판서 등을 역임한 문신"라고 정의한 바와 같이 판서에까지 이르렀으니 높은 벼슬을 하였다고 하겠다. 하지만, 여기에는 드러나지 않았지만, 대제학을 지내기도 하였으니, 문학으로도 두각을 드러내었던 것을 알 수 있다. 이처럼 그가 관인으로서 보다는 시인으로서 이름을 드날리게 된 까닭은 커다란 굴곡진 그의 삶에서 찾을 수 있다.

---

2) 尹淳, 『白下集』권6, 「曾伯祖左參贊涬溟公墓表」. "公嘗有顧言曰 吾抱痛窮天 而不能伏死丘壑 竊位至此 死不足不朽 我死勿請諡立碑 以官死我 以故凡終事 遵治命毋改 然墓終無樹 懼至於無徵 後六十年 沇始治短石表阡 屬淳識其陰"

행명재의 생애를 살펴보면, 몇 가지 주목할 만한 내용이 있다. 첫째는 부친이 사사(賜死)되고 10년 동안 은거하다가, 병자호란 때 남한산성이 적에게 포위되었다는 소식을 듣고 사이 길로 성중에 들어가 왕을 호종(扈從)하였던 일이다. 둘째는 통신사로 일본에 다녀왔고, 부사로 연경(燕京)에 다녀왔던 일이다. 셋째는 대제학이 되었을 때 논란이 일었던 일이다. 이들은 서로 연관이 되어 있으므로, 여기에서는 행명재의 생애를 이들 세 가지 문제를 중심으로 자세히 살펴보고자 한다.

첫째는 부친이 사사(賜死)되고 10년 동안 은거하였다가 병자호란을 맞아 극적으로 다시 벼슬길에 나가게 되었던 일이다. 행명재는 1612년 (광해군 4) 사마시를 거쳐 1620년 정시문과에 병과로 급제하였고, 이후 예문관검열·언관 등을 역임하였으며, 인조 초에는 경연관(經筵官)이 되어 순탄한 벼슬길을 가는 듯했다.

하지만, 37세 때인 인조 5년(1627) 정묘호란이 일어났을 때 아버지 윤훤이 평안도관찰사로 있으면서 적의 침입을 막지 못한 죄로 사사(賜死)되자 10년 동안 은거하였다. 이 사건은 단순히 벼슬길이 막히는 정도가 아니라, 그의 가치관과 세계관을 바꿔놓는 중대한 변곡점이 되었다. 이에 대해서 박세채(朴世采)는 「제행명재시권후(題涬溟齋詩卷後)」에서 다음과 같이 말한 바 있다.

돌아간 판서 해평 윤공은 곧 오음(梧陰) 문정공(文靖公)의 손자이고, 월정(月汀) 문정공(文貞公)의 종손(從孫)이다. 가정교육의 영향으로 사예(詞藝)가 일찍부터 이루어졌다. 다만 문득 안에 스스로 온축만 하고 교유하며 왕래하는 것을 일삼지 않아 세상에서 그것을 아는 사람이 드물었다. 어렸을 적에 상촌(象村) 신문정공(申文貞公)을 황주의 생관(甥館)에서 만났는데, 그를 위해 수창하고는 매우 칭찬하였다. 이로부터 명성을 크게 떨치게 되었다. 과거에 급제한 지 얼마 지나지 않아 인종반정을 만나 조정이 청명해지고 뛰어난 인물들이 모두 모여들었다. 공도 또한 옥당과 간원에 출입하며, 일에 따라 보탬을 준 것이 매우 많았다. 그러나 불행하게도 오랑캐의 난리가 일어나 공은 혹독하게 가화를 당하여, 여러 아우들과 함께 파주의 별서에서 상제를 치렀다. 그리고는 그 곳에 머물며 지낼 집을 짓고, 시를 읊조리며 시간을 보내었다. 족적이 성시에 닿지 않은 지가 10년이 되었다.[3]

박세채는 행명재가 명문가에서 태어나 문원의 원로에게 글을 배웠으며, 벼슬살이를 무난히 하였다고 말했다. 하지만, 정묘호란이 일어나면서 '혹독하게 가화를 당하여' 파주에 물러나 지내며 10년을 지냈다고 하였다. 이 글의 끝에서는 특히 파주의 별서에서 집을 짓고 시를 읊조리며 자적하면서 10년 동안 족적을 성시에 들이지 않았다고 하였다.

여기서 말한 파주의 별장에 지은 집은 행명재를 말하는 것으로 보인다. 행명재가 파주에 머물렀던 까닭은 전장도 그곳에 있고 부친의 묘소가 그곳에 있었기 때문이다. 늘 보는 부친의 묘소지만 정월초하루 새해를 맞아 부친의 묘소를 보는 느낌이 남다를 수 밖에 없었다고 하겠다. 「원일소선묘(元日掃先墓)」라는 시를 보면 그가 평생 아버지에 대한 생각이 어떠하였던가를 알 수 있다.

---

3) 尹順之, 『涬溟齋詩集』, 「涬溟齋詩集跋」(朴世采, 『南溪先生集』『續集』卷20, 「題涬溟齋詩卷後」). "故判書海平尹公 卽梧陰文靖公之孫 月汀文貞公從孫也 擩染家庭 詞藝夙成 顧輒內自蘊蓄 不事交游往還 世鮮有知之者 少時象村申文貞公遇於黃州甥館 爲之酬唱 賞譽甚至 自此名聲大振 釋褐未幾 値仁祖反正 朝廷淸明 髦俊咸集 公亦出入玉堂諫垣 隨事裨益弘多 不幸虜難作 公酷羅家禍 與諸弟制坡山別墅 仍卜築棲遲於其間 嘯詠自適 足跡不窺城市者十年"(이하 尹順之, 『涬溟齋詩集』 번역은 독서당고전교육원의 번역을 옮겨옴.)

괴괴한 빈산 사람 자취 보이지 않고	寂寂空山不見人
눈 가운데 묘지나무 또 봄 맞았네.	雪中宰樹又逢春
천년 한 한 움큼 눈물로 솔과 가래에 뿌리고	千年一掬松楸淚
죽을 고비 겪고 삼년을 초야에 사는 신세라네.	萬死三霜草莽身
절기마다 제사 올리자니 마음 꺾이고	心折歲時供祭祀
세상에 여전히 먼지 일어 간담이 녹네.	膽消天地尙風塵
평생 충효하려 해도 끝내 의지할 데 없어	平生忠孝終無賴
늘그막 내 출처를 차마 얘기 못할레라.	末路行藏未忍論[4]

이처럼 아버지가 화를 당한 뒤로 세상을 등지고 암담하게 10년을 보내던 1636년, 46세 되던 해에 병자호란이 일어났다. 임금이 피란한 남한산성이 적에게 포위되었다는 소식을 접하고 행명재는 어머니에게 아뢰고 곧바로 사이 길로 성중에 들어가 왕을 호종(扈從)하였다. 박세채는 「제행명재시권후」에서 "병자년에 오랑캐가 다시 쳐들어오자 공은 스스로 생각하기에 분의로 볼 때 마땅히 말고삐를 잡아야 한다고 하여, 이에 남한산성에서 대가를 호종하였다."[5]라고 하였다.

오랑캐의 침입으로 굴곡이 졌던 삶이 바로 잡힌 것도 또 다른 오랑캐의 침입 때문이었다. 정묘호란 때 큰 가화를 당했지만, 은거한 지 10년이 지난 1636년 병자년에 오랑캐가 다시 침입을 했을 때 굴곡진 삶에 반전이 일어났다. 병자호란이 일어나 왕이 남한산성에 포위되어 있을 때, 비록 그 왕의 명에 의해 부친이 사사(賜死)되기는 했지만 옛날의 종신으로서 난을 당한 임금을 모른 척 할 수 없다고 하며, 사이 길로

---

4) 尹順之, 『涬溟齋詩集』 卷1, 「元日掃先墓」.

5) 尹順之, 『涬溟齋詩集』, 「涬溟齋詩集跋」(朴世采, 『南溪先生集』 『續集』 卷20, 「題涬溟齋
詩卷後」). "丙子虜再創 公自惟分義當執靮 乃扈駕于南漢"

임금이 있는 곳으로 달려가 호종하였는데, 이 일로 그는 환도 후에 형조참판에 임명되었다.

이렇게 극적으로 반전이 일어났던 원인은 국난에 임금의 어려움을 돕고자 하는 마음이 통했기 때문이었지만, 임금도 윤훤(尹暄)을 사사한 것에 대한 마음의 부담이 있었기에 가능한 일이었다. 그는 윤훤을 사사한 뒤에 곧이어 후회하였다고 한다. 윤훤의 「증백조좌참찬행명공묘표」에서는 이 일에 대해 "논자들은 말하기를, '정묘년의 화는 사실 너무 창성한 데서 연유한 것이라서 공이 무궁한 슬픔을 머금고 스스로 겸양을 지키고 있음을 양조에서 깊이 통찰하고 계셨던 것이다.'라고 하였다."[6]라고 하였다.

이 때 인조는 늘 윤훤을 사사한 것에 대하여 미안한 생각을 가지고 있다가 행명재가 난을 당하여 위험을 무릅쓰고 호종하겠다고 찾아온 것을 보고 훌륭하게 여겼던 것이다. 박세채는 이에 대해 "인조가 사대(賜對)하고 가장(嘉獎)하니, 공이 마침내 감격하였고, 눈으로 어렵고 근심스러우며 곤경스러운 것을 보고는, 감히 사퇴하지 못하였다."[7]라고 하였다.

이에 대해 윤순도 그의 증백조인 윤순지의 부침에 대해 『백하집』 권6의 「증백조좌참찬행명공묘표」에서 "불행히도 아버지인 백사공이 정묘년의 대화에 빠지게 되었는데 임금이 곧 뉘우치고 유사에 명하여 상사를 도와주게 하고 공의 형제를 매우 우악하게 돌봐주었다. 그러나 공은 여러 아우들을 데리고 초야로 물러 나와 10년을 있으면서 여러 차례

---

6) 尹淳, 『白下集』 권6, 「曾伯祖左參贊㵢溪公墓表」, "議者謂丁卯之禍 實由於盈盛 則公之銜恤無窮 挹撝自持 爲兩朝所深諒云"
7) 尹順之, 『㵢溪齋詩集』, 「㵢溪齋詩集跋」. (朴世采, 『南溪先生集』 『續集』 卷20, 「題㵢溪齋詩卷後」) "公遂感激 目見艱虞顚沛 不敢辭退"

소명을 받았으나 나서지 않았다. 병자년의 호란에 대가가 남한산성에
갇히게 되자 공이 울면서 이르기를, '내가 비록 죄인이기는 하지만 지
난날의 시종신인데 난리를 당해서 임금님을 저버릴 수는 없다.'라고 대
부인에게 하직하고 샛길로 남한산성에 달려가서 호종하니 임금이 듣고
바로 사대하여 위로하고 가탄하여 마지않았다. 도성으로 돌아오자 형
조참의에 제수하니 공은 임금의 권우가 특별히 융숭함에 감격하고 시
국이 어렵고 위태로움을 통렬히 여겨 끝까지 사양하지 못하였다. 이로
부터 내외직을 들며날며 맡기를 31년을 하고 의정부 좌참찬으로 벼슬
길을 마쳤으나 그의 본뜻은 아니었다."[8]라고 하였다. 이 글은『국조인
물지』에도 실려 있다.

이렇게 하여 그는 다시 벼슬길에 나아가 1666년 76세로 돌아갈 때까
지 순탄하게 벼슬길을 갈 수 있었던 것이다. 임금이 벼슬을 내리자 임
금의 융숭한 대우에 감격한 행명재는 당시의 어려운 현실을 보고 내리
는 벼슬을 사양하지 못하고 받았으며, 이후 내외의 관직을 30년간 맡아
하였다.

둘째는 1643년 통신사로 일본에 다녀왔으며, 1657년 부사로 연경(燕
京)에 다녀왔던 두 차례의 사행이다. 행명재가 53세되던 1643년 통신
사로 일본에 다녀왔다. 윤순은「증백조좌참찬행명공묘표」에서 "통신정
사로 일본에 다녀왔다."고 하였다. 박세채는「제행명재시권후」에서
"間奉使日本燕山 克有專對稱"이라 하였다. 계미년에 다녀와서 계미

---

8) 尹淳,『白下集』권6,「曾伯祖左參贊淬溟公墓表」, "不幸皇考白沙公 踣丁卯大禍 上尋悔
之 命有司庀喪 加恤公兄弟甚渥 公猶挈諸弟退野十年 屢被諭召 不起 丙子虜難 大駕受圍
南漢 公泣曰 吾雖僇人 卽舊從臣 臨亂不可後君 辭大夫人 從間途奔扈 上聞 卽賜對慰藉
嘉歎不已 還都 擢拜刑曹參議 公感激上眷特隆 痛時事艱危 不敢終辭 自是出入內外三十
一年 以議政府左參贊 終焉 然非其志也"

사행이라 불리는 이 사행은 1643년 음력 4월 13일 출항했다고 한다. 정두경은 행명재가 일본에 갈 때 그를 전별하며 시를 지었는데, 『동명집』 제4권에 실려 있는 「일본에 상사로 가는 윤낙천 순지를 전별하다 2수 [別日本上使尹樂天 順之○二首]」라른 시가 바로 그것이다.

큰 바다는 남월 땅과 통해 있는데	大漢通南越
시서 읽은 대부 이에 얻게 되었네.	詩書得大夫
커다란 배 해를 따라 나갈 것이고	樓船從日出
푸른 바다 하늘 끝과 접했을 거리.	滄海接天隅
이번 길에 지은 시편 많을 것으로	此去篇章富
우리와는 다른 물색 읊을 것이리.	惟應物色殊
돌아오면 시 상자에 빛이 날 경우	歸來光篋笥
명주 비방 있을까 봐 되레 두렵네.	還恐謗明珠
일광산의 꼭대기에 있는 그 절은	日光山上寺
비교할 데 없이 모습 장려하다네.	壯麗未曾聞
서축 땅의 교법 크게 숭상하면서	大尙西方教
동국의 글 간절하게 구하였다네.	偏求東國文
난간에는 삼도의 비 내릴 것이고	檻來三島雨
창문으론 오랑캐의 구름이 들리.	窓入百蠻雲
그곳 중들 그대 보고 기뻐하면서	定有沙門喜
그대에게 새 시 지어 달라고 하리.	新詩更得君[9]

이 시는 정두경이 행명재가 통신사로 일본에 갔을 때 벌어질 일을

---

9) 鄭斗卿, 『東溟集』 권4, 「別日本上使尹樂天 順之○二首」. (번역은 한국고전번역원의 것을 가져옴.)

상상하며 지은 것이다. 그런데 두 수의 시에서 모두 사행 길에 시를 많이 지을 것이라 했고, 또 일본의 승려들이 행명재에게 새로운 시를 지어달라고 할 것이라 했다. 행명재가 시를 잘 짓는 것으로 인식되고 널리 알려졌던 것을 여기서도 볼 수 있다. 실제로 행명재는 사행을 가게 되면서부터 사행을 가고 오는 동안에 많은 사람들과 시를 주고받았다.

행명재가 일본에 사신으로 가게 되자 상촌(象村) 신흠(申欽)도 『상촌집(象村集)』 제14권에 실려 있는 「앞서의 운자로 지어 윤순지에게 주다[用前韻贈尹順之]」라는 시를 지어주며 송별하였다. 행명재가 일본에 사신으로 갈 때 부사로 갔던 조경과 종사관으로 갔던 신유는 사행길에서 많은 시를 수창했다. 조경(趙絅)의 『동사록(東槎錄)』에도 「배안에서 행명(涬溟)의 배율(排律)을 달리듯 차운하여 대마도 지방 풍속을 적음」, 「도포(鞱浦)에서 행명(涬溟)의 시를 차운함」 등이 있다. 조경의 『용주유고(龍洲遺稿)』 제23권에는 「배안에서 행명의 배율에 빨리 차운하여 대마도 지방의 풍속에 대해 기술하다[舟中走次涬溟排律述馬州地方風俗]」 등이 있다.

신유(申濡)의 『해사록(海槎錄)』에는 「행명(涬溟)의 부산관 시를 차운함」, 「배 안에서 행명(涬溟)의 시를 차운함」, 「병으로 배 안에 엎드려서 행명(涬溟)에게 드림」, 「태평사에 비오는 중에 행명(涬溟)의 시를 차운함」, 「행명(涬溟)의 대마도 배율(排律) 이십팔 운(韻)을 차운함」, 「대원(大垣)에서 행명(涬溟)의 시를 차운함」, 「행명(涬溟)의 길가의 농가(農家)를 읊은 시를 차운함」, 「간옹(䚒翁)의 시를 화운(和韻)하여 행명(涬溟)이 도중에서 생일을 만남을 위로함」, 「중추(中秋)에 달을 구경하며 행명(涬溟)의 시를 차운함」 등이 있다.

이처럼 53세에 통신정사로 일본에 갔다 오며 많은 시를 지었던 행명새는 67세 내인 1657년 부사로 연경(燕京)에 다녀왔다. 64세 때인 1654년(효종 5) 경기도관찰사로 재직할 때 소송사건을 빨리 처리하지 않아 민원을 사서 유배되었던 일이 있기는 하였으나 곧 회복되어 3년 뒤에는 67세의 고령임에도 불구하고 부사로 연경에 다녀오게 되었다. 윤순은 「증백조좌참찬행명공묘표」에서 이 일에 대해 "부사로서 연경에도 다녀왔다."[10]라고 하였다. 그리고 또한 "정유년(1657)에 연경에 들어갈 때에 공의 나이 이미 70세가 다 되었는데 공이 조정을 하직하자 임금이 공을 주시하고 이르기를, '부사는 수발이 다 세었는데 어떻게 다녀올꼬?'하고, 이어 초구와 이엄을 하사하였으니 그 권우의 변함 없음이 이와 같았다."[11]라고 하였다. 67세의 고령으로 연경에 부사로 가게 되자 임금이 염려하였던 일을 기록하였는데, 이 때도 많은 사람들과 시를 주고 받았다.

조카사위인 박장원은 연경으로 가는 행명재를 송별하며 「송행명윤참판부연(送涬溟尹參判赴燕)」이란 시를 지어 다음과 같이 말하였다.

연경에 사신 가는 사람 머리가 온통 하얀데　　幽燕使者鬢全皤
한 해는 저물어가고 날씨는 추우니 어찌할건가?　歲暮天寒奈別何
밤에 담요 깔린 집에 누우니 변방의 떠오르고　夜臥氈廬懸塞月
새벽에 관문의 길을 가며 얼어붙은 시내를 건넌다.　曉行關路踏氷河[12]

칠언율시의 1-4구인데, 첫 구는 바로 임금이 "부사는 수발이 다 세

10) 尹淳, 『白下集』 권6, 「曾伯祖左參贊涬溟公墓表」, "以副使 赴燕"
11) 尹淳, 『白下集』 권6, 「曾伯祖左參贊涬溟公墓表」, "丁酉赴燕時 公年已迫七十 陛謝 上目 公日 副使鬚髮盡衰 何能往來 仍輟賜貂掩 其眷禮不替如此"
12) 朴長遠, 『久堂先生集』 卷6, 「送涬溟尹參判赴燕」.

었는데 어떻게 다녀올꼬?"라고 했던 말을 시로 읊은 것이다. 박장원은
행명재가 이번 사행에 30년 전에 중국에 이미 한 차례 다녀왔던 일을
떠올리며 무사히 다녀오기를 바람을 마음을 노래했다. 신최(申最)는 36
구의 장편 7언고시를 지어 송별하였고,[13] 신익전(申翊全)도 「연경에 들
어가는 윤 참판 순지 과 이별하며 주다[贈別尹參判 順之 入燕]」라는 시를
지어주며 송별하였다.

먼 길 떠나는 사신 수레 연경으로 향하니	星軺萬里指燕關
동쪽 끝을 돌아보면서 몇 달이나 보낼까.	回望東頭月幾團
지난날 사신 가던 때 괴로움을 생각하니	仍憶昔年行邁苦
이번 이별이 험난한 길임을 더욱 알겠네.	偏知此別道途難
황혼엔 신성 밖으로 사냥하러 나가고	黃昏獵騎新城外
한낮엔 옛 봉수대에 연기가 식었으리라.	白日狼煙舊燧寒
예부터 밝은 조정에선 전대를 중시했으니	從古明廷重專對
부필도 사명 받들어 갈 길 재촉하였지.	富公銜命亦催鞍[14]

신익전은 자신이 사신 갔을 때의 어려웠던 일을 떠올리며 사행길이
험난할 것이라 걱정하면서도 주어진 임무를 잘 수행할 것이라 신임하
였다. 마지막 연은 조정에서 중국에 사신으로 감에 전대(專對)를 중시

---

13) 申最, 『春沼子集』 卷2, 「奉送滓溟尹丈 順之 使燕」. "先輩風流不可續 巋然今也先生獨
先生家世袁揚貴 先生文章河海蓄 麒麟鳳凰自有種 世掌絲綸人所伏 月汀勃興明宣際 手
挾銀漢蕩渠瀆 反始之功在於斯 後生至今需剩馥 先生早蜚超宗譽 闌入中秘萬卷讀 遂登
詞壇執牛耳 汗流藉湜空追逐 繹紬金匱石室藏 刊削皇墳帝典牘 遷固事業入睆眦 開天聲
律恋役僕 誦詩專對且稱賢 日域鯨波視平陸 北指燕都幾千里 嚴風發發氷如屋 金臺駿馬
骨已朽 易水悲歌想擊筑 聲明文物逐灰塵 夷簆羌管呼鴈牧+鳥 臨歧不敢長言語 汪然涕
泗盈雙目 門下侯芭已白首 清狂阮籍窮途哭 雨雪載路鬼一車 靈曜欲匿辰儵倏 陽春和氣
幾日回 四牡夷庚歸應速 然後拂袖人間世 共隨鷗鷺滄江宿
14) 申翊全, 『東汀遺集』 卷7, 「贈別尹參判 順之 入燕」. (번역은 한국고전번역원의 것을 가져옴.)

하여 행명재를 사신으로 보냈다고 하였는데, 진대는 외국에 사신으로 나가서 독자적으로 잘 응대하여 사명(使命)을 완수하는 것을 말한다. 그리고 행명재를 거란족이 국경에 접근하여 땅을 요구하자 땅을 내줄 수 없다고 강력하게 거부하고 아울러 화친과 전쟁의 이해를 말하여 거란족을 물러가게 하였던 북송(北宋) 때의 재상 부필(富弼)에 비유하여 사명을 받들어 갈 길을 재촉하여 갔다고 했다.

행명재는 위와 같이 두 차례 일본과 중국에 사신으로 다녀오며, 많은 사람들과 수창하여 많은 시를 남겼다.

셋째는 61세 때인 1651년 대제학이 되었던 일이다. 행명재가 대제학이 되었던 일과 관련하여 과연 대제학을 얼마나 오랫동안 지냈는지, 얼마나 맡은 바 일을 잘 수행했는재 등에 대한 것이 이야기된다. 박세채는「제행명재시권후」라는 글에서 "조금 뒤 승정원과 이조(吏曹)를 거쳐서 지위가 대신에 나가더니, 홍문관과 예문관의 대제학을 겸직하며 문적(文籍)의 문형(文衡)9)을 잡았으나, 그가 좋아하는 일이 아니었다."15)라고 하여 행명재가 대제학을 지냈던 일을 분명하게 밝혔다.

이만영(李晩榮)은『설해유고(雪海遺稿)』권1의 행명재가 돌아갔을 때 지은「만윤행명 순지(挽尹涬溟 順之)」에서 "천균(千勻)의 필력(筆力)으로 국사를 편수하였고, 만장(萬丈)의 사광(詞光)으로 문형을 맡았네. [筆力 千勻修國史 詞光萬丈典文衡]"라고 하여, 국사를 수찬하는 일도 맡았고, 문형을 맡기도 하였음을 기렸다.

그리고『현종실록』(개수실록) 7년 병오(1666) 9월 29일(병오)에 실려 있는「전 판서 윤순지의 졸기」16)에 의하면, "전 판서 윤순지(尹順之)가

15) 尹順之, 『涬溟齋詩集』, 「涬溟齋詩集跋」(朴世采, 『南溪先生集』『續集』卷20, 「題涬溟齋詩卷後」). "俄由銀臺天曹 進位列卿 兼兩館大提學 持衡藝苑 然非其所好也"

죽었다. 윤순지는 감사 윤훤(尹暄)의 아들이다. 시를 짓는 재주가 있어 문형(文衡)을 맡아 육경의 자리에 올랐으나, 성품이 나약하고 지기가 없었기 때문에 사람들이 이를 단점으로 여겼다."라고 하였다. 여기에 서는 분명히 "시를 짓는 재주가 있어 문형을 맡았다"고 하였다. 이를 보면 『한국민족문화대백과사전』 등의 사전에 행명재가 대제학을 지낸 사실이 누락되어 있지만, 행명재가 대제학을 지낸 것은 의논의 여지가 없는 기정 사실이다. 다만, 대제학을 지낼 때 약간의 시비가 있었던 내막을 살펴보기로 한다. 우선 민정중(閔鼎重)의 『노봉집(老峯集)』 卷2 에 실린 「논윤순지윤선도잉사수찬소(論尹順之尹善道仍辭修撰疏)」라는 다음 글을 보기로 한다.

　　삼가 아룁니다. 신이 보잘것없는 재주로 오랫동안 경연에서 모셨으면 서도 스스로 돌아보건대, 재주와 학식이 부족하여 위로는 성상의 덕에 보탬이 되지 못했고 아래로는 공의(公議)를 제대로 진달하지도 못했으 니, 사람들의 비웃음과 손가락질을 받더라도 진실로 달게 받아들여야 할 것입니다. 대제학 윤순지(尹順之)가 물의(物議)에 용납되지 못하는 것 을 신도 이미 오래전부터 알고 있었습니다. 동료들 사이에서도 이런 논의 가 있었는데 사람이 무른 탓에 어물어물하며 날을 보내다가 일찍 발언하 지 못하여 마침내 궁관(宮官)에게 기롱과 배척을 받았으니 오직 부끄러 움만 더할 뿐 무슨 낯으로 변넝하겠습니까.[17]

---

16) 『국역 현종실록』 7년 병오(1666) 9월 29일(병오).
17) 閔鼎重, 『老峯集』 卷2, 「論尹順之尹善道仍辭修撰疏」. "伏以臣以無狀 久侍經幄 而自顧 才識蔑如 上不能裨補聖德 下不能導達公議 被人嗤點 固所甘心 大提學尹順之之不容於 物議 臣亦知之已久 僚宷之間 亦有此論 坐於疲軟 囁嚅度日 不能早發 竟爲宮官所譏斥 惟增愧恧 何說自解"(번역은 한국고전번역원의 것을 가져옴.)

민정중은 위의 글에서 행명재가 대제학이 되자 대제학에 맞지 않는다는 물의가 있었다고 하며, 빨리 그만 두어야 하는데 사람이 무른 탓에 어물어물하며 날을 보내다가 일찍 발언하지 못했다고 했다. 이는 『조선왕조실록』에서 성품이 나약하고 지기가 없었다고 한 평과 맥락을 같이 하는 데에서 나온 것이 아닌가 한다. 하지만 박세채는 「제행명재시권후」에서 행명재의 사람 됨됨이에 대해 다음과 같이 말하였다.

공의 위인(爲人)이 온아(溫雅)하고 경개(耿介)하였으며, 지키는 바가 매우 확고하였다. 공무에서 물러났을 때에는 반드시 문을 닫고 시를 읊기를 그치지 않았다. 만약 공령문을 지을 일이 있을 때면 재사(才思)가 주일(遒逸)라고 정치(精緻)하여, 자못 한 시대의 여러 사람과 함께 압맹하며 나란히 달려 나갔는데, 또 이내 추스르기를 마치 바보처럼 하며 일찍이 사한(詞翰)으로 자부한 적이 없었으니, 사람들이 더욱 어질게 여겼다.[18]

박세채가 후대에 평한 내용에서는 위인이 온아하지만 지조가 굳어 세속과 구차하게 화합하려 하지 않았다고 하였으니, 민정중이나 『조선왕조실록』의 평과는 사뭇 다르다는 것을 알 수 있다. 백하 윤순은 「증 백조좌참찬행명공묘표」에서 그의 성품에 대해서는 박세채와 비슷한 평을 하고 있음을 볼 수 있다.

대체로 공은 겸손하고 삼가며 단정하고 순수하여 평소 치켜세우거나 깔아치우거나 밀고 당기고 하는 것을 좋아하지 않았고, 더구나 거듭 흉측

---

18) 朴世采, 『南溪先生集』 『續集』 卷20, 「題㴑溟齋詩卷後」. "公爲人溫雅耿介 所守甚確 公退 必閉門哦詩不輟 有若服功令者 才思遒逸精緻 殆與一時諸公狎盟齊驅 而又乃斂然若愚 末嘗以詞翰自居 人益賢之"

하고 슬픈 일을 당했기 때문에 더욱 세상에 뜻이 없어 머뭇거리고 자신을
감추려하여 조정에 있으면서도 마치 손님처럼 자처하였다. 평소에 거처
함에 문을 닫고 손님을 사절하였으며 궤안에는 가득히 먼지가 쌓인 속에
서 쓸쓸히 서사와 시율로써 자적하였다. 그러나 큰 시비거리나 큰 형정
(刑政) 및 임금이 덕을 잃는 일이 있으면 일찍이 자기 소견을 다 말하지
않을 때가 없었다. 다만 자신의 목표와 기치를 내세우려 하지 아니하였지
만 언론이 바람처럼 일어나니 당세에서 소중하게 여겼다. 그런 까닭으로
터덕거리고 뒤쳐져 아경(亞卿)으로 있는 지 20년 만에 비로소 정경으로
올랐는데 그 사이에 유언비어의 모함을 당하기도 하였고 명망이나 지위
가 역시 통하기도 하고 막히기도 하였지만, 공은 아랑곳 하지 않고 태연
하게 지냈다. 그러나 인조와 효종 양조에서 공을 깊이 알아주시어 전후로
여러 번 좌절할 때마다 여러 번 기용하였으니 다분히 특명에서 나온 것이
다."[19]라고 하였다.

『조선왕조실록』의 다른 곳에서는 신하들이 윤순지의 대제학 자리와
성품에 대해 논한 것에 대해 효종이 인정하지 않고 오히려 상소한 사람
을 배척하였던 일을 볼 수 있다.

효종 2년 신묘(1651) 6월 1일(병오)의 기록에 의하면, 「윤순지·박서
·조석윤·민응형·허적·남선 등에게 관직을 제수하다」라는 내용에서
"윤순지(尹順之)를 대사헌 겸 예문관제학으로"라고 하여, 행명재가 대
제학이 되기 전에 대사헌의 겸직으로 예문관 제학을 하고 있었음을 알
수 있다. 그리고 효종 2년 신묘(1651) 11월 4일(무인)의 「민응협·윤이지

---

19) 尹淳, 『白下集』권6, 「曾伯祖左參贊滓溟公墓表」, "盖公謙謹端醇 素不喜頡頏推輓 重以
中罹愍凶 益無意於世 逡巡斂晦 處朝廷如客 平居杜門謝客 凝塵滿几 蕭然以書史詩律自
適 而遇有大是大非大刑政及君德關失 亦未嘗不盡言 顧不肯立標幟 風發論 爲當世重 以
故蹭蹬留落 處亞卿二十年 始進正卿 而間爲蜚語所中 名位亦在通塞間 公則恬然而已 然
仁孝兩朝 知公深 前後屢躓屢起 多出特命"

·윤순지에게 관직을 제수하다」라는 내용에서는 "민응협(閔應協)을 대사간으로, 윤이지(尹履之)를 형조 판서로, 윤순지(尹順之)를 대제학으로 삼았다. 순지는 문망(文望)이 본디 가벼웠으므로 사람들이 대부분 맞지 않는다고 기롱하였다."라고 한 것을 볼 수 있다. 사람들이 대제학 윤순지가 대제학에 맞지 않는다고 하였다는 것이다. 이러한 물의를 바탕으로 실제 효종 3년 임진(1652) 4월 3일(갑진)에는 사서 이상진이 세자의 스승인 윤순지를 탄핵하는 상소를 올렸다.

사서 이상진(李尙眞)이 상소하기를, " …… 대제학 윤순지(尹順之)는 사람됨이 본래 취할 것이 없고 일 처리도 대부분 제대로 못하므로 사론(士論)이 그를 오래 전부터 인정하지 않았습니다 …… " 하였는데, 상소를 들이자 상이 물리쳤다. 이어 정원에 하교하기를, "이와 같이 치우치고 바르지 못한 상소를 어떤 승지가 입계하였는가. 일이 매우 놀랍다." 하였다.[20]

하지만 위의 『조선왕조실록』의 내용을 보면, 임금이 이상진의 상소를 보고 상소를 물리쳤다. 그리고 정원에 하교하여, 이상진의 상소가 치우치고 바르지 못하다고 하고, 이러한 상소를 올린 일이 매우 놀랍다고 하였다.

여기에 대해서 사신은 "윤순지가 갑자기 문형(文衡)을 주관하여 당시의 기대를 크게 무너뜨렸다. 게다가 세자가 입학하는 큰 예를 당하여 오히려 사피하지 않자 물의가 더욱 놀라워하였다. 이상진(李尙眞)이 분개하여 상소를 올렸는데, 도리어 바르지 못하다는 조목으로 상에게 배척을 받으니, 사론(士論)이 애석하게 여겼다."라고 이상진의 편에서 기

---

20) 『국역 조선왕조실록』, 효종 3년 임진(1652) 4월 3일(갑진).

록하고 있음을 볼 수 있다. 사관의 말을 보면 물의가 일어난 것은 행명재가 세자의 스승으로 있으면서 세자가 입학하는 큰 예에 사피하지 않아 물의가 일어났다고 했다. 대제학의 임무를 수행하지 못한 것이 아닌 것이다.

여하튼 이러한 물의가 일어나자 행명재는 효종 3년 임진(1652) 4월 4일(을사)에 면직을 청하였다. 『조선왕조실록』의 「윤순지가 사직하기를 재차 청하니, 허락하다」라는 내용에서는 "대제학 윤순지가 상소하여 면직을 청하였으나, 윤허하지 않았다. 재차 상소하자, 윤허하였다." 라고 하였다. 행명재가 이상진 등의 상소를 보고 면직을 청하였으나, 처음에는 윤허하지 않다가 재차 상소하니 허락하였다는 것이다.

1651년(효종2) 11월 4일에 윤순지를 대제학으로 임명했고, 민정중, 이상진 등은 윤순지는 문망(文望)이 본디 가벼웠으므로 사람들이 대부분 대제학에 맞지 않는다고 하여, 효종 3년 4월 3일에 탄핵하는 상소를 올렸고, 다음 날 행명재는 면직을 청하여 두 번째 결국 윤허받았다. 문망이 가벼워 대제학에 맞지 않는다는 것이 아니라, 정확히는 알 수 없으나 세자의 스승으로서 세자가 입학하는 큰 예에 사피(辭避)하지 않았다고 물의가 있었던 것임을 알 수 있다.

후대에 대제학을 지낸 행명재의 문학에 대해 높이 평하여 말한 사람들이 많이 있다. 김석주(金錫胄)는 『식암선생유고(息庵先生遺稿)』 권19의 「판서윤순지치제문(判書尹順之致祭文)」에서 "그대 집안의 문정공[文貞公; 尹根壽의 시호]은, 문장이 서한(西漢)을 따라갔네. 세상을 상서롭게 하고 나라를 빛내어, 오랫동안 문형을 잡았다네. [卿家文貞 文追西京 瑞世光國 久握文衡]"라고 하여, 행명재가 종조부인 월정 윤근수의 학예를 이어받아 집안을 빛냈다고 하였다. 이선(李選)은 『지호집(芝湖集)』

권1의 「윤대제학 순지 만(尹大提學 順之 挽)」에서 "오음 어른의 공과 이름이 큰데, 문장의 아름다움을 공에게서 다시 보네.[梧老勳名大 文華復見公]"라고 하였다.

3. 『행명재시집(涬溟齋詩集)』의 편집과 간행

행명재는 시작을 많이 지었으나 남은 것은 그리 많지 않다. 현재 전하는 문집인 『행명재시집』에는 제목에서 볼 수 있는 바와 같이 시집만 전하고 있다. 시집은 모두 6권으로 이루어져 있는데, 원집 5권과 속집 1권이다.

본집은 시집으로 원집(原集) 5권, 속집(續集) 1권 합 3책으로 구성되어 있다. 원집 권1에 107제 151수, 권2에 75제 85수, 권3에 98제 132수, 권4에 115제 126수, 권5에 94제 98수, 그리고 속집 권1에 117제 134수가 수록되어 있다.[21] 그런데, 속집 1권이라 하고 그친 것을 보면, 완성본이 아님을 알 수 있다.

저자는 정묘호란 이후 초야에 묻혀 있던 10여 년 간 하루도 시를 쓰지 않은 날이 없었다고 할 정도로 많은 시작(詩作)을 하였으나 원고를 거의 남겨 놓지 않았고, 문도 남겨 놓은 것이 거의 없었다. 그나마 남은 시고(詩稿)를 처음 정리한 것은 양자 윤전(尹塼)이었다. 윤전은 가장(家藏) 초고(草稿)를 바탕으로 시를 수집, 1692년경 외족(外族)인 박세채 등에게 산정(刪定)을 부탁하여 간행하려 하였다. 이때 박세채는 저자의 유지(遺志)를 따른다는 입장에서 초고의 1,2할만 취할 정도로 정선(精選)하

---

21) 김경희, 「『행명재시집』 해제」, 한국고전번역연구원.

여 산정(刪定)하고 발문(跋文)까지 써 두었으나 윤전 등의 죽음으로 실제 간행이 이루어지지는 못하였다.[22]

김경희는 『행명재시집』 해제에서 그 편집과 간행에 대해 위와 같이 말한 바 있는데, 행명재의 사자(嗣子) 윤전(尹塼)이 박세채 등의 도움을 받아 간행하면서, 박세채가 10분 1,2 정도만 취할 정도로 많이 산정하였던 일을 말하였다. 이는 다음 박세채가 「제행명재시권후」에서 『행명재시집』 편찬 및 간행 경위에 대해 말한 내용을 바탕으로 한 것이다.

공이 돌아가신지 장차 삼기(三紀)가 되어 가는데 문집이 완성되지 못하자 양자인 지군(知郡) 전씨(塼氏)가 나에게 문집을 다듬고 정리하여 세상에 간행할 것을 요청하였다. 나는 본래 시를 탐구하는 데 마음을 둔 사람이 아니지만, 스무 살 무렵에 공의 문하를 쫓으면서 평소에 전개한 깊은 의론을 매우 익숙하게 들었으니 삼가 대략 정리 하였으나, 열 가운데 겨우 한 둘을 취한 정도이고 그것 또한 공의 뜻을 쫓은 것이다.[23]

이 글은 1692년에 박세채가 쓴 서문에 보이는 내용이다. 행명재 사후 36년이 되어갈 때 겨우 문집을 간행하고자 편집해 놓았으나 간행이 되지는 못하였다. 김경희는 이 책의 간행에 대해 "그 후 1725년 증손 윤항(尹沆)이 강서 현령(江西 縣令)으로 나가게 되자 이곳에서 문집을

---

22) 김경희, 『행명재시집』 해제, 한국고전번역연구원.

23) 尹順之, 『泮溪齋詩集』, 「泮溪齋詩集跋」(朴世采, 『南溪先生集』 『續集』 卷20, 「題泮溪齋詩卷後」). "公爲人溫雅耿介 所守甚確 公退 必閉門哦詩不輟 有若服功令者 才思遒逸精緻 殆與一時諸公狎盟齊驅 而又乃斂然若愚 未嘗以詞翰自居 人益賢之 公歿且三紀 家集未成 嗣子知郡塼氏請余刪定而行之世 余固非究心於詩者 第以弱冠 踵公門墻 甚習聞其平生緖論深矣 謹爲略加整頓 十堇取一二 亦遵公志也 公諱順之 字樂天 號泮溪齋 是爲跋 崇禎紀元後六十五年壬申三月二十日 潘南朴世采和叔謹跋"

간행하고자 하였다. 이에 당시 부제학으로 있던 종증손(從曾孫) 윤순(尹淳)에게 편차를 부탁하니, 윤순(尹淳)이 이미 박세채가 산정해 놓았던 유고를 바탕으로 시집을 6권(원집 5권, 속집 1권)으로 편차하여 江西에서 목판으로 간행하게 되었다."[24]라고 하여, 1728년이 되어서야 간행이 이루어졌던 사정을 정리하였다. 이 글은 1725년 윤순(尹淳)이 지은 「행명집발(涬溟集識)」에서 『행명재시집』의 편찬 간행에 대해 다음과 같이 말한 것에 바탕한 것이다.

　　또 30여 년 오랜 세월 동안 여러 부형들이 서로 이어서 세상을 떠나 문집 간행의 일이 이에 이르기까지 이뤄지지 못하다가 공의 증손 윤항이 이제 강서의 수령이 되어 비로소 판각할 수 있었으며, 종증손인 제가 그 일을 도와 삼가 여러 사람들이 가려 뽑은 것에 덜어내거나 보탠 것이 없이 정리해서 여섯 편을 만들었습니다. 또 현석 선생의 발문을 옮겨서 책의 첫머리를 올렸고, 문득 감히 주제넘고 외람됨을 잊고서 시집의 뒤에 일의 경과를 적었습니다. 이 시집이 소략하기만 하고 두루 갖추지 못함을 보여서 공이 남기신 뜻을 거듭 훼손할 뿐입니다. 후세에 이 시집을 보는 이는 그 기이하고 오묘한 소리와 빼어난 가락을 맛볼 뿐 아니라, 이내 공의 겸손하고 낮추며 슬프고 아픈 뜻을 구하여 얻을 수 있을 것입니다. 이 보잘 것 없이 편성한 책이 더욱더 귀중해져서 부디 제대로 갖추지 못한 것에 한탄함이 없기를 바라옵니다.[25]

---

24) 김경희, 「『행명재시집』 해제」, 한국고전번역연구원.

25) 尹淳, 『白下集』 卷10, 「涬溟集跋」. "且三十餘年之久 諸父兄相繼凋謝 剞劂之工 訖玆未就 公之曾孫沆 今爲江西宰 始克入梓 而屬淳相其役 謹就諸家所選 有損無增 釐爲六編 且移玄石跋文 弁諸卷首 輒敢忘其僭猥 識其顚末於後 以示斯集之務約不務博 以重傷公遺志已 後之覽者 不唯賞其希音逸調 而仍以求公謙挹悲苦之志而有得焉 卽此草草編帙 愈益貴重 而庶無恨於不備也耶"

윤순은 위의 글에서『행명재시집』이 행명재 사후 60여년 뒤에 유고집으로 이루어지게 되었고, 또한 문집에 수록된 글이 전부가 아님을 여러 이유를 들어 말하고 있다. 그리고『행명재시집』의 간행경위를 다음과 같이 소상하게 말하였다.

오직 우리 행명 선생이 돌아가신 지 이미 60년이 되어 유고집이 비로소 이루어졌는데, 그 편성한 내용이 적고 여러 문체들이 두루 갖추어지지 못한 것이 오히려 한스러웠습니다. 아아! 공의 높은 재주와 넓은 학식으로 문장에 노련하였으니, 후손에게 전할 만한 것이 어찌 다만 이와 같을 뿐이겠습니까? 그러나 공의 평소의 뜻은 이것조차 오히려 반드시 후세에 남기려고 한 것이 아니었기 때문입니다. 저는 뒤에 태어난 사람이니 어찌 그것을 잘 알겠습니까마는, 일찍이 여러 부형들의 말을 들으니 공의 본래 성품이 무척 겸손하여 스스로 지키기를 초야의 선비처럼 하였는데, 한창 젊은 나이에 기력이 왕성해서도 이미 잘하는 것을 자부하기를 좋아하지 않았으며, 여러 공들 사이에서 뛰어난 명성이 오르내렸습니다만, 집안의 재화를 만난 이래로는 초야에 몸을 두고 다시금 당시 세상에 뜻을 둠이 없었다고 하였습니다. 그러나 벼슬길에 진퇴하고 출처하는 즈음에 마침내 감격하고 근심하고 두려워하는 마음을 두어 감히 한갓 사사로운 의리를 좇지 않고, 벼슬자리에 있어도 다만 그 겉에 매일 뿐이었습니다. 그 마음을 되돌아보면 마른 나무와 같아서 세상의 모든 권세와 이익과 명망에 분주하고 부산하게 내달리는 길에 있어서도 재능을 감추고 뒤로 물러나서 겸손하게 잘하는 것이 없는 듯이 하였으며, 항상 집안에 깊숙이 숨어 지내면서 책을 읽고 글을 짓는 사이에 푹 빠져서 기분을 즐겁게 하거나 시름을 해소하였습니다. 요컨대 세상에 바라는 것은 없었지만, 죽을 때까지 억울하고 원통함으로 괴로워하여 평범한 사람으로 스스로 살아가지 못한 것이 이미 이와 같았습니다. 평생 동안 지으신 글에 이르러서도 또한 스스로 사랑하고 아끼지 않으셔서 초야로 물러난 10년 이래로 늘그

막에 이르기까지 거의 시를 짓지 않은 날이 없었는데, 문득 모두 내던져
버리고 거두지 않아 글이 또한 하나도 남아있는 원고가 없었으니, 곧 공
의 뜻이 또 죽은 뒤의 명성을 바라지 않았음을 알 수 있었습니다. 지금
남아있는 것은 흩어지고 빠뜨린 것을 얻어서 시집 약간 권으로 엮어 만든
것입니다. 중간에 일찍이 이 모든 자질로써 문단에서 뛰어난 인물이 되
고, 모두들 공이 비록 지나치게 스스로 겸손해서 후세에 전할 뜻이 없
었지만, 문장은 스스로 공공의 물건이 되므로 이것을 전하지 않을 수 없다
고 여겼습니다. 이에 각각 가려 뽑아 둠에 복잡한 것도 있고 간략한 것도
있었는데, 현석 박세채 선생이 또 그 끝에 글을 써서 공의 드러나지 않은
덕을 드러냈습니다.[26]

1725년 여름에 종증손 윤순이 기록한 것이다. 『행명재시집』의 간행
경위를 자세히 엿볼 수 있다. 그런데 여기에서 누차 강조한 바와 같이
『행명재시집』에는 행명재가 지은 글의 10분의 1, 2 정도만 수록이 되었
다는 것이다. 실제 그의 글 가운데 실리지 않은 것들이 여러 문헌에서
산견되는 것을 볼 수 있다. 윤순지의 글은 발문에서 박세당이 말한 바
와 같이 많은 글들이 빠져 있는데, 산문도 빠져 있음을 알 수 있다.
고전번역원의 김진옥(金鎭玉)이 쓴 박수춘(朴壽春)의 『국담집(菊潭集)』

---

26) 尹順之, 『溰溟齋詩集』, 「溰溟齋續集識」(尹淳, 『白下集』 卷10, 「溰溟集跋」). "惟我溰溟
先生下世旣六十年 遺集始成 而尙恨其編帙之少 而衆體之不備 嗚呼 以公高才博學 老於
文章 而其爲可傳於世者 豈但如是而已 然以公平日之志 此猶非其必於後者矣 淳後生也
何足以知之 竊嘗聞諸父兄之言 公雅性謙甚 自守若處子 方其年壯氣盛 已不喜負其所長
頡頑奇芬於諸公間 自遭家禍以來 乘身草莽 無復有當世意 然其進退出處之際 終有所感
激憂畏 不敢徒循私義 而軒裳圭組 特麾其外而已 顧其心則如枯木焉 於世之一切勢利名
論奔趨馳騖之途 斂晦逡巡 退然若無所能 常簾閣深居 沈浸陶寫於竹素鉛槧之間 要以無
求於世則其終身冤苦 不以平人自處已如此 至其平生所爲文 亦不自愛惜 自退野十年 以
至晚暮之境 殆無無詩之日 而輒皆棄擲不收 文亦一無留藁 則公之志又不蘄於身後之名
可知矣 今其存者 得於散落 而總爲詩若干卷 間嘗以是遍質文苑鉅公 咸以爲公雖過自挹
損 無意於垂後 而文章自公物 此不可無傳 於是各有抄選 有繁有簡 而玄石朴先生又題其
尾 發公幽光"

해제에 의하면, "朴愼墓道碑銘(尹順之 撰, 追先錄)"라고 하여, 박수춘의 아버지 박신(朴愼)에 대한 묘도비명을 지은 것이 있다고 하지만 지금 전하지 않는다. 이밖에도 『조선왕조실록』에는 행명재가 왕에게 올린 글이 인용되어 있는 것이 더러 있다. 다음 인조 15년 정축(1637) 6월 6일(계묘)에 지은 것으로 되어 있는 「난리에 노모를 찾다가 지체한 죄가 있으므로 체직해 줄 것을 청하는 동부승지 윤순지의 상소」도 행명재가 지은 것이지만, 그의 문집에는 수록되지 않았다.

동부승지 윤순지(尹順之)가 상소하기를, "삼가 아룁니다. 신은 죄를 지어 목숨만 붙어 있는 자로 마음은 죽었고 형체만 남아 있으니 홀로 앉아 있어도 남에게 부끄럽고 남을 대하면 혼이 두려워 떱니다. 오직 오래도록 근시의 직임을 맡아서 은혜를 받은 것이 매우 두터우므로 분의로 헤아려 보면 보답할 길이 없고, 마음을 말로 하자니 흐르는 눈물이 소매를 적시는 것이 여러 번입니다. 지난번에 서울을 떠날 적에 군사와 백성들 사이에 섞여 따라가면서 단지 난리에 임해 한번 죽더라도 촌심(寸心)을 아뢰고자 하는 것뿐이었습니다. 나랏일이 조금 안정되자 돌아가 노모를 찾았는데 영외(嶺外)에 떨어져 있어 시일이 마냥 지체되었습니다. 엄한 견벌이 가해지기 전에 특별한 은전이 갑자기 이르러 돌연 높은 자급이 더해져서 갑자기 부당(部堂)에 발탁되었으니 크신 성상의 은혜에 감격하여 반열에 나아가 직임을 수행하였습니다만, 일을 어긋나게 하는 것이 갈수록 심해져서 몸 둘 바를 몰랐습니다. 이처럼 곤란하고 위급한 날에 감히 줄곧 물러나 있을 수 없기에 일이 없는 한산한 자리도 가리지 않는 것이 신의 구구한 본심인데, 뜻밖에 화현직(華顯職)에 제수되는 것이 또 꿈에도 생각지 못하는 사이에 미쳤으니 전후의 성은이 천지처럼 헤아리기 어렵습니다. 신이 비록 지극히 완고하나 또한 품부한 성정은 오직 죽을 때까지 온몸을 바쳐 충성하려는 것뿐입니다.

다만 생각건대 은대(銀臺)는 청질(淸切)하기가 어떠한 곳인데 신처럼 죄가 많은 자가 버젓이 감당하여 감히 고상한 관리들 사이에 끼기를 아무 거리낌 없이 할 수 있겠습니까. 비록 사적인 은혜에 연연하여 억지로 직임을 수행하러 나간다 해도 수행하는 자리에서 실로 감히 하지 못하는 바가 있을 것입니다. 이에 가슴을 쓸고 스스로 탄식하며 일어나고자 하다가 도로 엎어지고 한밤중에 방 안을 배회하며 죽고만 싶을 뿐입니다. 더구나 신은 타고난 체질이 허약하고 혈기가 쇠진하여 마른 형체는 귀신도 놀랄 지경입니다. 이미 젖은 재처럼 되었는데 뜨거운 길로 말을 달렸으므로 손상을 입은 것이 더욱 심하였습니다. 이미 더위와 습기에 걸렸고 다시 설사를 만나 침상에 엎드려 신음하며 괴로워하고 있으니 바쁜 업무를 수행하기 어려운 형편이고 후설(喉舌)의 중임을 오래도록 비워 두어서는 안 됩니다. 삼가 바라건대 밝으신 성상께서 특별히 체직을 허락해 주신다면 그 외의 다른 관직에서 힘이 미치는 대로 감히 죽을 때까지 힘써 직임을 수행하지 않겠습니까. 신은 감정이 북받쳐 말이 나오지 않아 눈물만 흘리며 간절히 기원해 마지않습니다."라고 하였다.[27]

당시 동부승지로 있을 때 지은 것이라고 하고, 이 상소에 임금이, "상소를 보고 잘 알았다. 그대는 사직하지 말고 속히 직임을 살피라."라고 한 비답도 수록이 되어 있다. 이 글은 『실록』을 편찬하는 사관이 절록을 한 것이겠지만, 상당히 길게 인용이 되어 있다. 이밖에도 임금에게 올린 짧고 긴 글이 있지만 하나도 문집에는 보이지 않는다는 점에서 행명재의 글이 많이 누락되었음을 알 수 있다.

그이 문집에는 산문이 한 편도 실리지 않았고, 유집의 이름도 아예 『행명재시집』으로 전한다. 그런데 그의 글이 전하지 않는 것이 이처럼 산문에만 국한된 것이 아니고, 시도 많이 누락되었음을 알 수 있다.

---

27) 『국역 조선왕조실록』, 인조 15년 정축(1637) 6월 6일(계묘).

일본에 사신으로 갔을 때 부사로 함께 갔던 사람은 다름 아닌 조선후기의 문장가 용주(龍洲) 조경(趙絅)이다. 그는 행명재의 부사로서 배를 타고 일본으로 가는 도중이나 일본에서 함께 다니면서 시를 지었는데, 행명재의 시에 차운한 것이 많다.

그런데, 그가 차운했다는 행명재의 시 가운데에는 원시를 찾을 수 없는 경우가 많아 시도 결락이 많았음을 확인할 수 있는 것이다. 계미통신사의 부사로 갔던 용주 조경은 정사인 윤순지에게 일본에 왕복하는 동안 많은 시를 주고받았는데, 이 시들은 조경이 지은 『동사록(東槎錄)』에 많이 수록되어 있다.

동쪽은 위성이 비치는 지분	東照危星分
서쪽엔 우로가 흠뻑 내리네.	西垂雨露濃
배편은 만 리에 통하고	靈槎通萬里
문사는 삼동에 부끄럽네.	文史愧三冬
풍속을 물으려 외딴섬에 이르니	問俗臨孤島
고을이 난봉 속에 마련됐는데	爲州闢亂峯
백성들은 고기잡이로 생업이요	萬夫資網得
집집마다 모두 수수를 찧네.	千室盡糖舂
숲서리엔 산귀신을 제사하고	叢薄祠山鬼
깊은 못엔 비를 주는 용왕께 고사.	淵泓賽雨龍
관사는 좁은 골목에 올망졸망	廨容委巷窄
오솔길은 산기슭에 꼬불꼬불.	巡仄翠微嵸
날파람을 부리면 벼슬이 높아지고	賈勇官仍貴
장사꾼은 몇 나라 말을 통역.	行商譯幾重
문이 있으면 다 장막을 쳤고	有門皆幔幕
말에는 모조리 가죽 부담.	無馬不鞦茸

집치장은 백토와 분벽 　　　　　　　繪屋塈兼粉

□ 수풀은 대나무와 소나무. 　　　　　□林竹與松

개펄 논은 짠물과 성에 천지 　　　　　浦田偏潟鹵

배란 배는 모두 다 조그만 배. 　　　　艓子異艨艟

도주는 원래 세전이요 　　　　　　　洞主元世傳

추장들도 또한 세습제. 　　　　　　　諸酋亦襲封

부엌 연기는 굴뚝이 없고 　　　　　　廚煙無黔突

세 끼 식사엔 반드시 종을 쳐 　　　　頓食必撞鍾

손님을 보면 제법 예를 아는 듯 　　　　見客如知禮

하인들은 너무나 지나친 공손. 　　　　搶頭太過恭

나다닐 땐 칼집을 손에 쥐고 　　　　　行持刀劍室

씨부리는 말은 "힛다라 맛다라". 　　　　語作娿隅鱅

감자를 심어 항시 배를 채우고 　　　　種芋恒充腹

쇠를 불리며 농사를 일삼지 않네. 　　　冶金不事農

아롱진 옷은 예로부터이지만 　　　　　卉衣雖自古

민대머리는 다시 나를 놀래네. 　　　　兀頂更驚儂

여자는 시집가면 이에 검은 칠 　　　　女嫁脣含漆

계집애는 사뭇 요염한 얼굴. 　　　　　童嬌面彼穠

병풍은 금비취를 귀하다 하고 　　　　屏珍金翡翠

담요는 수부용을 자랑하네. 　　　　　褥詑繡芙蓉

약 캐러 왔었다는 서복의 전설 　　　　採藥稱徐福

매 그림은 송 휘종의 친필이라던가. 　　描鷹說宋宗

상방에서 사절을 맞아 　　　　　　　上方要使節

노사 숙유가 잠시 와 접대. 　　　　　老宿暫從容

시구를 지으나 율 어찌 알리 　　　　覓句奚知律

술잔을 들 젠 혹시 어울릴 만도 　　　浮杯或可從

뜰안에선 잣나무를 가리키고 　　　　庭中指栢樹

바위 틈에선 샘물을 움켜내네. 　　　嵒竇掬泉淙

네 어찌 나의 학문 알리오마는	爾豈知吾學
나는 장차 네 지팡이 빌리리로다.	吾將借爾筇
쇠한 나를 붙들어 길 열어주고	扶衰開道路
입 다물고 날카로운 문답 피하네.	閉口避機鋒
탕곡엔 밝은 달 솟아오르고	湯谷銀蟾湧
부상엔 자줏빛이 하늘 찌르니.	扶桑紫氣衝
이역의 이런 경치 안 봤더라면	不緣游異境
진세의 속된 자취 어찌 씻을까.	那得洗塵蹤
잔 들어 포도주를 세작하여서	細酌蒲萄酒
불편한 심회를 풀어 보노니.	爲澆磊磈胸
안기를 그대는 부러워 마소	安期君莫羨
우리네들 만났으니 족하지 않은가.	我輩足過逢[28]

위의 시는 「배안에서 행명(涬溟)의 배율(排律)을 달리듯 차운하여 대마도 지방 풍속을 적음[舟中走次涬溟排律述馬州地方風俗]」이란 시는 5언의 장편 배율인데, 용주가 행명재의 시를 보고 차운한 것이므로, 행명재의 시로 존재하였었지만 지금은 없어진 것이라 하겠다.

또한 『용주유고』 제23권에 수록된 『동사록(東槎錄)』에는 「7월 12일 강호(江戶, 에도)에 있는데 미농 수가 인동주를 가지고 와서 바치기에 따라 마시고 취하여 잠들었다가 문득 시를 지어 정사와 종사에게 화운해 달라 하다[七月十二日在江戶美濃守以忍冬酒來呈酌而醉眠率爾成詩要正使從事和]」라는 긴 제목의 시가 실려 있다.

---

28) 趙絅, 『龍洲遺稿』 권23 『東槎錄』, 「舟中走次涬溟排律述馬州地方風俗」. (번역은 한국고전번역원의 것을 가져옴.)

흰 잔 인동주에	一杯忍冬酒
금방 내가 곤드레 취했다오.	今我卽醺然
늙은이 눈동자가 어릿어릿하더니	老眼玄花亂
평상에서 선잠 들었네.	匡牀小睡牽
바다가 넓다고 누가 말하나	誰言蒼海濶
꿈에서 서울 하늘 이르렀거늘.	夢到洛陽天
깨고 나서 불현듯 웃음 나노니	覺後翻成笑
오랑캐 땅 강물에 아직 배가 매어 있네.	蠻河尙繫船[29]

이 시는 일본 에도에 도착하여 지은 것인데, 미농(美濃)의 고을원이
인동주(忍冬酒)를 대접하면서 정사와 종사에게 시를 청하여 지었다는
것이다. 그런데 이 시의 뒤에는 행명재 윤순지의 원시가 수록되어 있는
데, 그 시는 다음과 같다.

객관에 마음 기댈 데 없어	旅館心無賴
배나 쓸쓸한 초가을.	新秋倍黯然
진퇴는 천성대로 하기 어려우니	行藏難任性
부귀 따라 다니면 괴롭단 걸 알게 되네.	富貴覺勞牽
나그네 되어 어찌 술을 마다하랴	客裡寧辭酒
병 속에 별천지 있나니.	壺中別有天
취한 김에 천릿길 가서	醉從千里路
오호에서 배 타는 한가한 꿈 꾸네.	閑夢五湖船[30]

---

29) 趙絅, 『龍洲遺稿』 권23 『東槎錄』, 「七月十二日在江戶美濃守以忍冬酒來呈酌而醉眠率
爾成詩要正使從事和」. (번역은 한국고전번역원의 것을 가져옴.)
30) 번역은 한국고전번역원의 것을 가져옴.

에도의 미농 수가 요청하여 정사인 행명재가 먼저 시를 읊자, 부사 조경이 행명재의 시에 차운하여 읊었던 것으로 보인다. 행명재가 일본에서 쓸쓸한 마음을 달래기 위해 술을 마다하지 않는다고 읊자, 조경이 이 시를 차운하여 고향에 대한 그리움을 노래했다. 그런데 조경이 차운한 행명재의 이 원시는 정작 『행명재시집』에 수록되지 않은 것이다. 이처럼 『용주유고』에 전하지만 『행명재시집』에는 전하지 않는 행명재의 원시는 상당히 여러 수 된다.

이런 점들은 모두 그의 시가 제대로 수습되어 전모가 전하는 것이 아님을 알려주는 것이다. 계미사행의 종사관 신유(申濡)의 『죽당선생집(竹堂先生集)』 권2에 수록된 『해사록(海槎錄)』[상]을 보면 행명재의 대마도라는 시를 차운하여 지었다고 밝힌 「차행명대마도 이수(次涬溟對馬島 二首)」가 있으나, 『행명재시집』에는 이 시의 원운을 찾기 어렵다. 여기에는 또 「차행명대마도배율이십팔운(次涬溟對馬島排律二十八韻)」이라 하여 장편의 배율이 수록되어 있고, 행명재의 대마도 배율 28운에 차운 한 것이라 하였다. 하지만, 『행명재시집』 권3에는 「차간옹운 증홍장로(次髷翁韻 贈洪長老)」라는 시가 23운으로 된 장편의 배율이 있기는 하지만, 신유가 차운했던 시는 아니다. 따라서 그의 시가 많이 빠져 있는 것을 볼 수 있다.

이뿐만 아니라 행명재가 지인들에게 보낸 시들 가운데 수습이 되지 않고 누락된 것도 여럿 찾아 볼 수 있다. 일례로 신익전의 『동강유집(東江遺集)』 권19에는 부록으로 행명재의 시가 수록되어 있다.

혁혁한 가문의 명성이 소소에게 돌아가니　赫赫家聲屬少蘇
사림이 모두 시대에 필요한 인물인 줄 알았네.　士林咸識仔時須

강한 쇠와 타는 불을 공은 부끄럽게 여겼고　　　　剛金躍火公還恥
진귀한 보물을 지니고도 세상에 팔지 않았네.　　　　美玉連城世不沽
마음껏 발휘한 힘찬 필법은 책문에 남았는데　　　　漫把銀鉤留寶冊
밝은 달이 황로를 비춘다는 말 갑자기 들었네.　　　　遽聞明月潤黃墟
이 몸은 위급할 때 그저 공만 의지했는데　　　　吾生緩急唯相恃
지금은 좋은 벗이 가 버리고 없구나.　　　　良友如今已矣無[31]

위의 시는 동강 신익전이 돌아갔을 때 행명재가 지은 만시이다. "刑
曹參判 尹順之"가 지은 것으로 되어 있는데, 이 시도 『행명재시집』에
는 보이지 않는 것이다. 다음 포저 조익(趙翼)의 『포저연보』 권4 부록
(附錄)에 수록된 시도 행명재의 시이다.

금세에 누구를 사직의 신하라 할까　　　　今世誰堪社稷臣
전부터 원우의 완인이 계셨느니라.　　　　向來元祐有完人
마음가짐이 확고해서 때에 맞게 진퇴했고　　　　隨時顯晦操存確
집정하면서 세운 계책들 명실상부하였다네.　　　　秉軸猷爲望實均
한판의 멋진 바둑 같은 만년의 절조요　　　　晚節似碁高着局
티끌 없는 물처럼 맑은 가풍이었다오.　　　　淸關如水本無塵
운망의 비통함이 어찌 유림뿐이리오　　　　云亡不但儒林痛
큰집의 들보 쓰러져 대궐도 슬퍼한다오.　　　　大廈樑摧愴紫宸[32]

이 시에서 행명재는 조익을 '원우의 완인'이라 일컬었다. 원우는 송
철종의 연호이고, 원우의 완인은 원우 연간에 재상을 지낸 사마광(司馬
光)을 지칭하는 말이다. 행명재는 조익에 대해 사마광처럼 모함과 참소

---

31) 申翊全, 『東江遺集』 권19 附錄, 「挽詩」. (번역은 한국고전번역원의 것을 가져옴.)
32) 趙翼, 『浦渚年譜』 권4 附錄, 「挽詩」. (번역은 한국고전번역원의 것을 가져옴.)

가 난무하는 등 당쟁이 격화되는 속에서도 확고한 마음가짐을 가지고 진퇴를 때에 맞게 하는 등 포저의 인품에 대해서는 군자로 인정할 수밖에 없었다고 칭송한 것이다. 하지만, 이 시도 행명재의 문집에 보이지 않는 것이다.

이밖에도 이시발(李時發)의 『벽오유고(碧梧遺稿)』 권8 부록의 「만사」, 정홍명(鄭弘溟)의 『기암집(畸庵集)』 부록의 「만사」, 신응구(申應榘)의 『만퇴헌유고(晚退軒遺稿)』 부록의 「만사」, 이상의(李尙毅)의 『소릉집(少陵集)』 권4 부록의 「만사」, 정문익(鄭文翼)의 『송죽당집(松竹堂集)』 권4 부록의 「만장」 등은 모두 행명재가 지은 것이지만 『행명재시집』에 보이지 않는다.

이처럼 『행명재시집』에는 행명재가 지었던 시가 일실된 것이 많은데, 윤순은 행명재의 저술이 이처럼 수록되지 않은 거을 밝혀 "저술은 모두 원고를 버리고 수습하지 않아 남은 것이 시 약간 권이다.[所著述皆棄藁不收 存者詩僅若干卷]"라고 하였다. 그의 말과 같이 행명재의 많은 저작이 현전하는 『행명집』에는 실리지 않은 것으로 보인다.

4. 『행명재시집(涬溟齋詩集)』의 내용과 시세계

김경희는 『행명재시집』의 내용에 대해 "원집(原集) 권1~5는 시 490여 제를 시체(詩體) 구별없이 대체로 저작 연대순으로 편차하였다. 권1은 주로 1627년(인조 5) 부친이 효수당한 뒤 10여 년 동안 파산(坡山) 별서(別墅)에서 지낼 때 지은 시들이다. 권2는 1639년(인조 17) 충주목사(忠州 牧使)가 되었을 때부터 이듬해 문안사(問安使)로서 심양(瀋陽)에 다녀올 때까지 지은 작품들이다. 권3은 1642년(인조 20) 통신사(通信使)로서 일본에 다녀올 때 지은 시가 주로 실렸다. 권4는 그 이듬해 이후 도승지, 경기 감사 등 內外의 관직을 역임할 시절 지은 작품들이다. 권5는 1654년(효종 5) 연안(延安)으로 도배(徒配)될 때부터 이후 돌아와 1657년 동지겸사은부사(冬至兼謝恩副使)로서 연경에 다녀올 때, 그리고 그 이후 만년의 작품이 실려 있다."라고 하였다.[33]

행명재는 아버지가 화를 당한 뒤 10년이 지나 뒤늦게 벼슬하여 1657년 실록수정청당상(實錄修正廳堂上)이 되어 『선조수정실록』의 편찬에 참여하였다. 도승지·육조의 참판·개성유수·한성판윤·대제학을 거쳐, 1663년 공조판서·좌참찬 등을 역임하였다.[34] 그는 종조(從祖) 윤근수(尹根壽)에게 학문을 배웠으며, 시(詩)·사(史)·서(書)·율(律)에도 뛰어났다. 겸손하고 근면하였으며 몸가짐이 단정하고 돈후하였다. 앞서 아버지가 화를 당한 것을 항상 잊지 않고 왕의 잘못이 있더라도 직언은 하지 않았으며 조정에 있어서도 객처럼 처신하였다고 한다.[35]

윤순은 『백하집』 권6의 「증백조좌참찬행명공묘표」에서 "공은 어렸을 때부터 가훈을 받았고, 종조부인 월정 선생에게 수학을 하여, 문장을 지음에 더욱 시에 뛰어났고, 사학에 깊었다. 그래서 여러 사람들 사이에서 향산의 시, 형주의 역사라 일컬어졌다.[公少服家訓 受學于從大父月汀先生 爲文章 尤長於詩 深於史氏學 在諸公間 以香山詩荊州史稱焉][36] 라고 하여 행명재가 시문에 뛰어났음을 말하였다. 여기에서 향산시는 백낙천의 시이고, 형주사는 당순지의 사와 같다는 말로 행명재가 시와 문에 모두 능했음을 알려주는 것이다. 이 내용은 조경의 다음 시 정사

---

33) 김경희, 『행명재시집』 해제, 한국고전번역연구원.
34) 『현종(개수실록)』 5년 갑진(1664) 3월 18일(경진) 우참찬에 임명되었다고 되어 있다.
35) 『한국민족문화대백과사전』, 한국학중앙연구원.
36) 尹淳, 『白下集』 卷6, 「曾伯祖左參贊滓溟公墓表」. "公少服家訓 受學于從大父月汀先生 爲文章 尤長於詩 深於史氏學 在諸公間 以香山詩荊州史稱焉"

에게 주다[贈正使]라는 것에서도 확인할 수 있는데, 윤순지를 대하는
매우 친밀한 관계가 느껴지는 작품이다.

향산의 시율과 형천의 사재(史才)	香山詩律荊川史
다른 시대 대가의 명성을 한몸에 지녔네.	異代聲名合一身
눈 아래 거칠 것 있은 적 있나	目下何曾有肯綮
흉중에선 예전부터 풍진을 쓸어내려 했지.	胸中久欲掃風塵
예조에서 예악 맡아 조정에서 귀하더니	南宮禮樂仙曹貴
동해의 파도 위에 정기를 펼치누나.	東海波濤道氣伸
무능한 이 몸은 부사로 뒤좇으며	顧我無能添貳价
그대의 하패 빌려 오랑캐에게 자랑하리.	借君霞佩詫夷人[37]

　여기의 정사는 윤순지(尹順之, 1591~1666)를 가리킨다. 그의 이름은
순지이고 호는 낙천이인데, 이름 순지는 명나라 문장가 당순지와 같고,
자 낙천은 당나라 시인 백거이(白居易)와 같다. 그래서 시는 백거이 같
고 문장은 당순지 같다는 말을 향산시(香山詩), 형천사(荊川史)라고 하
였던 것이다.

　김경희는 『행명재시집』의 전체적인 내용에 대해 "특히 서정시(敍情
詩)가 많으며, 서경시(敍景詩)도 다수 실려 있다. 사신(使臣) 시절의 작
품들을 제외하면 조익(趙翼), 정홍명(鄭弘溟) 등에 대한 만시(挽詩), 신
익전(申翊全), 신익성(申翊聖) 등과 나눈 시, 외직이나 사신으로 떠나는
이들에게 지어준 증별시(贈別詩) 등이 여러 수이며, 월과(月課)로 지은
「소상팔경(瀟湘八景)」4수도 실려 있다. 속집(續集) 1권도 원집과 마찬

---

37) 趙絅, 『龍洲遺稿』 권23 『東槎錄』, 「贈正使」. (번역은 한국고전번역원의 것을 가져옴.)

가지로 117제(題)의 시를 대체로 저작 연대순으로 편차하였고, 수록 작품의 특징도 비슷하다. 원집에 실리고 남았던 「소상팔경」 4수, 응제(應製)로 지은 「칠석(七夕)」 등이 실렸고, 두 차례의 사신(使臣) 시절, 연안(延安) 적거(謫居) 시의 작품 등이 주를 이룬다."[38]라고 개략하여 말한 바가 있다. 행명재의 시 가운데 서정시, 서경시, 증별시 등이 주를 이룸을 말하였다.

행명재의 시들 가운데 특히 눈여겨 볼 것은 아버지 화를 당한 뒤에 파주에 10년간 은거하며 지었던 것과 두 차례 사행 중에서도 일본에 통신정사로 갔을 때 지은 시들이다. 파주에 은거하였던 시는 권1에 모아져 있는데, 이 가운데에서 행명이라 호를 짓고 행명재라는 건물을 지은 뒤에 그것에 대해 읊은 것은 행명재의 삶과 문학을 이해하는 데 있어 중요한 위치에 있는 것이라 하겠다.

행명(涬溟)이란 말은 『장자』 제11편 「재유(在宥)」에 "大同乎涬溟"이라 한 데에서 나온 것이다. 『장자』의 이 구절은 '혼돈한 도와 완전히 같아진다'라는 뜻을 말하니, 행명은 도의 혼돈한 모습을 표현한 것이다. 행명의 뜻에 대해 많은 사람들의 풀이를 볼 수 있는데[39], 이 가운데

---

38) 김경희, 「『행명재시집』 해제」, 한국고전번역연구원.

39) 동양고전DB에서는 행명에 대해 다음과 같이 여러 가지 풀이를 소개하였다. "《經典釋文》에서 司馬彪는 '자연의 기[自然氣也].'라 했고 成玄英도 이 견해를 답습하고 있다. 또 呂惠卿은 '기가 비어서 사물을 기다리는 것[氣之虛而待物者也].'이라 풀이했고, 宣穎은 '커다란 기[浩氣].'라 했고, 陸樹芝는 '혼융한 자연의 기[渾融自然之氣也].'라 했으며, 陳壽昌은 '원기가 혼연하여 몸체도 조짐도 없다[元氣渾然 無朕無兆].'라고 했는데 대체로 기를 지칭한 것으로 본 견해이다. 池田知久는 《淮南子》〈覽冥訓〉편에 '대도는 混冥하다[大道混冥].'라고 한 것을 근거로 삼아서 여기의 涬溟을 混冥과 같다고 보았는데 이 견해를 따른다. 물론 池田知久 이전에 陳景元이 '혼연한 모양[渾然貌].'이라 했고, 林希逸이 '모습도 없고 조짐도 없어 기가 아직 있지 않은 처음[無形無朕 未有氣之始也].'이라 풀이했고, 林雲銘이 '모두 기가 없었던 처음으로 돌아감이니 무극보다 먼저이다[總歸於無氣之始 無極之先也].'라고 풀이했는데 모두 涬溟을 도의 모습으로 풀이한 것이다."

육수지(陸樹芝)는 '혼융한 자연의 기[渾融自然之氣也].'라 한 것이 명료한 것 같다.

행명재가 언제 무슨 뜻으로 이 호를 썼는지는 알 수 없으나, 파주에 물러나 혼융한 자연 속에 묻혀서 지내고자 하는 뜻으로 지었던 것으로 보인다. 최기남(崔奇男)은 『귀곡시고(龜谷詩稿)』 권1의 下에 실려 있는 「행명당(涬溟堂)」이란 시에는 그가 행명당이란 집을 지은 것이 만년임을 밝히고 있다.

헛된 세상의 성명은 모두 쓸데 없는 것이고,	浮世聲名儘贅餘
수향(睡鄉)의 천지는 곧 화서몽의 세계로다.	睡鄉天地卽華胥
청반에서 일찍 화려한 벽돌 위 걷는 것 끝내고,	淸班早輟花甎步
만년에는 물과 대나무가 있는 거처를 열었네.	晚節初開水竹居
달은 깊숙한 정자를 내려다보며 흰빛을 토하고,	月瞰幽軒涼吐白
바람은 굽은 못에서 부드럽고 고요하게 불어오네.	風恬曲沼靜涵虛
사물에 대해 마음을 접으니 다툴 일이 없고,	冥心與物無相競
부앙하며 지내니 빠르게 시간이 지나가네.	俯仰儵然得自如[40]

화서는 화서몽(華胥夢)을 말한다. 황제(黃帝)가 일찍이 낮잠을 자다가 꿈에 화서국(華胥國)이란 나라에 가서 그 나라가 이상적(理想的)으로 잘 다스려진 것을 보고 왔다는 데서, 즉 태평성대, 또는 낮잠을 말하기도 한다. 4구에서 만년에 수죽의 거처를 처음 열었다고 하였으나, 파주에 은거하던 때가 36세부터 46세 때까지이니 이렇게 표현한 것으로 보인다. 『행명재시집』 卷1에는 「신성행명재(新成涬溟齋)」라는 네 수의

---

40) 崔奇男, 『龜谷詩稿』 권1 下, 「涬溟堂」.

시가 실려 있다.

흔해빠진 땅 구획하여	區畫尋常地
시골노인네 거처 마련.	安排野老居
세 칸 새로 꾸민 뒤에	三間新制度
네 벽에 옛 도서 두고.	四壁舊圖書
말도 돌리니 좁다고 하겠느냐?	旋馬寧嫌隘
작은 수레 들이면 다된 걸.	容車不願餘
살다보면 자못 마음에 들고	棲遲殊愜意
봄풀 마당을 가득 덮으리니.	春草滿庭除[41]

이곳에서도 2구에서 행명재가 야노(野老)의 거처라 하였으나, 46세 까지의 나이가 적지 않게 느껴졌기에 이렇게 말한 것으로 해석할 수 있다. 두 번째 시에서는 다음과 같이 말하였다.

취기로 흥얼흥얼 노래하며	醉動烏烏唱
오순도순 보금자리 사네.	棲甘燕燕巢
보리 익어 두둑을 잇고	麥秋連野壟
패인 홰나무 강마을 가득.	槐夏遍江郊
학은 섬돌 앞 나무 가에	鶴立堦前樹
꾀꼬린 난간 밖 가지 끝에.	鸎歌檻外梢
방공이 이런 재미 알았으니	龐公知此味
천년 지나 친구 되길 원하노라.	千載欲論交[42]

---

41) 尹順之, 『涬溟齋詩集』 卷1, 「新成涬溟齋」 1수.
42) 尹順之, 『涬溟齋詩集』 卷1, 「新成涬溟齋」 2수.

마지막 연은 후한(後漢) 방덕공(龐德公)의 고사를 이끌어다가 행명재가 자연에 묻혀 산수를 즐기며 지내던 것을 말하였다. 『후한서(後漢書)』의 「일민전(逸民傳)」에 의하면, 방덕공은 원래 양양(襄陽)에 살고 있었는데, 형주 자사(荊州刺史) 유표(劉表)가 그를 초빙하였다. 그러자 그는 부름에 응하지 않고 가족을 모두 이끌고 녹문산(鹿門山)으로 들어가 그곳에서 은거하며 다시는 세상에 나오지 않았다. 자신이 10년간 성시에 족적을 들이지 않겠다는 뜻을 방덕공의 일을 통하여 드러내고 있는 것이다. 세 번째와 네 번째 시에서는 각각 다음과 같이 말하였다.

산비에 서늘함 다가오는데	山雨微涼進
봄 동산 저물 무렵 오르네.	春園向晚登
안개 넝쿨 깊숙히 얽히고	煙蘿深簇簇
구름 걸린 나무 푸른빛 층층.	雲木碧層層
복사나무 지팡이 때마다 던지고	桃杖隨時擲
등나무 걸상 간 데마다 기대네.	藤床在處凭
갈 길 어두워도 근심하지 말지니	不愁歸路暝
강 비친 달빛 천 등불 대신하네.	江月替千燈
산언덕에 와 편히 누었다가	山塢來高枕
맑은 시내 가 갓끈 씻누나.	清流去濯纓
푸른 홰나무 뜰 가에 그늘지고	綠槐庭畔影
꾀꼬리 앉은 자리 곁 우는구나.	黃鳥席邊聲
하루 다하도록 아무 일 없어서	盡日無人事
뜬구름에 세상 일 내맡기도다.	浮雲任世情
초야정취 좋아할 따름이고	祇緣耽野趣
세상명성 피해온 건 아니로다.	非是避時名[43]

그는 이처럼 자연에 귀의한 것이 자연을 좋아하여 그런 것이지 세상을 피한 것이 아님을 밝히고 있다. "초야정취 좋아할 따름이고, 세상명성 피해온 건 아니로다. [秪緣耽野趣 非是避時名]"라는 마지막 구절이 그것이다. 『행명재시집』권3에는 일본에 사행을 갈 제 동래에 들러 그곳에서 지은 「내산만점 십오수(萊山謾占 十五首)」가 수록되어 있다.

영남 안팎에 산과 강 놓여있어	嶠南表裏有山河
사람 물건 함께 전해 구경거리 많구나.	人物兼傳楚望多
더운 남방 눌러앉아 동북방에 서렸으며	地壓炎荒蟠析木
하늘이 큰 바다 열어 신라를 안았도다.	天開大海抱新羅
장산은 일찍 이곳에 떠내려 온 나라라	萇山曾此國如萍
아웅다웅 싸우면서 몇 해나 이어졌나?	蠻觸乾坤閱幾萍
문헌이 지금에 남아있지 않나니	文獻世間今泯絶
바닷가 남은 터엔 묏부리만 푸르구나.	海濱遺址數峯青[44]

위의 시는 「내산만점 십오수(萊山謾占 十五首)」의 1, 2번째 시이다. 동래에 대한 역사와 지리적 위치 등이 개괄적으로 묘사되어 있다. 내산은 주지하는 바와 같이 부산 동래의 옛 지명이다. 옛날에는 가야(加耶)의 소국(國)으로 지금의 부산 동래 부근에 있었던 것으로 보이며, '내산국(萊山國)' 또는 '장산국(萇山國)'이라고도 하였다. 현재 부산 해운대의 뒷산 이름이 장산(萇山)인데, 시에서 이를 읊었다.

---

43) 尹順之, 『涬溟齋詩集』卷1, 「新成涬溟齋」3,4수.
44) 尹順之, 『涬溟齋詩集』卷3, 「萊山謾占 十五首」1,2수.

봉래산 성 밖으로 바닷물이 어둑어둑	蓬萊城外海冥冥
금정산 범어사 바라보니 푸르구나.	金梵山容望裏靑
지나간 천년 세월 찾아볼 곳 없는데	往事千年無覓處
목동들 아직도 「정과정」을 부르네.	牧童猶解鄭瓜亭
부산의 멋진 경치 하늘 솜씨 같나니	釜山形勝類天成
만력 연간 비로소 진영을 설치했네.	萬曆年中始設營
빚진 장수 변방요새 중함을 모르니	債帥不知邊閫重
봄풀만 빈 성에 가득히 깔렸구나.	只看春草遍空城[45]

위의 시는 3,4번째 작품이다. '봉래성'은 부산 영도구 신선동3가 산3번지에 있는 봉래산의 성을 말하며, 금범산(金梵山)이라는 산은 없지만, 부산 금정구 및 북구와 양산 동면 경계에 금정산(金井山)이 있으며, 북동쪽 기슭에 문무왕 18년(678)에 의상대사가 창건한 범어사(梵魚寺)가 있는데, 예전에 금정산을 금범산이라 불렀거나, 금정산과 범어사를 아울러 지칭한 듯하다.

정과정은 고려시대 의종 때 정서(鄭叙)가 동래(東萊)로 귀양 와서 임금을 생각하며 비파를 연주하며 노래하였는데, 그 곡조를 「정과정곡(鄭瓜亭曲)」이라 한다. 과정(瓜亭)은 정서의 호(號)이다.

'만력 연산 비로소 신영을 설치했네'라고 한 것은 명나라 말기 신종(神宗) 때(1573~1619)인 만력 20년(1592)에 일본의 관백 도요토미 히데요시[平秀吉]가 조선의 방비를 엿본 뒤에 고니시 유키나가[西行長]와 가토 기요마사[加藤淸正] 등에게 수군을 이끌고 부산진(釜山鎭)을 공격하도록 하였는데, 임진왜란이 있기 전에 왜구의 침입을 미리 막기 위해

---

45) 尹順之, 『涬溟齋詩集』卷3, 「萊山謾占 十五首」3,4수.

진영을 실치한 것을 말한다.

이상 1-4수에서 대략 살펴본 바와 같이 행명재의 「내산만점 십오수(萊山謾占 十五首)」는 동래와 부산 지역의 역사, 지리, 민속 등등 여러 방면에 대해 읊은 것으로 옛날 동래와 부산의 모습과 당시 사대부들의 동래와 부산에 대한 인식 등을 탐구하는 데에 좋은 자료가 될 것이다. 현재에 이르러 행명재가 지은 「래성 15수」의 소중한 자료적 가치를 인정하고 지역민들이 이를 기념하여 비를 세우기도 하였다.

더 나아가 행명재는 「내산만점 십오수(萊山謾占 十五首)」를 짓는 데에 그치지 않고, 동래와 부산에 이르러 묵는 동안에 이들 지역에 대한 시를 여럿 읊은 것이 있다. 행명재는 동래에 도착한 소감을 『행명재시집』 권3의 「도동래감회(到東萊感懷)」이란 시에서 다음과 같이 읊었다.

이제 땅끝 이르렀지만	今到地窮處
행차 아직 안 끝났네.	此行猶未休
봉래산은 만 리 밖인데	蓬山萬餘里
바다 위에 작은 배 하나.	滄海一扁舟
신선 땅 간다고 하지만	縱有乘桴地
고국 떠난 시름 없겠나?	寧無去國愁
아침에 살쩍 어루만지니	朝來撫雙鬢
갯버들 금방 시든 꼴.	蒲柳已驚秋[46]

행명재는 이 시에서 조선의 남쪽 땅끝 동래에 도착한 뒤에 다시 바다를 건너 일본으로 가야하는 무거운 마음을 진솔하게 읊었다. 일본에

---

46) 尹順之, 『涬溟齋詩集』 卷3, 「到東萊感懷」.

대해 호기심이 없지는 않으나 고국을 떠나는 시름도 동시에 큼을 말하였다. 마지막 구절에서는 시름이 깊어 자신의 두 살쩍이 파랗던 갯버들이 서리를 맞아 하얗게 변한 것처럼 자신의 머리카락도 수심에 겨워 하얗게 되었다고 과장되게 해학적으로 읊었다. 『행명재시집』 권3 실린 「유부산만점(留釜山謾占)」도 그것 가운데 하나이다.

난간 돌아 동편 방에 겹문발 내리니　曲欄東畔下重簾
저물녘 솔솔바람 단청 처마로 드네.　落晚輕風入畫簷
시골기생 봄단장 진주비취 아우르고　野女春粧珠翠並
손님들 소반에는 산해진미 갖추었네.　客盤珍味海山兼
오랑캐 교역선이 금과 주석 실어오니　蠻船通貨輸金錫
바다마을 살림에 쌀 소금이 지천이네.　蜒戶謀生賤米塩
고운 시구 읊어야 승지에 맞으련만　佳句恰堪題勝地
채색 붓 어찌 얻어 강엄처럼 되리?　彩毫郱得似江淹[47]

　이 시에서는 오랑캐의 교역선이 왕래하여 물산이 풍부하였던 부산의 모습과 기생이 봄단장을 한 모습 등 부산의 여러 풍습이 잘 묘사되어 있다. 그리고 『행명재시집』 권3에는 동래객관에 들러서 지은 「제동래관(題東萊館)」이라는 시를 지었다.

너른 바다 아득하게 만 리 밖에 열려있고　巨浸茫茫萬里開
큰 붕새 날아 간 데 삼색 구름 쌓여있네.　大鵬飛盡靄雲堆
봄 깊으니 소하 살던 산기슭 집이 되고　春深蘇蝦山邊宅
꽃이 피니 최선 놀던 바닷가 누대이네.　花發崔仙海上臺

---

47) 尹順之, 『涬溟齋詩集』 卷3, 「留釜山謾占」.

빼어난 곳 천년 동안 님은 풍광인데　　　　勝地千秋留物色
이 몸 오늘사 이곳 다시 찾아왔구나.　　　　此身今日復歸來
높이 올라 홀연히 부구공 옷자락 잡고　　　　登高怳把浮丘袂
구름노을 얻어다가 소매 가득 채워오네.　　　拾得煙霞滿袖廻[48]

　동래관에서 묵으면서 동래와 부산 혹은 인근의 산기슭과 바당에 얽힌 일들을 노래하였다. 다음 『행명재시집』 권3에 수록된 시는 「등부산 절정 망마도(登釜山絶頂 望馬島)」라는 제목을 통해 알 수 있는 바와 같이 부산에 올라 대마도를 바라보며 지은 시이다.

팔방 어두운 속에　　　　　　　　　　　八極冥濛裏
외로운 성 아득하고.　　　　　　　　　　孤城縹緲間
땅 끝나 오직 바다뿐　　　　　　　　　　地窮唯有水
하늘 멀고 산도 없네.　　　　　　　　　　天遠更無山
주만도 이르기 어렵고　　　　　　　　　　周滿曾難到
진동자 예서 못 돌아갔네.　　　　　　　　秦童此不還
사나이 어찌 다리힘 따지리오?　　　　　　男兒郍計脚
오늘사 얼굴 딱 환히 펴지는데.　　　　　　今日合開顏[49]

　부산에 올라 그곳에서 대마도를 바라보며 감회를 읊은 것인데, 대마도와 진시황이 불로초를 구해오라고 보냈다는 동자를 연상하며 읊었다. 다음 『행명재시집』 권3에 수록된 「유부산이경월기감(留釜山已經月 紀感)」라는 시도 부산에 머물며 지은 시이다.

---

48) 尹順之, 『涬溟齋詩集』 卷3, 「題東萊館」.
49) 尹順之, 『涬溟齋詩集』 卷3, 「登釜山絶頂 望馬島」.

어호 이층집 밖	漁戶層軒外
밀물 드는 외로운 성.	孤城積水湄
바람 높아 파도 일어나고	風高波起立
하늘 멀리 해 낮게 떴네.	天遠日低垂
이 땅에 온지도 벌써 한 달	此地來經月
낯선 타향 떠날 때 언제인가?	殊方去幾時
오래 머무르니 좀 안타깝고	稽留多少恨
돌아갈 날 늦춰질까 저윽이 두렵네.	深恐緩歸期[50]

시는 행명재가 부산에 상당히 오랫동안 체류하였음을 알려준다. 그리고 이처럼 오랫동안 체류하면서 동래와 부산의 이곳저곳을 다니며 부산에 대한 다양한 생각을 시로 읊었던 것이다.

이들 행명재가 부산과 동래에 머물며 지은 시들은 당대는 물론 현재에 이르기까지 많은 사람의 관심과 애호를 받아 왔다. 여기에 당시 사대부들의 눈으로 바라본 부산의 모습과 생활상 등이 잘 드러나 있기 때문이다.

5. 맺음말

이상에서 행명재 윤순지와 그의 문집인 『행명재시집』에 대해 고찰하였다. 행명재의 생애 가운데 중대하게 국면의 전환이 이루어진 세 시기를 중심으로 살펴보았고, 시집은 우선 편집과 간행의 여러 과정과 시집의 내용, 그리고 그의 시세계를 간략히 살펴보았다.

---

50) 尹順之, 『涬溟齋詩集』 卷3, 「留釜山已經月紀感」.

그의 생애는 첫째 아버지가 화를 당하자 묘소가 있는 파주에 물러나 묘소 곁에 행명당을 짓고 세상을 절연한 채 10년을 지냈다. 그러다나 1636년 병자호란이 일어나 인조가 남한산성으로 피해 있다가 적에게 포위되었다는 소식을 듣고 행명재는 어머니에게 아뢰고 곧바로 소식을 듣고 사이 길로 성중에 들어가 왕을 호종(扈從)하였다. 이 일을 계기로 왕은 행명재에게 호조참판의 벼슬을 내렸고 이후 30여 년간 벼슬길을 오르내리면서 양관 대제학, 우참찬 등의 벼슬을 하게 되었다.

그리고 1643년 통신사로 일본에 다녀왔으며, 1657년 부사로 연경(燕京)에 다녀왔는데, 두 차례의 사행을 하면서 많은 사람들과 송별과정에서 시를 주고 받았으며, 또 사행길에서도 일행들과 많은 시를 주고 받았다. 특히 일본에 통신정사로 갔을 때에는 부사 조경과 종사관 신유와 더불어 많은 시를 수창하였다.

마지막으로 그는 생애 가운데 비록 기간은 그리 길지 않았지만 영예롭게 홍문관 예문관의 대제학을 겸하였다. 세상에서 그가 대제학을 지낼 때, 여러 가지 논란을 일으켜서 끌어내리려고 하였으나, 왕이 오히려 해직시켜야 한다고 상소를 올린 사람을 벌주는 등 행명재를 신임하였으나, 결국은 스스로 사직하는 상소를 거듭 올린 끝에 사직을 하게 되었다.

행명재는 아버지가 돌아간 뒤 파주에 은거하여 지내면서 10여 년 간 하루도 시를 쓰지 않은 날이 없었다고 할 정도로 많은 시작(詩作)을 하였다고 한다. 하지만 원고를 거의 남겨 놓지 않았고, 문도 남겨 놓은 것이 거의 없었다는 것이다. 그리고 유명으로 비도 남기지 말고 시호도 청하지 말라고 하였으니, 문집도 간행할 엄두를 내지 못하였는데, 사자(嗣子) 윤전(尹博)이 가장(家藏) 초고(草稿)를 바탕으로 시를 수집, 1692

년경 외족(外族)인 박세채 등에게 산정(刪定)을 부탁하여 간행하려 하였는데, 박세채가 저자의 유지(遺志)를 따른다는 입장에서 초고의 1,2할만 취할 정도로 정선(精選)하여 산정(刪定)하여 유문 가운데 빠진 것이 많게 되었다.

그리고 문집의 간행은 1725년 증손 윤항(尹沆)이 강서 현령(江西 縣令)으로 나가게 되자 이곳에서 문집을 간행하고자 하였다. 이에 당시 부제학으로 있던 종증손(從曾孫) 윤순(尹淳)에게 편차를 부탁하니, 윤순(尹淳)이 이미 박세채가 산정해 놓았던 유고를 바탕으로 시집을 6권(원집 5권, 속집 1권)으로 편차하여 강서(江西)에서 목판으로 간행하게 되었다.

행명재의 문학에 대해서는 일본에 통신사로 갈 때 부사로 함께 갔던 조경이 행명재에게 써준 시에서 이름은 순지로 명나라 문장가 당순지(唐順之)와 같고, 자는 낙천으로 당나라 시인 백거이(白居易)와 같다. 그래서 시는 백거이 같고 문장은 당순지 같다는 말로 '향산시(香山詩)', '형천사(荊川史)'라고 기렸던 것을 볼 수 있다.

그의 시집에는 많은 시들이 빠져 있고, 특히 문장은 한 편도 수록되지 않아 전모를 볼 수는 없으나, 시 가운데에는 파주에 물러나 살 때의 세상에 대한 자신의 생각과 아버지에 대한 생각 등을 읊은 시들과 특히 일본에 통신사로 갈 때의 시들은 『행명재시집』 권3에 모두 모아져 있는 것은 그의 시세계를 이해하는 데에 중요한 것이다.

그는 파주에서 10년 은거하면서 행명재라는 집을 짓고 행명재를 호를 쓰며, 세상과 떨어져 살아가는 심경을 읊었다. 그리고 일본에 통신사로 갈 때 거쳐간 국내외 지역에 대해 읊은 시들은 그곳의 풍속과 지리환경, 생활사 등이 담겨 있어 그 지역을 이해하는 데에 많은 도움을 주고 있다.

『행명재시집』 소재 한시 작품론

| 윤덕진

1. 전제-한시와 시조 시형 사이의 관련

전통과 개신이 긴장하는 근대시 양식 수립 과정에서 전통으로 귀의하는 한 방향이 서구 지향의 개신에 대한 상대항으로서 작동하고 있었다. 전통 귀의의 견인력에는 두 항목이 중심 인자인 바, 한시와 시조가 그들이다. 한시와 시조의 관련은 조선조에서부터 표기 체계의 이중성이라는 시대적 제한을 조건 삼아 긴밀히 유지되었다. 시조 한역이나 한시 시조화와 같은 양식 교섭뿐만 아니라 시상을 공유하는 데에까지 진전되어 있었던 것이 조선조까지의 실상이었다. 근대에 접어들면서 이 관련은 전통과 개신의 양향을 계기 삼아 분파되는데, 시조부흥론과 같은 형식 치중 쪽이 전통항에 귀속된다면, 만해와 같은 근대시 어법의 창안은 개신항에 귀속되면서 내용 위주의 지향을 가진 점에서 한시와 기맥이 닿는다고 할 수 있다.

시조의 경우에는 육당의 시 형식 모색 과정의 귀착점으로서 파악되는 경로가 뚜렷하다. 육당 시작의 경로는 애국계몽 주지(周知)의 집단 서정으로부터 심미적인 문예 양식으로의 전환을 계기 짓는 개인서정화를 거치는 과정이 선명하게 부각된다. 『백팔번뇌』는 시조 작품집으로서 개인서정이 양식화 된 모습을 확고히 보여준다. 서문에서 저자가 규정하고 있듯이 "엄숙한 思想의 一 容器"로서의 양식이 지향하는 바는 전통 시조의 관습 추수를 벗어나서 새 시대의 정신을 담는 도구로서의 역할이다. 정신의 내용은 "엷은 슬픔에 싸인 내 회포"이거니와 "감격과 嘆美의 祭物로 드리던 祝文"의 방식이나 "卽事卽興"의 표출로 형식을 삼았다. 육당은 나름대로 확고한 정신의 포착이 정련된 양식화를 이루었다고 자부한 바, 벽초의 발문에서 지적한 "구경의 임"으로서의 조선이 정신에 해당한다면, 춘원이 "주역"이라고 빗댄 실질은 정련된 형식에 대한 것이다. 이 정신과 형식 관련의 긴장도를 위당은 같은 자리에서 "말을 늘이다 보면 뜻을 잃고, 말에 재주 피우다 보면 정신에 누가 된다"(詞曼則失意 詞巧則累神)라고 요약하였다. 발문 작성자 3인이 모두 근대시 양식으로서의 시조시를 짓거나, 시조에 대한 정견을 가진 점에서 이들의 논의는 시조 양식의 운명에 대한 중요한 단서를 제공했다고 할 수 있다. 특히, 위당 정인보의 경우는 육당의 시조 양식 운용을 가장 가까이서 지켜보면서 자신도 시조 양식의 운용에 대한 작가의 책무를 심각하게 인식한 점에서 이 논의의 중심에 둘 만하다.

위당이 『백팔번뇌』 가운데 가장 앞세워 논한 작품은 "江行諸調"라고 묶은 〈鴨綠江에서〉, 〈大同江에서〉, 〈漢江을 흘리저어〉, 〈熊津에서(公州錦江)〉, 〈錦江에 써서〉, 〈白馬江에서〉, 〈洛東江에서〉 등등의 제편이다. 위당의 평은 "뜻을 쓸쓸히 흩어짐에 맡겨서 말이 족히 세상을 벗어났다"(意寄蕭散 詞足以騰虛)이거니와 정신과 형식이 합치되어 양식의 본질을 최대한 실현함에 대한 지적이다. 그 일면을 실제로 본다면,

사앗대 슬그머니
바로질러 널제마다

三角山 잠긴 그림
하마쎄어 나올 것을

마초아 뱃머리돌아
헛일맨드시노나

〈漢江을 흘리저어〉 전 3수 중 제1수

　3장 6구 형식을 균등한 3연의 현대 시련화함으로써 시각에 의존하는
감상을 유도하는 가운데, 선유의 보편적인 소재를 통하여 일상을 환기
하는 전통시조의 정신세계를 새로운 차원으로 재창조하였다. 한편, 위
작품에서도 드러나지만, 춘원이 "그 표현이 하도 簡勁한 점에서 그렇
기 때문에 좀 알아보기 어려운 점에서" 주역이라고 평하고, 위당도 세
평을 인용하여 지적하기를 "玄學말을 하는 것 같기도 하고, 篆字나 隷
書 보는듯 하여 알기 어렵다"(或謂公六時調 如談玄學 或謂篆籀 言其難解
也)라고 한 언어사용의 새로움을 전통시조와 다른 특징으로 들 수 있
다. 이 점에서 좀 더 두드러지는 작품을 인용하면,

흐르는 저녁볏치
얼굴빗츨 어울러서

쪽가튼 한가람을
하마 붉혀 버릴러니

갈매기 쎄지어나니
흰창 크게 나더라

〈大同江에서〉 전 3수 중 제 1수

　석양에 강물이 물들고 갈매기떼 흰 날개를 뒤채는 풍경을 그리면서, 매장 전후구의 통사적 관련에 깊숙이 개입하면서 신조 어구를 만들어 내었다. 예를 들어 초장의 후구 "얼굴빗츨 어울러서"는 노을에 사람의 얼굴까지 왼통 물든 광경을 위한 말인데, 연결어미의 관련이 중장 후구의 서술부까지 미치면서 종장의 시상 전환을 예비하는 역할을 수행하고 있다. 이런 통사적 관련이나 장별로 예비–실현과 같은 역할 분담을 배정하는 데에 작가의 의식이 치밀하게 작용하고 있는 점이 전대의 시조가 관용어에 의지하면서 작자의 개입이 느슨한 점과 대비된다.

　육당이나 위당은 시조 양식에 대한 작자로서의 책무를 철저히 수행하는 가운데 작자성을 부각시킨 점에서 전대의 무기명 작자들의 작품 공유와는 다른 사유화의 단계에서 시조 양식을 운용하였다. 형식의 정련성이나 언어 선택의 치밀함은 이 단계의 결실로서 시조 양식의 근대적 변모를 이끄는 중심 인자가 되었다. 육당의 시조 작시는 회고적인 주제 편향에 이끌리면서 전대 시조의 관습을 되풀이하게 되는 중에 정견과 치밀의 긴장을 잃게도 되는 깃이지만, 『백필빈뇌』의 개인 작가로서 열어 놓은 시조 양식 운용의 길은 시조사 내지 시가사에서 큰 의의를 지닌 것이며, 이 의의는 학문적 연마를 시조 작시에 밀착시킨 위당 시조에 의해 유지 되었다.

　위당의 학문적 성향은 소위 강화학(江華學)이라는 난곡(蘭谷) 계열의 실증적인 학통에 연원하지만, 피식민기라는 시대적 조건에 대응하는 자세는 민족문화의 정통성을 추구하는 쪽으로 정립되었다. 시가 연구도 그 일환으로서 조선 시가의 원류를 더듬어 내려오는 가운데 시조 가사를 만나면서 실증적인 자세로 대상에 접근하였다. 시가에 관한 대표 논저라고 할 수 있는「정송강과 국문학」에서는 송강의 유려한 언어 구사의 원천을 면밀히 참구하였다. 역사에 전심했던 위당으로서야 조선 전기에서 중기에 이르기까지의 음악의 발전이라는 요인을 놓칠 리가 없었다. "松江이 일찍이 그 姉氏를 따라 闕內에서 길리어 明宗의 愛待를 받았다하였으니 이때는 成廟盛際가 멀지 아니하므로 宮中歌樂이 後世의 比가 아닐 것이라, 松江의 歌詞의 學이 여기서 비롯하였는지도 모른다"[1] 라는 추단이 있었으며, 이보다도 "淳朴하게 나오는 詞氣야말로 곧 薄俗을 돌려 놀 듯한 데가 있다"[2]는 송강의 언어구사야말로 시조 양식의 본질을 최대한 실현한 예가 된다 하였으며, 여러 작품의 예를 들어가면서 "티 되는 것에서도 의연히 그 솜씨가 보이는"[3] 好詞들을 나열하였다. 위당의 송강에 대한 찬숭은 결국 시조 작가로서의 선행 전범을 구한 결과이며, 실제로 위당의 시조에서는 송강과 같은 분위기의 말솜씨가 엿보인다.

가을은 그 가을이 바람 불고 입 드는데
가신 님 어이하여 돌오실 줄 모르는가
살뜰이 기르신 아희 옷품 준 줄 아소서(其 1)

비 잠간 산 씻더니 서릿김에 내 맑아라

---

1)「정송강과 국문학」,『담원 정인보전집』2, 연세대출판부, 1983, 59쪽.
2) 위와 같은 논문, 55쪽.
3) 위와 같은 논문, 62쪽.

열구름 뜨자마자 그조차도 불어 업다

맘 선뜻 반가워지니 님 뵈온 듯 하여라(其 3)

〈慈母思〉 40수 중 2수

송강이 애민의 사려를 백성들 간의 대화체인 구체적인 일상어로 드러내었듯이, 위당은 사친의 정을 가정에서 사용하는 여성 언어를 중심으로 엮어내었다. 정태적인 여성 정조의 한계가 지적되기도 했지만, 우리 언어에 싣는 내용의 특질이 그러한 것이지 위당 개인의 취향이 아님은 앞선 송강의 예에서도 확인된다. 보다 심각한 문제는 석 줄의 관계 속에서 펼쳐지는 논리의 간명성이 자칫 섬세한 정서의 굴곡에 의하여 왜곡될 수 있는 점이다. 석 줄로써 시대의 중심 문제를 장중한 목소리로 풀어나갈 수 있었던 전대 시조의 전범을 이탈할 수도 있는 점이다. 시조 양식의 사적소유화에도 불구하고 위당의 뒷 시기 시조 작시가 기념시에서 본령을 발휘함은 그 장중미를 유지할 수 있는 재료가 공식적인 행사였기 때문일 것이다. 여기서 사적 진술 방식으로서의 시조 양식이 가벼운 일상 소재 수용의 반복에 그칠 위험을 대체할 수 있는 다른 문예양식이 필요했던 것인데, 한시가 그 역할을 일정하게 수행해 나왔다.

육당 시직에서 한시가 전통시가의 근대시 이행 과정에서 일정한 역할을 했으리라는 추정을 하고 예도 하나 들어 보았다. 거기서도 본 바와 같이 한시를 수용하는 일차적인 통로는 번역에 의함을 알 수 있다. 한시는 오랜 동안 우리 문예 양식의 중심에 있어 왔으며 한자문화권의 보편 양식으로서 시적 사유를 일반화하는 데에 크게 기여해온 것이 사실이지만, 한글이 일차 언어인 한에 있어서는 어디까지나 한글식의 사유를 타사화하는 기세에 머물 수밖에 없었다. 번역이 원시가 지닌 변별적인 장점을 알아내고, 이러한 타자성에 의해 영향 받아 자신의 언어가 재질서화 혹은 무질서화 되기를 허락하는 가운데, 독자들이 번역시에서 이러한 타자성을 알아차릴 수 있게 하는 작업이라면[4], 한시의 본질을 드러나게 하는 길이 번역에 있을 수밖에 없을 것이다. 한시의 본질을 그 성운 체계에 의한 음악성이나 이미지를 강화하는 회화성에도 둘 수 있지만, 의미의 통로로서의 번역과 관련된 특질은 지성미, 곧 고립된 문자들의 병치에 의하여 언외의 의상을 전달하는 표현미를 앞세울 수 있다.

우리 근대시에서 종교적 사유에 의한 심층 논리적 언어 사용을 통하여 근대 시어를 재창조한 것으로 평가되는 만해 한용운의 경우에도 한시 시작이 근대시 작시에 일정한 선도의 역할을 한 것을 볼 수 있다. 특히, 옥중이나 산중과 같이 고절된 환경에서 지어진 한시에서 보편 양식인 한시와 우리말 시 사이의 언어적 간격을 의미의 천착에 의하여 메워나가는 절묘한 전달 통로를 보게 된다.

竟歲未歸家
逢春爲遠客
看花不可空
山下寄幽跡　　　　　　　　　　　　　　　　〈旅懷〉

온 한 해를 내 집에도 가지 못하고
봄 되어 나그네길 떠나가나니

---

4) 최홍선, 「에즈라 파운드의 「중국」에 나타난 번역의 시학」, 『현대영미시연구』 13, 2007, 120쪽.

꽃아 너 한번 잘 그득이는 피어있구나
산 밑으로 깊숙이 들어가본다

「산 밑으로 깊숙이 들어가 본다」는 마지막 구절은 이 구절만 따로
떼서 단독으로 읽어서는 안 된다. 온 한 해 동안을 가족이 사는 집에
단 한 번도 가보지 못하고 그리워하고만 지내다가 다시 딴 데로 나그네
길을 떠나야 하는 사람이 간절한 느낌으로 본 그 봄꽃―「꽃아 너 한번
잘 그득이는 피어 있구나」하고 감탄하며 본 그 꽃에 대한 느낌의 표현
과 반드시 아울러 음미하면서 읽어야만 비로소 시의 감칠 맛을 느끼게
되는 것이다[5]

원시를 재료로 하는 번역과 주석은 역으로 원시의 재료가 된 시상과
시어에 해당하기도 한다. "산 밑으로 깊숙이 들어가본다"는 마지막 구
절에 대한 "이 구절만 따로 떼서 단독으로 읽어서는 안 된다."는 경고는
원시와 번역시 간의 교섭 관계를 떠나서 제대로 번역과 이해가 되지
않음에 대한 확인이다. 그리고, 이 간절한 경고의 필요는 자칫 언어
간의 격절에 떨어져 영영 의미의 늪을 헤어 나오지 못할 수도 있음에
대한 것이기도 하다. 요컨대, 만해 자유시의 논리적 사유는 이런 번역
이나 주석을 통한 언어에 대한 훈련을 거쳐서 이루어졌다고 할 수 있
다. 사유의 깊이는 형이상학적인 의미에 관련되기도 하면서, 보편 문어
와 자국어의 거리를 통과하는 통찰력 있는 언어 모색에 크게 기댄 것이
다. 이 언어 모색을 일반적으로 번역이라고 부를 수 있는데, 한국 근대
시의 형성 과정에 있어서는 서양시 번역에 대한 관찰은 반복하여 이루
어졌으면서도 한시와의 관련을 따지는 문제는 소홀히 한 편이다.

---

5) 서정주 여주, 『만해 한용운 한시 선역』, 예지각, 1982, 16~18쪽. 원시와 번역, 주석.

서양시나 한시나 외래 양식으로서 우리 시가를 타자화하는 기제이다. 한시는 오랜 동안 중요 문예 장르로 다루어져 오면서 어법이나 수사 관례를 자기화하는 과정이 있었지만, 서양시의 급작스러운 충격은 여유 있는 언어적 방위를 허락하지 않은 채 침투해 들어와서 전혀 이질적인 문예 양식화한 것이 사실이다. 본고는 이 영향 관계의 실상을 밝혀서 근대시 운율 형성 과정을 규명하기 위해 시작되었다. 한시를 통한 근대시 성립 경로가 어느 정도 포착 가능한 것으로 보이는 가운데 이질적인 서양시의 번역 과정이 어떤 과정을 거쳐서 자기화의 길을 밟아갔는가도 살펴 볼 필요가 있다. 특히, 육당 시작에 관해 앞에서 언급했듯이 언어의 논리 강화라는 측면에서의 새로운 시어사용에 대한 고찰이 먼저 필요하다.

　한시를 통한 논리 강화를 잠간 다룬 만해의 경우에 돌아가서 이 문제를 살펴보기로 하자. 만해 시작의 결정인 『님의 침묵』전편은 한 결 같이 절대적 명제에 대한 탐구로 일관되어 있다. 작품에 따라 여러 가지 논리적 장치를 사용하는 가운데, 불립문자식의 언어 격절 행위가 작용하기도 하였다. 말이 결코 의미를 떠날 수는 없는 조건 가운데 언어의 발생 이전 침묵에 근접하는 방법은 일상적인 언어사용을 일단 탈피하여야 한다. 이런 식의 만해 시어 사용을 불교적 사유와 관련하여 해석할 수도 있겠지만, 의미의 견인을 벗어나 유리하는 음성적 실체에 감응하는 예술적 반응이 실재하는 한, 종교적 의미만으로 충분한 설명이 될 수는 없다. 오히려 기다란 독백체의 새로운 시형이 지닌 리듬이 산출된 경로를 살펴보는 일이 긴요하다고 할 수 있는데, 시의 논리는 추상적인 사변의 산물이 아니라 언어 사이의 관련에 의하여 규정되는 구체적인 행위이기 때문이다. 이 행위가 언어로 실현되는 과정을 살피기 위해 만해 한시 한편을 또 읽어보자.

四山圍獄雪如海
衾寒如鐵夢如灰
鐵窓猶有鎖不得
夜聞鐘聲何處來　　　　　　　　　　　　〈雪夜〉

감옥 둘렌 산뿐인데 바다같이 눈이 온다
무쇠 같은 이불 속에 재 되어서 꿈꾼다
鐵窓살도 아직은 다 못 채 놓아서
그 어디서 밤 종소린 들려오나니[6)]

　결구를 제외한 앞의 3구는 모두 영어의 처지에 어울리는 무거운 의미를 가지는 시어로 점철되어 있다. 음성적 인상도 입성이나 파찰음 계열이 주도하는 억세고 무거운 편이다. 이런 시어 배열은 한시 작자로서 의도한 것으로서 4구의 鐘聲으로 비롯되는 밝은 분위기에 대조적인 인상을 부여하기 위한 장치라고도 할 수 있다. 종소리는 시인이 희구하는 세계를 예감케 하는 밝고 트인 인상을 가져다줌으로써 시인의 뜻이 결코 어둠에 포기하려는 것이 아님을 명시하고 있다. 이와 같이 4구라는 주어진 조건 속에서의 언어 운용은 그 조건을 충족하는 가운데 시인의 의상이 가장 잘 투영될 수 있는 조합을 찾아낸다. 이 모색이 한국어로 옮겨 갈 때에는 어떻게 변모할까를 만해 시 한편을 들어 살펴보기로 한다.

---

6) 서정주 역주, 앞익 책, 43~44쪽.

리별은 미의創造입니다

리별의美는 아츰의 바탕(質)업는 黃金과 밤의 올(糸)업는 검은비단과

죽엄 업는 永遠의生命과 시들지안는 하늘의푸른꼿에도 업습니다

님이여, 리별이아니면 나는 눈물에서죽엇다가 우슴에서 다시사러날수

가 업습니다 오오 리별이어

美는 리별의 創造입니다

〈리별은美의創造〉

　제재인 "리별은美의創造"를 처음과 마지막 시행에 뒤집어 배열해 놓은 데에는 역설과 반어로 일관하는 『님의 침묵』의 중심 사유가 반영되어 있다. 이 사유에는 시대의 한계로 말미암은 극단적인 상실감과 좌절이 반영되어 있다. 동시에 이 절망과 좌절을 딛고 새로운 활로를 찾아나서던 일종의 탐색이었으며, 시련을 자기화하려는 결단의 표현이었다.[7] 중단 2연의 사설화한 표현이 시종 두 시행의 명제적 단언이 지니는 긴장감에 대한 완화 역할을 하고 있다. 이 완화는 선택과 조건에 의해 판단이 유보되는 구문의 시행을 늘여 놓음으로써 이루어지는데, 시종 두 시행의 단언이 가질 수 없는 역동적인 사유의 힘을 전하면서 새로운 경지의 리듬을 산출할 수 있게 된다. 이러한 리듬 의식은 퇴폐적 낭만성에 경사되어 있던 1920년대의 시에서 일반화 되어 있다고도 할 수 있지만, 만해가 이를 뒤집어 역동적 사유의 반영물화 한 데에 창조적 역량이 담겨 있다고 할 수 있다. 말하자면, 만해도 어느 시대의 시인이고 그러했던 것처럼 당대의 문학 관습을 기반으로 하여 양식을 재창조한 것이다. (졸저, 『전통지속론으로 본 한국근대시의 운율형성 과정』, 소명출판, 2013, 230~240쪽.)

---

7) 정우택, 『한국근대자유시의 이념과 형성』, 소명출판, 2004, 275쪽.

2. 『행명재시집』 소재 작품론

행명재가 시집 소재 작품을 통해 구사한 시작의 유형은 외형상 중국 근대시의 형식 체계를 따르고 있지만, 그 내면에는 한시의 운율 기본 단위라고 할 수 있는 5언과 7언을 어떤 기준을 가지고 색다르게 사용함으로써 자신이 처한 환경을 거친 새로운 시세계를 열어간 경로가 잠복해 있다. 곧, 5언을 통하여는 당시의 몽환적이면서 현실 대상과 거리를 가지는 세계 파악을 극대화하는 한편, 7언을 통하여는 보다 지적인 세계 인식−대상을 자기화하는 주정적 방향을 극히 절제하는 대신에 감정보다는 사유가 관여케 하는 송시의 성향을 지니게 하였다. 행명재 당대에 교착되고 있는 한시의 두 가지 성향을 언어형식을 통하여 색다르게 수용하는 이러한 시작 태도는 새로운 시세계를 열어 가려는 시인의 의지에서 발출되었다고 본다. 다음에 개별 작품들을 예거하면서 행명재의 새로운 시작 태도를 점검해 보고자 한다.

1) 오언시

• 임진강에서[臨津] (제2권)

옛 나루에서 뱃사공 불러	古渡呼舟子,
배 타고 가는 마음 슬퍼.	臨流愴客情.
맑은 물결에 햇빛 일렁이고	晴波搖日影,
시든 잎새에는 가을소리.	寒葉送秋聲.
온 세상이 오랑캐 난리통	宇宙纏胡羯,
산하에는 전쟁 지난 흔적.	山河帶甲兵.
모두들 길 잃고 헤매는 곳에	人間迷路處,
신하 구실만 놓친 게 아녀.	不獨放臣行.

위 시에서는 호란의 와중에서 관직도 없이 떠도는 처연한 심정을 토로하였다. 각 구 5언의 2.3 의미 경계의 전반(2)은 추상적으로 파악된 사념을, 후반부(3)는 현실의 실태를 지시하고 있다. 5언시 2.3의 구법을 활용하면서 시인은 대상에의 함몰을 고정된 개념의 명사형으로 저지하고 있다. 한국 근대시의 시어사용을 전통시가의 용언 위주 표현체계에서 명사형 위주의 지적인 거리감을 갖는 쪽으로 변모했다고 보는 시각이 있었다. 행명재는 아직 천기론의 주관성이나 성령론의 추상성을 얻기에는 시대적 거리가 있지만 5언시에서의 구법에서 드러나는 명사형 표현을 보면 근대시의 선각으로서의 역할을 했다는 평가를 받을 만하다.

위에서 지적한 표현체계 변동의 기미는 『행명재시집』의 여러 작품마다 보여주는 특징이지만, 다음과 같은 작품의 생동하는 표현은 언어의 간격을 넘어서서 한국어 시어로서의 자격을 당당하게 획득한 사례로 들 만하다.

• 한가롭게 지내며 되는대로 읊조리다 [閒居謾占] (제2권)

어둑어둑 앞마을 길	黯黯前村路,
가물가물 먼 물가 숲	依依遠浦樹.
밤 들자 모래벌 구름	夜來沙際雲,
몰려가며 산기슭 비.	去作山邊雨,

번역을 보고도 알 수 있는 것처럼 이 작품에서는 한국어에서 빈용되는 의태어 사용을 과감히 수용하였다. 한국어에서의 의태어가 대상과의 친화력을 드러내는 데에 적격이었다면, 한시에서의 의태어 수용은 자연 현상에 대한 불가해한 의문을 명사형으로 제시했다고 볼 수 있다. 이 같은 언어 사용의 새로운 기교는 다음과 같은 작품에서도 지속됨을

볼 수 있다.

- 봄날 우연히 읊조리다[春日偶占] (제4권)

꽃잔치 스름스름 지나가고	春事垂垂過,
봄날 시름 구물구물 새롭네.	春愁袞袞新.
빗소리 고르지 못하고	雨聲偏歷亂,
꾀꼬리 울음 생생코나.	鸎語太精神.
흰머리에 세상 근심하고	白髮憂治世,
벼슬일랑 뒷사람에게.	靑雲任後塵.
다만 강가로 난 길 사랑하노니	秖憐江上路,
향긋한 풀 한가한 사람 좇누나.	芳草逐閒人.

수련의 대구를 이루는 의태어는 함련의 빗소리나 꾀꼬리 울음으로
귀착되었다. 용언의 동태가 명사형의 정태로 전환되는 계기에서 평자
들이 흔히 지적하는 전통시가의 활기찬 대상융화가 지적 거리를 가지
는 대상인식으로 변환되는 모습을 보게 된다.

- 진위현 객사의 벽에 적다[題振威縣舍壁上] (제4권)

오랜 벽 벌레 글자 이루고	古壁蟲成字,
먼 하늘 기러기 글씨 배우네.	遙天雁學書.
푸른 산 시골읍성 둘러있고	靑山環野邑,
높은 나무 교외마을 감싸네.	喬木護郊居.
전쟁에 온 세상 깨어지고	戰伐乾坤破,
허물어진 곳간 비어있네.	瘡痍府庫虛.
백성 가난 이제 뼈에 스미니	民貧方到骨,
어찌 차마 물고기 또 괴롭히랴	何忍更侵漁?

위의 작품 역시 호란의 참상을 소재로 한 것인데, 당시의 근체시로서의 규격이 안록산의 란과 같은 전란의 참상을 소재화하면서 이루어진 사실과 무관하지 않다. 곧, 초당에서의 몽환적 낭만성이 중당의 전란 체험에 의한 사실성의 강화로 변환하는 데에 따라 대상 인식의 표징이라고 할 수 있는 시형식도 규격화 되었던 사실을 조선의 시계에서도 습용한 것으로 볼 수 있다. 앞서 지적한 2.3 구법이 2.1.2로 대칭화된 것을 이 규격화의 대표적인 예로 들 수 있다. 위의 작품의 각 구를 문장 성분에 따라 도식화 해본다면,

　　　부사어+주어+술어(술어+목적어)
　　　부사어+주어+술어(술어+목적어)
　　　주어+술어+목적어
　　　주어+술어+목적어
　　　부사어+주어+술어(2.2.1)
　　　부사어+주어+술어(2.2.1)
　　　주어+부사어+술어(술어+부사어)
　　　주어+부사어+술어(술어+부사어)

로 배열되어 있는 것을 볼 수 있다. 부사어와 목적어를 객체에 해당하는 것으로 본다면, 이 시의 형식 체계는 주체와 객체의 상호 관련을 면밀히 반영하고 있음을 알게 된다. 이러한 변화를 당풍과 송풍과의 관련 속에 이루어진 것으로 본다면, 전기 조선조 한시단의 두 가지 큰 조류인 당풍과 송풍이 서로 상대되는 성격으로 일으키는 알력 속에 새로운 형식을 모색해 나간 시사적 발전상을 확인하게 된다. 우리가 흔히 오해하는 것처럼 전통 형식에 매몰되어 있는 근대 이전의 시인들은 자

기가 사용하는 양식에 대하여 무자각적인 상태에만 처하여 있던 것은 아님을 알 수 있다.

이제는 穆陵盛際로 일반적 인식화 되어있던 당풍의 만연 상태를 벗어나 참다운 시 형식을 자각 속에 창출해내는 작품들을 예거해 보자.

• 박 고성 현감에게 부치다 [寄朴 高城] (제4권)

바닷가 산 뼈대로만	海上山皆骨,
하늘 동쪽 땅 맨 끝	天東地盡頭.
글하는 신하 면류관 우뚝	詞臣峩露冕,
관리길 좇으며 풍류 다하네.	吏道極風流.
풀과 나무에 신선 약초 많고	草樹多仙藥,
구름 안개 속 선경 가깝네.	煙霞近十洲.
수조 나리 지금 세상 살아있다면	水曹今在世,
양주 자사 응당 구걸치 않으리라.	應不乞楊州.

2.3 구법의 형식을 견지하는 가운데에 주객의 대치상태를 반영한 시어 배열이 참신하게 두드러져 보인다. 전통 시가를 형식에 대한 무자각이라고 폄평하기 일쑤인데, 사실은 세계인식의 차이를 지적한 데에 지나지 않음을 확인하면서, 새로운 시형식의 담지자들은 근대라는 정해진 시기에만 등장하는 것이 아니라, 어느 시기에나 전대의 시형 관습을 추종하는 가운데에 창조적인 성향이 발현될 적마다 이루어 졌던 것임을 새삼 깨닫는다. 이제는 주체의 자각이 개성화의 길로 달려 나가는 경로를 더듬어 볼 차례이다. 이 개성화의 길에는 시단이라는 사회 관습이 관여하는데 전기 당풍 송풍뿐만 아니라 사회적 유대의 기반이 되어 주는 교우 관계가 시인의 존립에 큰 영향을 드리운 것을 다음과 같은

자품에서 볼 수 있다.

- 친구 생각 [懷友] (제4권)

아득히 먼지 모래 덮인 데에	漠漠塵沙合,
하염없이 장강 한수 흐르네.	茫茫江漢流.
옛 친구는 짝지어 날아간 철새	古人雙過鳥,
지금 나는 떠도는 갈매기로다.	今世一浮鷗.
부질없이 산 남쪽의 피리소리 듣고	謾聽山陽笛,
허망하게 섬계 굽이 배 타고 가네.	虛移剡曲舟.
거문고 있다한들 연주할 곳 없으니	瑤徽無處奏,
외진 시골 저물녘 매미소리 시름 겹네.	窮巷暮蟬愁.

古人에 대한 동경이란 고결한 인품과 정결한 시풍을 유지하던 친구 생각에 다름 아니니, 함련의 대구가 퍼뜨리는 울림이 이 시 전체의 주제를 감싸고 있음을 깨닫게 된다. 가버린 친구가 그립다면 떠도는 현세의 고난쯤이야 아무 상관없는 하찮은 것이 될 수밖에 없다. 시인이 서 있는 현실은 아무런 가치부여를 받지 못하고 다만 잃어버린 세계에 대한 동경만이 시인의 존립을 뒷받침 할 따름이다. 이러한 허탈과 상실감의 소유자가 시인이 되어 현세의 욕망과 단절된 예외자가 되는 경로야말로 근대시 출현의 중요한 계기라고 할 수 있으며, 이러한 계기는 정해진 시기에 따르는 것이 아니라, 시인의 자각에 따른 의식이 변환이 이루어지는 순간이면 어느 시기에나 있어 왔던 것임을 행명재를 통하여 깨달으면서 이 시인을 근대적 자각을 실현한 시인의 선두에 놓게 된다.

다음 작품은 현세적 가치를 초월하여 시인으로서의 자립해 나가는 정황을 확인하는 좋은 사례로 들 수 있는 시이다.

• 은거생활 [幽棲] (제4권)

벼슬은 귀한 것 아니야	軒冕非良貴,
강호에서 한적하게 살리라	江湖作散人.
산수에 해묵은 글빛 있고	煙霞元宿債,
갈매기 해오라긴 정든 이웃.	鷗鷺是芳隣.
물 부니 복사꽃잎 떠오고	沙漲桃花浪,
술통엔 죽엽주 익었네.	樽開竹葉春.
평소 쓰던 흰 깃털 부채	平生白羽扇,
유공 놀던 먼지 가리네.	不受庾公塵.

경련의 복사꽃이나 죽엽주에서 자족의 징표를 읽을 수 있는 유유자
적한 생활은 곧 시인으로서 살아가는 방식에 대한 자각을 표명하는 배
경이라고 할 수 있다. 다음의 작품에서는 이런 자각과 자족이 시작 속
에 있음을 직접 드러내 보이고 있다.

• 우연히 흥이 나다 [偶興] (제4권)

지팡이 짚고 집밖에 나가선	偶把一筇出,
세 오솔길 따라 돌아오네.	時從三徑還.
향긋한 풀밭 너머 마을 연기	村煙芳草外,
흰 구름 사이로 나무꾼 길.	樵路白雲間.
비 기운 이내 빗물 되더니	雨氣偏生水,
가을 풍광 반나마 산속에 드네.	秋容半入山.
마음대로 빼어난 시구 읊는	任情吟秀句,
시 짓는 마음이 너무 편하네.	詩意十分閒.

시인으로서의 자각은 극적이라고 할 수 있는 생활의 변화에도 불구하고 지속되는 것임을 국가의 외교 업무를 수행하는 도중에 지어진 다음과 같은 작품에서 볼 수 있다.

• 연경에서 되는대로 읊다 [燕京謾吟] (제5권)

호걸들 지금 어디 있는가?	豪傑今安在?
번화 절반도 남지 않았네.	繁華半不存.
동악묘 단청 고왔고	丹靑東嶽廟,
정양문 풍악 울렸네.	歌皷正陽門.
자욱한 황사 먼지 만나니	漠漠黃塵合,
거무끄름 한낮이 어둡네.	陰陰白日昏.
오릉이 어느 곳이던가?	五陵何處是,
서글피 낙유원만 바라네.	悵望樂遊原.

시인으로서의 자각이 역사성이 내포된 이국의 유적에서도 그대로 유지되면서 시의식의 확장이 저절로 이루어짐을 볼 수 있다.

2) 칠언시

근체시 칠언은 4.3의 구법을 지님을 주지하고 있다. 4자는 성어의 대표 자수인 것처럼 그 안에 완결된 문장 구조를 내함하고 있다. 곧, 명사적 완결성을 지니고 있어서 정적인 사유와 관조에 어울리는 자수라고 할 수 있다. 이에 반해 3자는 앞서 5언시에서 본 것처럼 동적인 변화에 어울리는 자수라고 할 수 있다. 결국, 4자라는 자수는 2자의 명사적 고정태를 확장한 것으로 볼 수 있다. 근체시의 전형적인 완결 형식이라고 할 수 있는 율시에 있어서 제 3.4연이 대구 구조를 지녀야

하는 삼엄한 규칙이 바로 4자의 명사적 고정태에서 비롯한 것으로 볼 수 있다. 주관적 정서의 대물 융화보다는 객관적 사유의 대상과 거리 확보가 요청되는 시점에서 이 4자가 쓰이기 시작한 것을 앞서 5언시의 2자를 논할 때 지적했었다. 이제 행명재의 실제 작품을 살피면서 이 사실을 더욱 구체적으로 추적하기로 한다.

- 동경계첩에 쓰다 [題同庚契帖] (제4권)

금란 계합 / 약속 조항 구비하고	蘭金修契 / 約條俱,
동갑끼리 / 부디 변치 말자 알려주네.	報與同庚 / 庶不渝.
태어난 달과 날을 / 앞뒤 순서 삼으니	月日後先 / 堪作序.
죽고 사는 근심을 / 어찌 돕지 않으랴?	死生憂患 / 盍同扶?
만남에 관직 예절 / 구속 받지 말고	相逢禮數 / 休拘束,
이르는 곳 형편 / 따라 술상 갖추리라.	隨處盃盤 / 稱有無.
향산을 본받아 / 빼어난 자취 따르며	略倣香山 / 摹勝蹟,
서리 수염 / 서로 웃으며 위로 받는구나.	笑看形像 / 揚霜鬚.

사회 구조에 회의를 지닌 국외자에게 친교가 미치는 영향을 앞서 5언시에서도 확인한 바 있다. 당대의 관습이기도 했지만 시를 통한 교유는 더군다나 이 영향을 짙게 드러냄이 당연하다. 전반부(1-2연)의 4자어에서 결코 흩어질 수 없는 굳은 우정을 동갑이라는 친연으로 감싸며 결국에는 죽고 삶까지 넘어서는 초월적인 단계로 상승시킨 의도가 이 영향의 지대함을 드러내려는 것으로 볼 수 있다. 후반부(3-4연)는 이미 초탈한 경지에 이른 우정을 여유로운 자세로 풀어놓았다. 결연은 다짐이라기 보다는 자연적인 지속에 대한 예견이라고 할 만하다. 실제 이 동갑계의 성원이 누구였던가를 알 수 없지만 관직과 같은 관례를 넘어

서는 동학 집단을 예상해 볼 수 있다. 다음에 보는 만시의 대상이 그 성원에 들 수 있을 듯하다.

- 신백거 천익 만시 [愼 伯擧 天翊輓] (제5권)

긴 대나무 지팡이에 시골어부 도롱이로	一筇脩竹一漁蓑,
강물가와 시내 언덕 왔다 갔다 하였네.	來徃江沱與磵阿.
이미 뵈잖는 큰새 북쪽바다 옮겨갔으니	已斷鷗鵬移北海,
비바람이 남쪽가지 흔들어도 상관없구나.	不關風雨闇南柯.
막걸리동이 매일 당겨 전원생활 훈훈했고	樽醪日引桑楡煖,
한해 농사 가을 수확 귤과 유자 많았구나.	歲計秋收橘柚多.
늘그막 벼슬살이에 크게 깨달았으려니	末路行藏眞大覺,
역사책 접여노래 이어갈 만하리라.	汗靑堪續接輿歌.

백거 신천익(愼天翊, 1592~1661)은 자가 백거(伯擧), 호가 소은(素隱), 본관이 거창(居昌)이다. 1612년 증광문과에 을과로 급제, 1615년 홍문관 정자를 거쳐 이조참의가 되었는데 광해군 때 사직하고 전라남도 영암에 은거하였다. 인조반정 이후 홍문관·사간원의 요직에 제수되었으나 나아가지 않다가 1654년에 홍문관 부제학을 지내고 대사간·이조참의가 되었다. 1659년에 이조판서 송시열이 종2품 관직에 인물이 부족하다 하여 그를 추천하여 이조참판에 서임되고, 이어 한성부우윤에 특제(特除)되었다. 행명재보다 일년 연상으로서 동년 교유가 가능한 인물이다. 인조반정 이후 홍문관을 중심으로 벼슬살이를 할 적에 이미 홍문관에서 대사헌까지 역임했던 행명재와 관직 고하에 상관없이 교유 하였음직하다. 만시에 추상되어있는 신천익의 생활상은 행명재의 낙백 시절, 혹은 치사 시절의 한거와 유사한 풍모를 보인다. 수련 두 구의

전반 4자를 차지한 '一節脩竹'이나 '來往江沱'에 이 풍모가 확연히 지적되어 있다. 이후 3련 6구의 전반부 4자들 역시 이 지적의 부연이라고 할만치 강호한거의 유유자적한 풍모에 초점이 맞추어져 있다. 이 작품에서도 보는 것처럼 4자의 명사형 고정태는 주제 강화에 소용되어 있다. 주제가 사유를 통한 추상적 관념화의 성격을 지니는 것이라면, 4자의 관념어를 상용하는 성향은 주정적 대물 융화에 목표를 두었던 당풍 추수의 조류에서 이탈하는 새로운 방향을 모색한 결과로 볼 수 있다.

새로운 시사 조류의 모색은 강호한거의 모습을 소재로 하는 다음과 같은 작품에서 잘 드러나 보인다.

• 늦봄 [暮春] (제4권)

자고 일어나 침상 머리 각건 만지며	睡起床頭撫角巾,
네 삶이 어쩌다가 이다지 갈팡질팡했나?	爾生何事此逡巡.
티끌세상 어긋난 꿈 몹시 안타깝지만	深憐塵土差池夢,
수풀동산 화려한 봄 다시 지나는구나.	復過林園爛熳春.
외상술이 또한 불로약 아니요	賒酒亦非難老藥,
문 닫아도 아직 못 돌아갈 신세.	閉門猶是未歸身.
동군 제 맘대로 번질나게 왔다가거늘	東君任意頻來去,
공명 고삐 오래도록 매인 이몸 우습네.	應笑名韁久絆人.

이 작품에는 새로운 시각으로 자신을 성찰하는 자각적 반성 행위가 주요한 시작 계기로 작동하고 있다. 수련과 경련에서 돌아다 본 평생에 대하여 개탄하면서 경련에서는 술에 의지하는 쓸쓸한 자화상을 그려 보이고 있다. 결련 결구의 내용으로 보아서 아직 관직에 종사하던 때임

에도 불구하고 사유로운 영혼의 활동을 동경하는 시인으로서의 면모를 드러내고 있다. 관인이 목표가 될 수 없는 시인으로서의 삶에 대한 자각이란 다름 아닌 새로운 시사의 조류를 인식하고 그에 호응하려는 의지의 표명이다.

다음 작품의 번역시를 볼작시면, 제시된 생활상이 실제적이며 생활상의 구체적 세부인 사물들 또한 당대에 흔히 볼 수 있는 풍정들이다. 세시풍속이 실현되는 가운데에 펼쳐지는 전란 후의 사회상은 사실적 반성의 성향을 강하게 드러내고 있으며 결련에서 보여주는 현실 긍정의 뚜렷한 표백에 새로운 시적 자각이 반영되어 있다.

- 한식 [寒食] (제6권)

숲까마귀 울며 가니 새벽바람 이마에 불고	林鴉啼散曉風顚,
비 뿌린 푸른 산이 나그네 길가에 보이네.	雨灑靑山客路邊.
3월 되니 연못가에 가는 풀 돋아나고	三月池塘生細草,
집집마다 한식 맞아 새 연기 오르네.	千家寒食起新煙.
전쟁 겪어 온 세상이 어렵고 위태한 날인데	兵戈天地艱危日,
부모 모신 선산 성묘하고 청소하는 해로다.	霜露丘原拜掃年.
말을 타고 들판으로 나가 저 멀리 보노라니	跨馬出坰仍遠矚,
시내 붉고 계곡 푸러 모두 예뻐할 만하구나.	澗紅溪碧揔堪憐.

마지막으로 짧게 그려진 만년 생활상이라고 할 만한 작품을 보면서 행명재가 추구하는 시적 자각의 실현 범위를 점검해 보기로 한다.

- 꿀벌 [蜜蜂] (제6권)

늙어가는 문수보살 국화향기 그리다	老去文殊戀蜜香,
마른 나무 베어내니 노란 벌이 붙어있네.	剗來枯木着蜂黃.

| 진여가 깊은 꽃송이 속에 있는 줄 알고 | 眞如知在深窠裏, |
| 날마다 하늘 꽃 취해 도량을 짓는구나. | 日取天花作道場. |

자신을 문수보살이라 자칭할 만치 불교에 경도되어 있는 모습을 보이고 있다. 장작이라도 패려는 순간인지 마른 나무에 친 벌집에서 세상에 없는 진여의 실상을 찾아내는 시선에서 실생활에 기반한 사실성의 발현이 뚜렷하다. 한국 시사에서 불교적 자각이 시적 자각과 겹치는 단계가 주요하게 등장하는 정황에 대하여 점검이 필요한 대목이다.

3. 한국시사에서의 행명재 자리매김

제 1장에서 도입부로 삼았던 근대시사의 언어 사용 문제를 행명재에게 대입해 보았던 제 2장의 작품론은 당풍과 송시 사이의 관련으로 정리되었거니와 이런 양분법적인 분석보다는 행명재 이후에 펼쳐지는 한시사의 신사조를 점검하여 근대시사에 연맥하는 작업이 필요하다. 이문제를 19세기 자각적인 시작의 선두에 서 있던 紫霞 申緯가 추구하였던 소악부 형식과 관련하여 논해 보기로 한다.

모든 한문학 장르의 운명으로서 형식의 기반을 외래 양식 도입에 두어야 한다는 조건을 소악부도 안고 있었다. 이 운명의 극복은 내용 전환을 통한 양식 개신을 통해 우선 모색되었다. 母樣式의 생성 지역인 중국 체험은 형식에 대한 이해는 더 깊게 하였지만 회향의 정서와 결합된 고국 지향의 내용이 반대급부로 증량되었다. 고려· 조선의 소악부 작자가 7언절구를 택하면서 던지는 또 하나의 운명은 이런 내용과 형식의 괴리를 해소하려는 힘겨운 시도의 결과였다. 국문시가를 내용으로 하면서 한시를 형식으로 하는 소악부의 본질은 이 운명에 대한 이해를 기반으로 해야한다.

익재는 〈어부사〉, 〈소상팔경가〉 등 후대 가악의 중추를 이루는 노래의 생성 과정에 참여한 흔적을 보임으로써 소악부 작자로서의 자격을 구비하였다. 뿐더러 소악부 제작을 후배들에게 적극 권유하는 선도적 양식 도입자로서의 역할도 수행하였음을 보았다. 5세기의 상거를 두고 자하가 소악부 제작의 선행 전범으로 익재를 내세운 것은 실제적으로 그 중간이 비어있는 상태이기 때문이기도 하지만, 도입자의 위치에 돌아가 양식의 본질을 추상해 보겠다는 의도에 말미암았을 것이다. 이러한 양식 전승의 맥락은 소악부 양식의 후대 실현자로서 다음과 같은 언급을 통해 익재로부터 자하를 통해 내려오는 양식 전통에 대한 인식을 보여주는 橘山 李裕元에게서 확인된다.

나는 작년 여름에 해동악부 100수를 지었는데 익재선생 소악부의 문체를 따랐다. 이번 가을 비가 오는 가운데 양연산방의 속악부를 보고 본따서 지었다. 모두 우리나라의 충신 지사와 명상 문호, 학자 은인, 재자 가인들이 뜻을 얻지 못하여 읊조려 탄식하고 찌푸려 신음한 나머지들이다. 대개 소대의 가요가 전하여지지 않았는데, 오직 익재의 뒤에 신상촌. 정동명 여러 어른이 입술소리와 잇소리의 가볍고 무거워지는 법이 떨어져서 우성이 되고 올라가서 상성이 됨을 터득했으나, 그러나 당시에 입에 붙어 있던 것이 지금은 모두 옛가락이 되어 사람들이 아지 못하니 양연에서 읊은 것이 모두 고체는 아니지만 또한 껄끄럽게 해석하기가 어려우니 민풍이 날로 달라지고 때로 변하는 것을 이에서 볼 수 있다. 내가 엮은 것들도 이제 읊지 않는 이가 없으되, 몇 년만 지나면 옛 가락과는 비록 사이 둔다하여도 시조에 비하면 단계가 차이나서 다름이 없지 않으리니 이것이 옛날에 풍과 아, 변과 정의 구별이 일어난 까닭이다.[8]

風과 雅, 變과 正의 구별을 기반으로 하는 시가관은 조선 후기 사대부들이 우리 시가의 위상을 판정하는 중요한 기준이었다. 사대부들이 지향한 세계는 雅正을 위주로 하였지만, 變風을 인정하는 여유 속에서 우리 시가의 존립 공간이 확보될 수 있었다. 익재는 민심의 기미를 파악하기 위한 도구로서 소악부를 택하였고, 자하는 후대에 전하여질 수 있는 사곡의 온전한 상태를 보존하기 위하여 소악부를 제작하였다지만, 귤산에 이르러서는 빠르게 변하여 가는 가악 풍토 가운데 소악부의 본령을 재인식하는 방안으로서 선배들을 모의한 것으로 읽힌다. 이미 살펴 본대로 우리나라의 소악부는 태생을 역사 격변기에 대고 있기 때문에 그 가운데 자기 정체성 모색으로서의 역사의식이 들어가기 마련이었다. 국가의 정체가 바뀔 정도의 변화에 대한 예민한 감성을 담지하는 문학양식은 여러 가지 조건을 충족해야 하는데, 사회구성원의 공감대를 형성하면서, 표기 수단이나 주제 수용에 있어서 집단간의 경계를 뛰어넘는 보편적인 방안을 지녀야만 하였다. 소악부가 울리고자 하는 공감대는 사회에 널리 전파된 노래를 대상으로 하면서 작자층의 사유를 지배하는 한문 영역을 탈피하여 구어전승의 세계와 화해를 모색하면서 이루어졌다. 애정과 취락은 雅正 위주의 세계에서는 수용될 수 없는 것이었지만, 조선 후기로 넘어가면서 점차 소악부 주제의 주류로 자리 잡았다. 이는 날로 달라져 가는 당대 가악 풍토의 반영이기도 하였다.

---

8) 余昨夏。作海東樂府百首。原於益齋先生小樂府法。今秋雨裏。見養研山房俗樂府。倣以製之。皆東國忠臣志士。哲輔鴻匠。高明幽逸。才子佳人。詠嘆嚬呻之餘也。盖昭代歌謠無傳。惟益齋後。申象村，鄭東溟諸公。得唇齒輕重之法。墜之爲羽聲。抗之爲商音。然當時咀嚼者。今擧爲古調。人無知之。養研所詠。全非古體。而亦不免憂夏乎。難於繹解。民風之日異時變。於斯可見矣。余之所編。今則無人不誦。而如過幾年。與古調縱然有間。比時調。亦不無差等之殊。是古風雅變正之所由作也。(李裕元，『嘉梧藁略』권1，「樂府」小樂府의 跋: 고전번역원 웹에서 따옴.)

하찮은 것으로 지부되던 백성들의 노래가 가장 예민한 사회 변동의 기미를 담은 중대한 표징으로 재평가되고, 기꺼이 하층으로 내려가서 야만이 시대가 담지하는 문제를 체득할 수 있는 조건이 다름 아닌 소악부 양식을 통하여 구현되었다. 별과 같은 이상을 향하던 의식이 현실 문제를 전단하는 지상의 규범을 확립하려는 의지로 전환되었다가, 이때까지는 이지의 그늘에 묻혀 있다가 출현한 정감의 세계에 아예 투항함으로서만이 의식의 균형을 이루어가는 과정 속에서 소악부는 생성되고 잠복하였다가 재생하였다. 이러한 과정은 국문과 한문 표기체의 긴장 가운데에 기존의 질서를 포기하고 새로운 세계를 개진해야 했던 개화기 공간에서 다른 모습으로 실현되었음을 본다. 소악부 제작의 문학사적 의미는 그런 공간에서 재확인 되리라고 생각한다. (졸저, 「소악부 제작 동기에 보이는 국문시가관」, 『열상고전연구』 제34집, 2011년의 결론부)

유감스럽게도 행명재에게서 소악부의 하층문화 동화의 하향 성향을 찾기는 힘들지만, 불우한 시대의 시인으로서의 자신의 운명을 자각하고 실생활에 기반한 재료들을 즐겨 채택하였을 뿐만 아니라, 언어체계의 이중성을 극복하려는 노력에도 게으르지 않은 시의식을 지닌 선각적인 시인으로서의 위치를 충분히 부여받을 자격이 있다고 본다. 한국 시사에서 실학자 시인의 자국어 인식을 지나치게 강조한 견해는 행명재와 같이, 목릉성제의 쇠퇴 뒤에 결핍된 현실을 자각하고 그것을 시화한 자세를 몰각하기 마련이었다. 이번, 번역시집의 출간을 계기로 17세기 문학사의 재평가 일환으로서 행명재의 근대적 선취점을 재인식하는 계기가 마련되었으면 하는 바람이다.

번역요령

01. 유불도의 광범위한 독서에 바탕한 행명재의 시작을 이해하기 위하여는 자세한 주석이 뒤따를 수 밖에 없다. 초역 과정에서 덧붙은 주석을 거의 그대로 살려서 처음 행명재를 대하는 독자도 불편 없이 근접할 수 있는 길을 열어 놓았다.

02. 번역시는 출발언어인 한문 구조에 상응하는 한국어 운율을 살릴 수 있도록 시형식, 시구조 등등을 배려하여 이루어졌다. 5언과 7언의 분위기를 다르게 파악하여 시어 배열을 하였고, 율시 이상의 체제에서는 대구를 맞추도록 참여행의 길이를 균등하게 조정하였다.

03. 한 작품 내에서는 같은 어조를 유지하도록, 어미의 사용을 조정하여 번역하였다.

04. 작자의 의도가 바로 전달 될 수 있도록 문장 부호를 최대한 활용하였다. 원시의 구법이 파악되도록 휴지부호로 경계를 삼아 표지하고, 번역시에는 종결 부호를 종결, 의문, 감탄 등등에 맞추어 배열하였다.

05. 번역시를 앞에 놓고 원시를 뒤에 둠으로써 새로운 시어사용을 의도하였던 작자의 의도가 반영될 수 있도록 하였다.

행명집발

滋溟集跋

/ 朴世采

돌아가신 판서 해평 윤공은 오음 문정공[1]의 손자이고, 월정 문정공[2]의 종손이다. 집안의 영향을 받아 문예에 대한 재주가 일찍이 이루어졌으나, 도리어 매양 안으로 스스로 차곡차곡 쌓기만 하고 누구를 사귀며 왕래하지 않아 세상에서 그를 아는 사람이 드물었다. 젊을 때 상촌 신 문정공[3]을 황주(黃州)[4]의 처가에서 만나 시를 주고받으며 읊었는데 칭

1) 오음 문정공: 윤두수(尹斗壽, 1533~1601)를 말하니, 본관이 해평(海平), 자가 자앙(子仰), 호가 오음(梧陰), 시호가 문정(文靖)이다. 아버지는 군자감정(軍資監正) 변(忭)이며, 동생이 우찬성 근수(根壽)이다. 성수침(成守琛)·이중호(李仲虎)·이황(李滉) 등에게 배웠으며, 임진왜란 때 선조를 호종(扈從)하여 어영대장·우의정을 거쳐 좌의정에 올랐다. 명나라에 원병 요청을 반대하고 평양성 사수를 주장했으며, 의주까지 선조를 무사하게 모셨다. 1594년 세자를 따라 남하하여 삼도체찰사(三道體察使)가 되었으며, 이듬해 판중추부사로 왕비를 해주로 시종하고 해원부원군(海原府院君)에 봉해졌으며, 1599년 영의정에 올랐다.

2) 월정 문정공: 윤두수의 아우 윤근수(尹根壽, 1537~1616)를 말하니, 자가 자고(子固), 호가 월정(月汀), 시호가 문정(文貞)이며, 퇴계 이황(李滉)의 문인이다. 1558년 별시문과에 급제하여 벼슬길에 올라 중앙 관직을 두루 거치고 1566년에 《명종실록》 편찬에 참여했으며, 1567년 사가독서(賜暇讀書)를 하였다. 1573년 명나라에 사신 가서 종계변무(宗系辨誣)를 하고 돌아와서 대사헌 등을 지냈다. 1578년 탄핵 받고 파직되었다가 강릉부사·황해도 관찰사·이조참판 등을 지냈으며, 1589년 성절사(聖節使)로 명나라에 파견되어 《대명회전(大明會典)》을 받아왔다. 형조판서·대사헌·이조판서에 오르고, 종계변무의 공으로 광국공신(光國功臣) 1등에 해평부원군(海平府院君)으로 봉해졌다. 1592년 임진왜란 때 왕을 호종하고 문안사(問安使)·원접사(遠接使)·주청사 등에 임명되어 여러 차례 명나라를 왕래하였다. 1595년 좌찬성, 1597년 판의금부사를 겸했으며, 1604년 왕을 호종한 공으로 호성공신(扈聖功臣)에 봉해졌다.

3) 상촌 신 문정공: 신흠(申欽, 1566~1628)을 말하니, 본관이 평산(平山), 자가 경숙(敬叔),

찬이 매우 지극하여 이로부터 명성을 크게 떨치게 되었다. 버슬살이 시작한 지 얼마 안 되어 인조반정(1623)을 만나서 조정이 깨끗하고 밝아지자 훌륭한 선비들이 모두 모였는데, 공도 또한 옥당과 사간원을 출입하면서 일에 따라서 보태고 도운 것이 매우 많았다.

불행하게도 오랑캐의 난리가 일어남[5]에 공이 몹시 심하게 집안의 재앙[6]을 입어 여러 아우들과 함께 파산(坡山)[7] 별서(別墅)에서 삼년상을 치렀다.[8] 이 일이 있고나서 그 사이에 살 곳을 정해 머물면서 노래하고 읊조리며 스스로 만족하여 발자국이 도성이나 저자를 도모하지 않은 것이 10년이나 되었다. 병자호란(1636)이 다시 일어나자 공은 스스로 오직 대의명분을 좇아서 마땅히 말고삐를 잡아야 한다 하였고, 이에 남한산성으로 임금의 수레를 따르며 모셨는데 인조가 맞아들여 만나주며 칭찬하고 장려하니 공이 마침내 감격하여 어려움과 위급함을 직면하고도 감히 사양하거나 물러나지 않았다. 중간에 왕명을 받들어 일본과 연경으로 사신 가서 모든 질문에 잘 응대하였다는 칭송이 있었다. 조금 뒤 승정원과 이조(吏曹)를 거쳐서 지위가 대신에 나가더니,

---

호가 상촌(象村), 시호가 문정(文貞)이다. 도승지, 병조판서 등을 거쳤으며 계축옥사(癸丑獄事) 때 파직되고 인조반정(仁祖反正) 뒤에 영의정에 올랐다. '월상계택(月象谿澤)'이라고 하는 조선 중기 한문사대가의 한 사람이다.

4) 황주(黃州): 황해도 북쪽에 위치한 고을이다.

5) 오랑캐의 난리가 일어남: 1627년 인조 5년 1월에 일어난 정묘호란(丁卯胡亂)을 말한다.

6) 집안의 재앙: 인조 5년(1627) 2월에 부친 윤훤(尹暄)이 체찰부사(體察副使) 겸 평안도관찰사로서 오랑캐 난리 때 평안남도 중부지역의 성천(成川)으로 후퇴하였다는 이유로 투옥되어 강화도에서 효수된 일을 말한다.

7) 파산(坡山): 경기도 파주를 말한다.

8) 삼년상을 치렀다: '수제(守制)'는 수효(守孝)라고도 하며, 부모상을 당하여 집안에 있으면서 오락과 교제를 끊고 슬픈 마음을 보이는 준행거상(遵行居喪)의 제도, 자식이 부모상을 당해 만 27개월 동안 근신하며 모든 교제를 끊던 일을 말한다. 이 기간 동안에는 과거에 응시하거나 혼인을 할 수 없었으며, 관리는 휴직을 하였다.

홍문관과 예문관의 대제학을 겸직하며 문적(文籍)의 문형(文衡)[9]을 잡았으나, 그가 좋아하는 일이 아니었다.

공은 사람됨이 온화하고 아담하면서도 군건하여 자기 자신을 지키는 것이 매우 확고하였다. 퇴청해서는 반드시 문을 닫고 그침 없이 시를 읊어 마치 공령(功令)[10]에 힘씀이 있는 것과 같았다. 재치 있는 생각이 당차고 뛰어나며 정교하고 촘촘하여 이에 당시의 여러 공들과 가까이 지내면서 나란히 실력을 다투었지만, 또 슬쩍 감추고 어리석은 듯이 하여 일찍이 문장으로 스스로 자부한 적이 없어서 사람들이 그를 더욱 존경하였다.

공이 돌아가신지 장차 삼기(三紀)[11]가 되어 가는데 문집이 완성되지 못하자 양자[12]인 지군(知郡)[13] 전씨(博氏)[14]가 나에게 문집을 다듬고 정리하여 세상에 간행할 것을 요청하였다. 나는 본래 시를 탐구하는 데 마음을 둔 사람이 아니지만, 스무 살 무렵에 공의 문하를 쫓으면서 평소에 전개한 깊은 의론을 매우 익숙하게 들었으니 삼가 대략 정리하였으나, 열 가운데 겨우 한 둘을 취한 정도이고 그것 또한 공의 뜻을 쫓은 것이다. 공의 이름은 순지(順之)이고, 자는 낙천(樂天)이며, 호는

---

9) 문형(文衡): 옛날에 문장의 높낮이를 판정하여 선비를 취택하던 권력을 말한다. 조선시대 홍문관과 예문관의 으뜸가는 벼슬로 정이품(正二品) 대제학을 말한다.

10) 공령(功令): 문과(文科) 과거의 시험에서 시행되던 여러 가지 문체(文體)를 이르던 말이다.

11) 삼기(三紀): 세성(歲星), 곧 목성(木星)이 지구를 한 바퀴 도는데 대략 12년 걸리므로 옛날에 12년을 칭하여 일기(一紀)라고 하였다. 보통 10년을 일기(一紀)라고 하며, 여기서는 7년을 일기(一紀)로 보아 윤순지가 죽은 지(1666)가 26년이 넘었음을 가리킨 것이다.

12) 양자: 윤순지는 아들이 없어 계씨(季氏) 청도공(淸道公) 의지(誼之)의 중자(仲子) 윤전(尹博)으로 뒤를 이었다.

13) 지군(知郡): 윤전(尹博)이 봉산 군수(郡守)에 있었음을 말한다.

14) 전씨(博氏): 인조(仁祖) 3년(1625)에 출생하여 인조 20년(1642) 임오(壬午) 식년시(式年試)에 생원 3등(三等)으로 합격하였다. 자가 화경(花卿)이다.

행명재(涬溟齋)이다. 이로써 발문을 삼는다.

숭정(崇禎)[15] 기원후로부터 65년이 되는 임신년[16] 3월 20일 반남 박세채[17] 화숙이 삼가 발문을 쓰다.

涬溟集跋[18]

故判書海平 尹公, 卽梧陰 文靖公之孫, 月汀 文貞公從孫也. 擩染家庭, 詞藝夙成, 顧輒內自蘊蓄, 不事交游徃還, 世鮮有知之者. 少時象村 申文貞公遇於黃州甥舘, 爲之酬唱, 賞譽甚至, 自此名聲大振. 釋褐未幾, 値仁祖反正, 朝廷淸明, 髦俊咸集, 公亦出入玉堂諫垣, 隨事禆益弘多.

不幸虜難作, 公酷罹家禍, 與諸弟守制坡山別墅. 仍卜築棲遲於其間, 嘯詠自適, 足跡不窺城市者十年. 丙子虜再創, 公自惟分義當執靮, 乃扈駕于南漢, 仁祖賜對嘉獎, 公遂感激, 目見艱虞顚沛, 不敢辭退. 間奉使日本 燕山, 克有專對稱. 俄由銀臺天曹, 進位列卿, 兼兩舘大提學, 持衡藝苑, 然非其所好[19]也.

公爲人溫雅耿介, 所守甚確. 公退, 必閉門哦詩不輟, 有若服功令者. 才思遒逸精緻, 殆與一時諸公狎盟齊驅, 而又乃歉然若愚, 未嘗

---

15) 숭정(崇禎): 중국 명나라 의종(毅宗)의 연호(1628~1644)이다.

16) 임신년: 1692년으로 숙종 18년이다.

17) 박세채: 박세채(朴世采, 1631~1695)는 본관이 반남, 자가 화숙(和叔), 호가 현석(玄石)·남계(南溪)이다. 아버지는 홍문관 교리 의(㰒)이며, 어머니는 신흠(申欽)의 딸이다. 1649년 진사과에 합격하여 성균관에서 공부하였고, 1651년 김상헌(金尙憲)과 김집(金集)의 문하에서 수학한 뒤, 조정에서 주요 관직을 두루 거쳤으며, 소론의 영수로 꼽힌다.

18) 涬溟集跋:《남계선생박문순공문속집(南溪先生朴文純公文續集)》권20 제발(題跋)에 〈제행명재시권후(題涬溟齋詩卷後)〉라는 제목으로 수록되었으며, '임신(壬申)년 3월 20일'에 썼다고 쓰여 있다.

19) 然非其所好:《남계선생박문순공문속집》에는 "然非其素好"로 되어 있다.

以詞翰自居, 人益賢之.

公歿且三紀, 家集未成, 嗣子知郡 塼氏, 請余刪定而行之世. 余固非究心於詩者, 第以弱冠, 踵公門墻, 甚習聞其平生緒論深矣, 謹爲畧加整頓, 十僅取一二, 亦遵公志也. 公諱順之, 字樂天, 號涬溟齋. 是爲跋.

崇禎紀元後六十五年壬申三月二十日, 潘南 朴世采 和叔謹跋.[20]

---

20) 崇禎 …… 和叔謹跋:《남계선생박문순공문속집(南溪先生朴文純公文續集)》에는 이 부분이 없다.

행명재시집 권1

涬溟齋詩集 卷一

가을 회포 일곱 수

秋懷 七首

후딱후딱 가는 세월 좇을 수 없고[1]　　　　　　瞥瞥年華未可追,

퍼져 흐르는[2] 얕은 물[3] 오래지 않네.　　　　蓬流清淺不多時.

산과 강 바라보니 가을기운 먼저 꿈틀대고[4]　山河一望秋先動,

은하수 한밤 되니 그림자 거꾸로 드리우네.　　星漢三更影倒垂.

깊은 숲에 이슬 내려 자던 학 일어나고　　　　深樹露零眠鶴起,

높은 강에 우레 빠르니 독룡[5]이 옮겨가네.　　高江雷急毒龍移.

---

1) 좇을 수 없고: '미가추(未可追)'는 《논어》〈미자(微子)〉에서 초나라 광인 접여(接輿)가 "지나
   간 일은 탓할 수 없거니와, 앞으로 올 일은 좇을 수 있다.[往者不可諫, 來者猶可追.]"고
   하였고, 도잠(陶潛)의 〈귀거래사(歸去來兮辭)〉에서는 "이미 지나간 일은 탓할 수 없음을 깨
   달았고, 앞으로 올 일은 좇을 수 있음을 알았도다.[悟已往之不諫, 知來者之可追.]"라고 한
   것에 근거하는 말이다.

2) 퍼져 흐르는: '봉류(蓬流)'는 《진서(陳書)》〈의제기(宜帝紀)〉에 "늙은이 부축하고 어린애
   이끌고서 이리저리 숲속 길을 다니도다.[扶老攜幼, 蓬流草跋.]"라고 하였는데, 부평초나 쑥
   대처럼 이리저리 마구 떠도는[萍蓬流轉] 것을 말한다. 명나라 왕불(王紱)의 〈송송계재주경진
   조연성(送松溪宰周景辰調連城)〉에 "벼슬살이 다닌 것이 부평초나 쑥대과 같고, 이리저리
   떠도니 어찌 머물러 살겠는가?[宦遊若萍蓬, 流轉郇能住.]" 하였고, 조선 후기 황현의 〈부해
   학화사지약(赴海鶴華寺之約)〉에 "콸콸 흐르는 물에 봄밤 별빛 부서지고, 둥근 패옥 쟁그랑쟁
   그랑 다시금 들을 만하구나.[蓬蓬流水碎春星, 環佩琮琤更可聽.]"라고 하였다.

3) 얕은 물: '청천(清淺)'은 맑고 얕은 물을 말한다. 송나라 고산처사(孤山處士) 임포(林逋)의
   〈산원소매(山園小梅)〉에 "성긴 매화 그림자 비스듬히 맑은 물위에 비치고, 그윽한 매화 향기
   솔솔 풍겨 황혼 달빛에 퍼지도다.[疏影橫斜水清淺, 暗香浮動月黃昏.]"라고 하였다.

4) 가을기운 먼저 꿈틀대고: 남북조시대 양(梁)나라 유견오(庾肩吾)의 〈봉화새한고묘(奉和賽
   漢高廟)〉에 "들판 드넓으니 가을기운 먼저 꿈틀대고, 수풀 높으니 나뭇잎 일찍 시드네.[野曠
   秋先動, 林高葉早殘.]"라고 하였다.

5) 독룡: 흉악한 용이나, 잔포한 사람이나, 번뇌를 가리키는 말이다. 또는 산과 바다에서 습기의
   증발이 아주 많아 생기는 괴상한 현상이나 물건을 가리키기도 한다. 북위(北魏) 양현지(楊衒
   之)의 《낙양가람기(洛陽伽藍記)》〈문의리(聞義里)〉에 "산속에 연못이 있는데 독룡이 그곳에

고운 여인 눈물 가리며 둥근 부채 거두니 　佳人掩淚收團扇,

바야흐로 직녀6)가 이별 슬퍼하는 거라네. 　政是天孫怨別離.

금상께서 용상 오르시던 계해년7)에 　今上龍飛癸亥年,

소신이 붓을 꽂고8) 경연에 입시하여 　小臣簪筆侍經筵.

상소문9) 아뢰오니 용안이 기뻐하시고 　條陳白簡天顏喜,

황봉주10)에 흠뻑 취하니 한낮이었더라. 　沾醉黃封午漏傳.

죽지 못한 이 몸 지난 일 탄식뿐인데 　未死此身嗟已矣,

어전 배석 생각하면 꿈속인 듯하구나. 　有時前席夢依然.

강마을 갯버들 서리 이슬에 시들었는데 　江鄕蒲柳凋霜露,

밤마다 부질없이 북두성 쪽 보는구나. 　夜夜空瞻北斗邊.

막부11)에서 고상하게 놀던 옛일 생각하니 　憶曾蓮幕辦淸遊,

하늘로 뗏목 타고 북두 견우 다가갔던 듯 　天上仙槎傍斗牛.

사방 천리 땅12) 기자 세운 나라이고 　千里職方箕子國,

산다.[山中有池, 毒龍居之.]"고 하였다.

6) 직녀: '천손(天孫)'은 별 이름으로 직녀성(織女星)을 가리킨다. 또는 전설 속에 베를 잘 짜는 선녀를 가리키기도 한다.

7) 계해년: 인조 1년(1623)은 윤순지가 34세가 되던 해로, 7월 6일에 사간원 정언(正言)으로 처음 조강(朝講)에 입시하였다.

8) 붓을 꽂고: '잠필(簪筆)'은 관(冠)이나 홀(笏)에 붓을 꽂고서 글쓰기에 대비하는 것으로, 왕을 가까이서 모시는 신하가 된 것을 말한다.

9) 상소문: '백간(白簡)'은 관리를 탄핵하는 상소문을 가리키나, 여기서는 임금에게 올리는 글을 말한다. 윤순지는 1623년 9월 21일에 예조정랑(禮曹正郎) 지제교(知製教)가 되기까지 사간원 정원으로 재직하였다.

10) 황봉주: '황봉(黃封)'은 황봉주(黃封酒)로서, 궁중에서 빚은 술을 황색 비단으로 봉한다고 하여 붙여진 이름으로, 임금이 하사하는 술을 가리키기도 한다.

11) 막부: '연막(蓮幕)'은 지방 장관이 거처하던 막부(幕府)로, 연화지(蓮花池) 또는 연화부(蓮花府)라고도 한다.

한 가을 운물은 유공 즐긴 누각[13]이라.　九秋雲物庾公樓.
꾸민 난간 화려한 배에 미녀들 둘러있고　雕闌畫舫圍紅袖,
높은 기둥 향긋한 자리에서 격구 했었지.[14]　高棟芳茵引綵毬.
이백년 이래 노래하고 춤 추던 곳　二百年來歌舞地,
지금 돌이키니 눈물 줄줄 흐르네.　卽今回首涕雙流.

감악산[15] 남쪽 분수[16] 서쪽 땅　紺岳之南汾水西,
여기 띳집 지으니 중 암자 비슷.　誅茅于此類禪樓.
푸른 숲 붉은 잎 쓸쓸히 비치는데　靑林赤葉寒相映,
술잔 국화 늦도록 두 손에 들고 있네.　白酒黃花晚並携.
아이에게 붓과 벼루 가져다 놓게 하고　分付兒童供筆硯,
근력 헤아리며 더위잡고 오르는구나.　較量筋力費攀躋.
한가하여 심심하니 매인 데 없이　閑居簡懶無拘束,
또 냇가 향하며 지팡이 던지누나.　又向溪邊一杖藜.

지난해 중양절엔 궁궐에 있더니　前世重陽在禁林,

---

12) 사방 천리 땅: '직방(職方)'은 직방씨(職方氏)의 준말로 주나라의 관직 이름이며, 천하의
지도와 사방의 직공(職貢)을 관장하는 것을 말한다. 나라의 판도(版圖)를 관장하는 지방 관직
이나, 온 나라의 땅을 가리키는 말이다. 方千里曰王畿(《周禮》〈夏官·職方氏〉) 職方千里曰
國畿(《磻溪隨錄》〈職方攷〉)
13) 유공 즐긴 누각: '유공루(庾公樓)'는 진(晉)나라 유량(庾亮)이 무창(武昌)을 다스리면서 동
료인 은호(殷浩), 왕호지(王胡之)와 같이 남루(南樓)에 올라 경치를 구경하면서 날이 새도록
시를 읊고 이야기했다는 고사에서 유래하여 이후 문인들이 모여서 음영(吟詠)하는 것을 가리
키게 되었다.
14) 격구 했었지: '인채구(引綵毬)'는 격구(擊毬) 놀이에서 공을 끌어당기는 동작을 말한다. 채구
(綵毬)는 격구의 공이다.
15) 감악산: 경기도 파주, 양주, 연천 사이에 있는 산으로, 높이가 675m이다.
16) 분수: 파주시 광탄면(廣灘面) 분수리(汾水里)에 있던 물을 가리킨다.

조정[17] 퇴근 때면 날 어두웠지.　　　　　　鳳池朝退日陰陰.

수유 열매[18] 팔에 매어 하늘향 젖고　　　茱房繫臂天香濕,

국화 술 입술 적셔 기운 갈앉혔지.　　　　菊醆濡唇御氣沈.

도성문[19] 나가서는 괜히 슬피 바라더니　　一出春明空悵望,

중양절 될 적이면 맘이 곱절 아팠었지.　　每逢佳節倍傷心.

장안 남쪽 위수 북쪽[20] 모두 소식 없으니　秦南渭北無消息,

새론 시 글자마다 눈물 나서 옷깃 젖네.　　字字新詩淚滿襟.

할아버지[21] 전대 조정[22] 상공에 오르시어　吾祖先朝上相公,

온 세상 지휘하여 중흥 공 세우셨네.　　　指揮天地中興功.

나라 문물 일으켜 태평시대 열었건만　　　大東文物開時泰,

오늘날 후손들 살 길 막혀[23] 운다네.　　　今日兒孫泣路窮.

조상 공덕 어느 누가 가상하게 담소하리?　舊德誰憐談笑是?

---

17) 조정: '봉지(鳳池)'는 의정부(議政府)를 말하는데, 보통 조정을 가리킨다. 당나라의 중서성 (中書省)에 봉황지(鳳凰池)가 있어서 생긴 이름이다.

18) 수유 열매: '유방(茱房)'은 수유 열매로 수유회(茱萸會)를 말하니, 중양절에 수유 열매를 담은 주머니를 몸에 차고 높은 곳에 올라가서 국화주를 마시며 사악한 기운을 없애는 모임으로 서 등고회(登高會)라고도 한다.

19) 도성문: 장안(長安)에 춘명문(春明門)이 있음.

20) 장안 남쪽 위수 북쪽: '진남위북(秦南渭北)'에서 진남(秦南)은 남조 송(宋)나라 육개(陸凱) 가 강남의 매화꽃 한 가지를 역사(驛使)를 통해 장안(長安)에 있는 친구 범엽(范曄)에게 부쳐 안부를 전했다는 고사이고, 위북(渭北)은 두보(杜甫)가 위북에 있을 때 강동(江東)에 있는 이백(李白)을 그리며 지은 〈춘일억이백(春日憶李白)〉에서 "위북에는 봄 하늘 아래 나무요, 강동에는 해 저물녘 구름이네.[渭北春天樹, 江東日暮雲.]"라고 하였는데, 멀리 있는 벗을 그리워함을 말한다.

21) 할아버지: 오음(梧陰) 윤두수(尹斗壽)를 말한다.

22) 전대 조정: 선조(宣祖)조를 말한다.

23) 살 길 막혀: '노궁(路窮)'은 진퇴노궁(進退路窮)의 준말로 진로가 막혀 살아갈 길이 막막하다 는 뜻이다. 죽림칠현의 완적(阮籍)이 수레를 타고 가다가 길이 막혀 통곡하였다는 고사도 있다.

남은 인생 부질없이 골계영웅[24] 되겠구나. 餘生空作滑稽雄.
인간 세상 슬픔 기쁨 모두 겪어보았거늘 悲歡閱盡人間世,
화복순환[25] 어찌 변방노인[26]께만 물으랴? 倚伏何須問塞翁?

푸른 하늘 바람 높아 기러기 날고 碧落風高鴻鴈飛,
저문 숲 푸른 이내 칡베 옷[27] 적시네. 晚林空翠濕蘿衣.
타향에 철 바뀌어 잎 져서 떨어지는데 他鄕物候逢搖落,
늘그막 진퇴[28]에 트집 잡음 여전하네. 末路行藏有是非.
귀밑머리[29] 부쩍 세어 시름 속 늘어나고 潘鬢已深愁裏換,
진산[30]은 늘 꿈속에 들어왔다 돌아가네. 秦山長入夢中歸.

---

24) 골계영웅: '골계(滑稽)'는 원만하게 세상에 순응하면서 사는 태도를 말한다. 한나라 양웅(揚雄)의 《법언(法言)》〈연건(淵騫)〉에 "배불리 먹고 편안히 앉아 벼슬로써 농사를 대신 시키며, 은거하여 세상을 조롱하며 세상과 어긋나서 때를 만나지 못했으니 골계의 영웅이로다![飽食安坐, 以仕易農, 依隱玩世, 詭時不逢, 其滑稽之雄乎!]"라고 하였다.

25) 화복순환: '의복(倚伏)'은 노자의 《도덕경》에 "재앙은 복이 기대고 있는 것이요, 복은 재앙이 엎드려 있는 것이다.[禍兮福所倚, 福兮禍所伏.]"에서 나온 말로, 재앙이 변하여 행복이 되고, 행복이 변하여 재앙이 되는 것을 예측할 수 없다는 말이다.

26) 변방노인: '새옹(塞翁)'은 《회남자(淮南子)》〈인간훈(人間訓)〉에 나오는 '새옹실마(塞翁失馬)'의 고사를 말한다. 인간사의 나쁜 일과 좋은 일은 항상 번갈아 생겨 예측할 수 없다는 새옹지마(塞翁之馬)의 뜻이며, 변방노인은 외물에 얽매이지 않고 세상의 득실을 마음에 두지 않은 초연한 늙은이를 가리킨다.

27) 칡베 옷: '나의(蘿衣)'는 벽라의(薜蘿衣)로서 은자가 입는 옷을 가리킨다. 원나라 예찬(倪瓚)의 〈기장정거(寄張貞居)〉에 "푸른 이끼가 온통 고라니 사슴 길을 막고, 흰 구름이 새로이 칡베 옷을 기우네.[蒼蘚渾封麋鹿逕, 白雲新補薜蘿衣.]라고 하였다.

28) 진퇴: '행장(行藏)'은 출처 또는 행동거지를 가리키니, 세상에 나서고 집에 있는 일을 말한다. 《논어》〈술이(述而)〉에 보면, "공자가 안연에게 말하기를, '등용되면 도를 행하고, 버려지면 몸을 숨겨야 하니 오직 나와 너만이 이것을 하겠구나!'라고 하였다.[子謂顔淵曰, '用之則行, 舍之則藏, 唯我與爾有是夫!']"는 데서 나온 말이다.

29) 귀밑머리: 반빈(潘鬢)은 진(晉)나라 반악(潘岳)의 귀밑머리를 말한다. 그의 〈추흥부(秋興賦)〉 서문에서 32세에 비로소 이모(二毛)가 나타났다고 하였는데, 이모는 머리에 흰 털이 나서 두 빛깔이 된 것을 말한다.

30) 진산: 중국 섬서성(陝西省) 남쪽에 있는 산으로, 주(周)나라의 옛터이며 진(秦)나라의 발상지이다. 종남산(終南山), 귤산(橘山), 남산(南山), 주남산(周南山), 지폐산(地肺山)이라고

백년인생 호방기개 지금 뉘게 있는가?　　百年豪氣今誰在?
강호 슬피 바라니 모든 일 어긋났네.　　悵望江湖萬事違.

　도 하며, 여기서는 한양의 남산을 말한다.

사일[1]에 임진강을 지나다

社日過臨津

어느 곳 봄 술 익었나?	何處春醪熟?
물가에서 물어보노라.	今吾問水濱.
버들 곁 말 매어놓고	柳邊來繫馬,
꽃 아래 사람을 찾네.	花下去尋人.
낮은 언덕 채소밭 남고	短岸留蔬圃,
빈 낚시터 낚싯줄 있네.	空磯有釣綸.
집집마다 문 모두 닫고	家家門盡閉,
산 밖 강신에게 굿한다.	山外賽江神.

---

1) 사일(社日): 옛날에 토지신에게 제사를 지내던 날로, 사(社)는 토신(土神)을 뜻하며, 일반적으로 입춘과 입추 뒤 다섯 번째 무일(戊日)에 거행하여 춘사(春社), 추사(秋社)라고 하였다. 간혹 사계절에 제사를 지내는 경우도 있다.

월창[1]에게 응대하다

酬月窓

어떤 이 오두막 문밖에 와서	人到衡門下,
쓸쓸함[2] 묻는 그대 편지 전했네.	傳君問索居.
머나먼 천릿길 어떻게 왔던지	那堪千里遠?
지난해 보낸 편지 이제 보았네.	始見去年書.
오래 떨어져서 몸에 탈 없는지	久別身無恙,
생각하는 마음에 끝이 없었네.	相思意有餘.
오늘밤 홀로 달 쳐다보다가	獨看今夜月,
귀밑머리 듬성한 걸 느끼네.	偏覺鬢毛疎.

---

1) 월창: '월창(月窓)'은 임계(林垍, 1580~?)의 호로 자가 맹견(孟堅), 본관이 나주(羅州)이다. 젊었을 때 김장생에게 수학하고, 재능이 있어서 탁지(度支)를 맡을 만한 명망이 있었으며, 인조 5년에 공조좌랑(工曹佐郎)을 지냈다.

2) 쓸쓸함: '삭거(索居)'는 《예기》〈단궁(檀弓)〉에 나오는 말로, '이군삭거(離群索居)'의 준말이며, 친구나 친지와 헤어져서 쓸쓸하게 혼자 사는 것을 말한다.

송도[1]에 눈 온 뒤 홀로 가다

松都雪後獨行

끊어진 다리에 눈 개인 석양 녘   斷橋晴雪夕陽邊,
소등에 누구인지 머리 다 세었네.   牛背何人白渾顚.
어린 시절 뛰어 놀던 곳 이야기 들으니   見說少年游戲地,
수정궁[2] 안 다섯 꽃무늬 벽돌길[3]이라네.   水晶宮裏五花甎.

---

1) 송도: 경기도 개성(開城)의 옛 이름으로, 고려의 수도였다.

2) 수정궁: 수정(水晶)으로 장식한 궁전으로, 옛날 송도의 화려한 궁전을 가리키는 듯하다.

3) 다섯 꽃무늬 벽돌길: '오화전(五花甎)'은 오색의 꽃무늬를 새긴 벽돌로 다섯꽃 무늬 벽돌길은
   화려한 궁궐의 뜰을 가리킨다.

자고 일어나다

睡起

배 내놓고 빈 방에서 시원하게 낮잠 자니　　　坦腹空齋午夢凉,
발 너머로 새가 울고 또 해가 뉘엿하구나.　　隔簾啼鳥又斜陽.
수풀 사이 세상일 말하지 않더니　　　　　　林間不語人間事,
꽃 필 때 아닌데 입에서 향내 나.　　　　　未到花時口齒香.

시냇가에서 물고기를 구경하다

溪上觀魚

나무꾼 길 사람 없어	樵徑無人到,
쑥대 문 손수 열고	蓬門手自開.
마당 앞에 말 타고 집 나가서	庭前騎馬去,
냇가에 물고기 잡으러 왔더니	溪上打魚來.
한번 비 온 뒤 봄 물결 불어나서	一雨添春浪,
앞 여울 낚시터 사라지고 말았네.	前灘失釣臺.
뽕나무 그늘 따라 자주 자리 옮기며	桑陰從屢改,
종일토록 편안하여 돌아감을 잊었네.	終日澹忘回.

파주 시골집[1]에서 우연히 짓다

坡庄偶題

백 노인[2]의 외론 충정 태양처럼 걸려있고	白老孤忠懸白日,
우리 유학 우계 율곡[3] 또한 스승감이로다.	斯文牛栗亦堪師.
나라 강산 오랜 집에 모두 주인 없건마는	江山故宅俱無主.
우리 문물 일으킨 이 다시 누구이시던가?	文物吾東更有誰?
지금 이 늙은이 여기 돌아와 보니	今世此翁還此地,
백 년 한 도련만 시대만은 다르네.	百年同道不同時.
전란이 소란하여 거문고 줄[4] 끊어진지라[5]	風塵擾擾琴徽斷,
곤궁한 길 홀로 서니 살쩍 벌써 세었구나.	獨立窮途鬢已絲.

---

1) 시골집: '장(庄)'은 '장(莊)'과 같은 말로, '촌장(村莊)'의 준말이니 시골집을 뜻한다.

2) 백 노인: '백로(白老)'는 백인걸(白仁傑, 1497~1579)을 가리키니, 본관이 수원, 자가 사위(士偉), 호가 휴암(休菴)으로 파주 출신이다. 조광조 등의 신진사림들과 교유하였고, 1537년 식년문과에 급제했으나 기묘사림 일파라는 이유로 뒤늦게 등용되어 예문관 검열·예조좌랑·남평현감 등을 역임했다. 을사사화가 있은 뒤 파직되고 양재역벽서사건에 연루되어 유배되었다. 1551년 풀려나 고향 파주의 초야에 묻혀 학문에 몰두하다가, 1565년에 승문원 교리로 등용되었으며, 선조가 즉위한 뒤 대사간·대사헌을 거쳐 1579년 지중추부사가 되었다. 《명종실록》 편찬에 참여하고, 청백리로 뽑혔다. 파주 파산서원(坡山書院), 남평 봉산서원(蓬山書院) 등에 배향되었다.

3) 우계 율곡: '우율(牛栗)'은 우계(牛溪) 성혼(成渾, 1535~1598)과 율곡(栗谷) 이이(李珥, 1536~1584)를 말한다. 율곡 이이는 파주 출신이고, 성혼은 10세 때 기묘사화 여파로 아버지 성수침을 따라 파주 우계로 옮겨 살았다.

4) 거문고 줄: '금휘(琴徽)'는 거문고의 줄을 조여 주는 휘로서, 단단한 나무로 기러기발처럼 만들어 거문고나 가야금의 줄 밑을 괴어 줄의 음위(音位)를 고르게 하는 기구를 가리킨다. 보통 기러기발이라고 하며, 거문고 줄을 가리키기도 한다.

5) 끊어진지라: '단금(斷琴)'은 《呂氏春秋 本味》에 백아(伯牙)가 거문고를 잘 연주하고 종자기(鍾子期)가 그 소리를 알아들었는데 종자기가 죽자 백아가 거문고 줄을 끊어버렸다는 고사에서 유래하여 '단금(斷琴)'은 지음(知音)이 사망한 것을 무척 슬퍼한다는 뜻을 가리킨다.

산을 가다

山行

비 활짝 개일 때 만나	適來逢雨霽,
맘대로 여기저기 앉네.	隨意坐西東.
햇빛 맑은 시내 비추고	日色清溪上,
매미 오래된 나무에서 우네.	蟬聲古木中.
수풀꽃 강가절벽에 잇고	林花連斷岸,
산열매 가을바람에 지네.	山果落秋風.
길가는 사람 얘기 듣자니	逢着行人說,
신선계 이 길로 통한다네.	仙源此路通.

또

又

깊은 산속 길 잃어　　　　　　　　誤入深山裏,

갈수록 헤매이네.　　　　　　　　行行路漸迷.

구름 헤쳐 돌길 지나　　　　　　撥雲經石徑.

물 건너 암자 묻누나.　　　　　隔水問禪棲.

지는 해에 고니[1] 번득이고　　　落日烏奴閃.

텅 빈 숲에 목객조[2] 우네.　　　空林木客啼.

홀가분히 마음에 드는 곳　　　　脩然會心處.

약야계[3]에 있는 듯하네.　　　如在若耶溪.

---

1) 고니: '오노(烏奴)'는 오손(烏孫)이라고도 하며, 서역에 있는 오랑캐 나라 이름인데, 여기서는 고니(黃鵠)의 별칭인 오손공주(烏孫公主)를 약칭한 것이다.

2) 목객조: '목객(木客)'은 전설 속에 나오는 새 이름으로 '목객조(木客鳥)'라고 하며, 크기가 까치만 하고 수천 마리 떼를 지어 날아다닌다고 한다.

3) 약야계: 중국 절강성 소흥(紹興)의 약야산(若耶山)에 있는 시내 이름으로, 북쪽으로 흘러 운하(運河)로 들어간다. 서시(西施)가 비단을 빨래하던 곳이라고 하는데, 당나라 두보의 〈봉선류소부신화산수장가(奉先劉少府新畫山水障歌)〉에 "약야계여, 운문사여, 나 홀로 어찌하여 속세 진흙탕 속에 있는가? 푸른 신과 버선 신고 이곳을 좇아가리라.[若耶溪, 雲門寺, 吾獨胡爲在泥滓? 靑鞋布襪從此始.]"라고 하여 초월적 경계에 있는 산수자연을 가리키게 되었다.

인일[1]

人日

신미년[2]의 음력 정월[3]　　　　　　　辛未王正月,

파주 초야에 묻힌 신하.　　　　　　　坡山草莽臣.

3년을 여전히 나그네이더니　　　　　　三年猶作客,

초이레에 다시금 주인 됐네.[4]　　　　　七日復爲人.

엎치락뒤치락 지난 일 슬퍼하고　　　　倚伏悲前事.

잘 되고 못됨 속 몸만 남았구나.　　　　榮枯有此身.

부러워라, 저 남아있는 눈 속에서　　　羨他殘雪裏,

매화 버들 이미 봄을 감지하나니.　　　梅柳已知春.

---

1) 인일: 음력 정월 초이레를 이르는 말로, 옛날부터 이날에는 사람의 몸을 아껴 일을 하지 않고 집안에서 근신한다는 풍속이 있었다. 양(梁)나라 종름(宗懍)의 〈형초세시기(荊楚歲時記)〉에 "정월 7일은 인일이 되니, 일곱 가지 채소로 국을 끓이고 비단을 잘라서 사람을 만들거나, 혹은 얇은 금박으로 장식하여 사람을 만들어 병풍에 붙이고, 또한 머리에도 꽂는다."[正月七日爲人日, 以七種菜爲羹, 剪綵爲人, 或鏤金箔爲人, 以貼屛風, 亦戴之頭鬢.]"고 하였다.

2) 신미년: 인조 9년(1631)으로, 행명재 42세가 되는 해이며, 2월에 사예(司藝)가 되었다. 삼년 상을 마친 인조 8년(1630) 2월에 이미 수찬(修撰)이 되고, 3월에 전적(典籍)이 되었다.

3) 음력 정월: 왕정월(王正月)은 주나라 천자가 반포한 역법(曆法)의 정월을 말하니, 주나라에서는 건자월(建子月)인 음력 11월을 정월로 삼았다.

4) 주인 됐네: 정월 초이레인 인일을 맞아 집안에서 근신하며 주인 노릇을 하였다는 것이다.

재옹[1]에게 부치다 분서 박미 공의 한 호이다

寄聱翁 汾西 朴公瀰一號

오리나무 물 든 양서 땅[2] 머리
늙은이 하릴없이 옛 친구 생각네.
바라느니 장안 땅 오직 해 우러르고
나그네로 이별한 품고 또 가을 맞네.
떠도는 세상살이 안부일랑 묻지 마오
외로이 사는 삶이 자유롭지 못하다오.
붉은 꽂게 살쪄가고 고미[3] 익었으니
달빛에 조각배 타고 갈 수 있으련만.

檟林楓葉瀼西頭,
老子端居念舊游.
望裏長安唯見日,
客中離恨又逢秋.
浮雲世態休相問,
孤露生涯不自由.
紫蠏漸肥菰米熟,
可能乘月命扁舟.

---

1) 재옹: 박미(朴瀰, 1592~1645)는 본관이 반남(潘南), 자가 중연(仲淵), 호가 분서(汾西)
   또는 재옹(聱翁)이다. 참찬 동량(東亮)의 아들로 이항복(李恒福)의 문인이다. 1603년에 선조
   의 다섯째 딸인 정안옹주(貞安翁主)와 혼인하여 금양위(錦陽尉)에 봉해졌다. 박세채가 그의
   조카이다.
2) 양서 땅: 양서(瀼西)는 두보(杜甫)가 기주(夔州)에 살 때 초당이 있던 곳으로, 흔히 문인의
   거주지를 비유하는 말로 쓰인다.
3) 고미: '고미(菰米)'는 줄풀의 열매로 조호미(雕胡米) 또는 고미(苽米)라고도 하며, 맛있는
   밥을 짓고 술을 만들기도 하여 주미(酒米)라고도 한다.

차운하여 낙전[1]에게 주다 신익성 공의 호이다

次呈樂全 申公翊聖號

푸른 산 방두[2]처럼 깊은 기약 맺었건만	碧山芳杜結幽期,
따분하게 지낸 이래 시를 짓지 못했구려.	簡懶從來不賦詩.
고달픈 세상살이에 육신[3] 가벼운 줄 알고	苦海漸知輕四大,
절에 들어가 삼지[4]에게 물어볼까도 하오.	空門還擬問三支.
무궁화 울 두룬 대밭에 지팡이 자주 던지고	槿籬護竹筇頻擲,
꽃 핀 언덕에 술동이 들고 자리 자주 옮기네.	花塢携樽席屢移.
오직 심원[5]이야말로 아름답고 고운 곳이니	祇是沁園佳麗地,
탑의 구름과 누각 달빛 꿈속에 삼삼하구려.	塔雲樓月夢中思.

---

1) 낙전: 신익성(申翊聖, 1588~1644)은 본관이 평산, 자가 군석(君奭), 호가 낙전당(樂全堂) 또는 동회거사(東淮居士)이다. 아버지는 영의정 흠(欽)이고, 선조의 딸 정숙옹주(貞淑翁主) 와 혼인하여 동양위(東陽尉)에 봉해졌으며, 1606년 오위도총부부총관이 되었다. 광해군 때 폐모론(廢母論)을 반대하다가 전리(田里)로 추방되었다가 1623년 인조반정 뒤 등용되어 이 괄(李适)의 난을 평정하는 데 공을 세웠다. 1627년 정묘호란 때에는 세자를 따라 전주로 피란 했고, 1638년 병자호란 때에는 남한산성에서 끝까지 싸울 것을 주장했다. 척화 5신 가운데 한 사람으로 화의를 하자 모든 관직에서 물러났다. 1642년 이계(李烓)의 모략으로 청나라로 붙잡혀갔으나 굴복하지 않았다. 소현세자(昭顯世子)의 주선으로 풀려나 귀국하였다.

2) 방두: '방두(芳杜)'는 방지(芳芷)와 두형(杜蘅)이라는 두 가지 향초를 가리키는 말로, 뜻이 같이 친구끼리 서로 만나고 사귀는 것을 뜻한다. 두형은 두형(杜衡)으로도 표기하고 두약(杜若)과도 같은 말로, 군자나 현인을 비유하는 데 쓰인다.

3) 육신: '사대(四大)'는 지수화풍(地水火風)이니, 곧 육신을 말한다.

4) 스님들: '삼지(三支)'는 한(漢)나라 말기에 삼국시대 이래로 불법을 전파하던 서역의 고승 지참(支讖)과 지량(支亮)과 지겸(支謙) 세 사람을 가리키니, 삼지가 활동할 당시의 "천하에 박식하기로는 삼지를 벗어나지 못한다(天下博知 不出三支)"라는 말을 끌어와 썼다.

5) 심원: '심원(沁園)'은 후한 명제(明帝)의 딸 심수공주(沁水公主)의 원림(園林)을 가리키는 말로서, 대체로 공주의 정원을 뜻하는 말로도 쓰인다. 신익성이 선조의 딸인 정숙옹주의 부마 이므로 그의 집을 말한 것이다.

정월 초하룻날 선친의 묘소에 제사하고 청소하다

元日掃先墓

괴괴한 빈산 사람 자취 보이지 않고   寂寂空山不見人,
눈 가운데 묘지나무[1] 또 봄 맞았네.   雪中宰樹又逢春.
천년 한[2] 한 움큼 눈물로 솔과 가래[3]에 뿌리고   千年一掬松楸淚,
죽을 고비 겪고 삼년을 초야에 사는 신세라네.   萬死三霜草莽身.
마음 꺾인 채 절기마다 제사 올리고   心折歲時供祭祀,
간담 녹아도 세상 여전히 먼지 이네.   膽消天地尚風塵.
평생토록 충효해도 끝내 의지할 데 없어   平生忠孝終無賴,
늘그막 내 출처[4]를 차마 얘기 못할레라.   末路行藏未忍論.

---

1) 묘지나무: '재수(宰樹)'는 무덤 주위의 나무를 말한다.
2) 천년 한: '천년(千年)'은 천년한(千年恨)을 가리키니 영원토록 잊지 못할 한스러운 일을 말한다.
3) 솔과 가래: 선영에 있는 나무를 말한다.
4) 출처: '행장(行藏)'은 출처(出處)나 행동거지를 가리키는 말이니, 《논어》〈술이(述而)〉에 "등용되면 나가서 도를 행하고 버려지면 물러나 몸을 감춘다.[用之則行, 捨之則藏]"는 내용에 근거한다.

3월 초하룻날 우연히 짓다

三月一日偶成

제비들 지지배배 혼자 사는 집 찾았네.	燕語喃喃問索居,
해마다 돌아오니 나의 집 사랑하는 듯.	年年還似愛吾廬.
강가마을 밤새 복사꽃 뜬 물결[1] 불고	沙村夜漲桃花浪,
시골 저자에는 아침마다 저민 물고기 올리네.	蠶市朝登藿葉魚.
경물이 새로 돌아와서 봄날이 느릿느릿 가고	物色鼎來春腕晚,
세월이 쉽게 지나가니 살쩍이 듬성듬성 하네.	年華易去鬂蕭疎.
강호생활 초라한 채[2] 일 없다보니	江湖潦倒還無事,
병 많은 장경[3] 되어 글만 짓누나.	多病長卿故著書.

---

1) 복사꽃 뜬 물결: 복사꽃이 필 때 시냇물이 불어나서 위로 오르는 물결.
2) 초라한 채: '요도(潦倒)'는 영락(零落)한 모양, 늙고 병든 모양, 누추하고 외로운 신세를 말한다.
3) 장경: '장경(長卿)'은 중국 전한(前漢) 때 문장가 사마상여(司馬相如)의 자로, 평소에 소갈병(消渴病)을 앓아 벼슬을 그만두고 물러나 무릉(茂陵)에서 살았다. 자신에게도 사마상여처럼 지병이 있음을 말한 듯하다.

3월 삼짇날[1] 감회 두 수
三月三日有感 二首

새벽 되자 꾀꼬리 소리 생기 넘쳐	曉來鸎語太精神,
꽃 피는 시절[2] 알리니 늦봄이라네.	爲報芳辰屬暮春.
꿈에 그리던 고향 어느 날에나 갈꼬?	夢裏故鄉何日到?
객지의 향긋한 풀 다시 돋아났구나.	客中芳草又回新.
한 병 술 뉘 가지고 난정[3] 위에 오를까?	壺觴誰就蘭亭上?
경물 옛 그대로인 굽이 도는 물가[4]라네.	風物依然曲水濱.
초어스름에 난초 잡고 못가 걸으니	薄暮執蘭行澤畔,
주위에선 답청[5]하는 사람인 줄 아네.	旁人錯比踏靑人.

---

1) 3월 삼짇날: 음력 3월 초사흗날로, 제비가 돌아오는 날이라 하여 제비집을 청소하고, 진달래 꽃잎을 따서 전을 부쳐 먹으며 춤추고 노는 화전놀이의 풍습이 있었다.

2) 꽃 피는 시절: '방신(芳辰)'은 아름답고 좋은 시절을 가리키니, 온갖 꽃이 피어 향기로운 봄날을 말한다. 남조(南朝) 때 양(梁)나라 심약(沈約)의 〈반설부(反舌賦)〉에서 "이 달에 꽃다운 날을 대하다[對芳辰於此月]"라고 하고, 당나라 진자앙(陳子昂)의 〈삼월삼일연왕명부산정(三月三日宴王明府山亭)〉에서 "늦봄 아름다운 달이요, 상사일 꽃다운 날이라.[暮春嘉月, 上巳芳辰.]"이라 하여 3월을 가리키기도 하였다.

3) 난정: 진나라 왕희지(王羲之)가 3월 3일에 사안(謝安)·손작(孫綽) 등과 산음(山陰)의 난정 (蘭亭)에서 액막이 물놀이를 하고 각각 시를 지었다.

4) 굽이도는 물가: '곡수(曲水)'는 옛날에 3월 상사(上巳)일에 물가로 나가 술을 마시며 상스럽지 못한 일을 없애는 행사를 했으니, 후세 사람들이 둥그런 물도랑을 만들어 잔을 띄우고 마시며 즐거워하였는데 이를 곡수연(曲水宴)이라고 하였으며, 왕희지(王羲之)의 〈난정집서 (蘭亭集序)〉에 나온다.

5) 답청: 봄에 파랗게 난 풀을 밟고 거닌다는 뜻으로, 보통 3월 삼짇날이나 청명절(淸明節)에 들로 나가서 산책하며 노니는 것을 말한다.

봄 되어도 허름한 띳집 손님 드물어　　　　　　　春日衡茅客到稀,
지팡이 부여잡곤 사립문을 나선다네.　　　　　　偶携藜杖出山扉.
물가 흰 바위에 시 읊으며 머물다가　　　　　　沙邊白石哦詩立,
꽃 끊긴 외딴 마을 술 사서 돌아가네.　　　　　花外孤村買酒歸.
제비와 비둘기 새끼 때때로 오르내리고　　　　乳燕鳴鳩時上下,
옅은 안개와 가랑비 저물도록 부슬부슬.　　　淡煙踈雨晚霏微.
요즘 창주6) 생활 평온함을 알았으니　　　　　年來慣識滄洲穩,
높은 곳7) 돌아보면 시비꺼리 투성이.　　　　回首雲霄有是非.

---

6) 창주: 물가의 지방으로, 예로부터 은둔하는 선비들의 거처를 가리켰다.
7) 높은 곳: '운소(雲霄)'는 하늘가, 또는 높고 먼 곳, 또는 높은 지위를 가리킨다.

띳집에서 우연히 짓다 네 수

茅齋偶題 四首

시원 말끔한 내 집이 이 물가에 있거늘	瀟灑吾廬此水涯,
가시나무 등덩굴이 멋대로 가로 막았네.	棘梢藤蔓任從遮.
떨어지는 물소리 비 내리듯 하고	窓聞絶磵千林雨,
문 앞에 평평한 들 십리 길 모래밭이라.	門對平郊十里沙.
이르는 곳마다 대나무¹⁾숲 없을 수 있겠는가?	所至可無王子竹?
동산 가꿔 맛있는 오이²⁾ 심기에 딱 좋구나.	爲園堪種邵平瓜.
서재³⁾는 참됨 기르기 좋은 곳인 줄 알았는데	齋居始悟頤眞處,
정원 아래 시원한 그늘⁴⁾ 태반이 꽃이로구나.	庭下淸陰半是花.

파릉 서쪽⁵⁾ 피해 와서 여러 해 지났는데	避地巴西歲屢移,
서까래 얹어 집 지으니 눌러 살 만 하구나.	數椽新築稱棲遲.
키도 비도 원래 없어 살림살이 딱하지만	元無箕箒憐生計,

---

1) 대나무: '왕자죽(王子竹)'은 왕씨 자제의 대나무라는 뜻으로, 진(晉)나라 왕휘지(王徽之)가 대나무를 몹시 사랑하여 일찍이 빈 터에 대나무를 심고서 "이 친구(此君)가 없어서야 되겠는가?"라고 했다고 한다.

2) 맛있는 오이: '소평과(邵平瓜)'는 '동릉과(東陵瓜)'라고 하며, 한나라 소평(邵平)이 동릉후(東陵侯)를 그만둔 뒤에 청문(靑門) 밖에서 심어서 가꾼 맛있는 오이를 말한다.

3) 서재: '재거(齋居)'는 집안 생활이나 한가로운 생활을 말하며, 송나라 왕안석의 〈송운주지부 송간의(送鄆州知府宋諫議)〉에 "齋居養智恬."이라고 하였다. 또는 집안 생활을 하는 방이나 서재를 가리키기도 한다.

4) 시원한 그늘: '청음(淸陰)'은 시원한 그늘로, 소나무나 대나무 따위의 그늘을 운치 있게 이르는 말이다.

5) 파릉 서쪽: '파서(巴西)'는 파릉(巴陵)의 서쪽이며, 파릉은 양천 지역의 옛 이름이다.

거문고와 책만 둬도 평소 소망 흡족하네.　　　只置琴書愜素期.
곤궁한 처지 아니면 어찌 여기 있겠는가?　　不爲窮途寧有此?
내 고향은 아니지만 슬픔 견딜 수 있도다.　　竟非吾土已堪悲.
뽕과 삼이 날로 크고 몸이 항상 튼튼한데　　桑麻日茁身常健,
따분한 생활이라 매화나 한 가지[6] 부치네.　　懶計還從寄一枝.

초막 정자 곁에 새로 살구나무 동산 가꿔　　草亭新傍杏園開,
샘물소리 저 멀리서 돌다리를 돌아오누나.　　泉韻遙從石磴廻.
여라 산길 잎 우거져 수레 자취 끊어지고　　蘿徑葉深車跡斷,
무궁화 울에 꽃 만발해 빗소리 들려오누나.　　槿籬花密雨聲來.
서책이랑 바둑판이 한가한 정취 도와주고　　書籤棋局供閒趣,
댓잎 이슬 송진 모두 술 담그는 재료로다.　　竹露松肪盡酒材.
산사 스님 밤마실 온단 걸 생각하고　　　　知有山僧期夜話,
아이종에게 이끼 쓸지 말라고 하네.　　　　不敎童僕掃蒼苔.

3월 되니 강호는 날씨가 산뜻하고　　　　　三月江湖天氣鮮,
좋은 물가 봄날 맞아[7] 맑고 곱네.　　　　　晴沙遲日淨妍妍.
수레 탄 어르신 어디에서 오셨는고?　　　　軒車丈者自何至?
명행 선생[8] 한창 낮잠을 주무시오.　　　　濱涬先生方晝眠.

---

6) 매화 한 가지: '기일지(寄一枝)'는 남조(南朝) 송나라 때 범엽(范曄)과 우정이 깊은 육개(陸
　凱)가 강남에서 매화 한 가지를 꺾어 장안(長安)에 있는 범엽에게 시 한 수와 함께 보냈는데,
　그 시에 "역참의 사자 만나 꽃을 꺾어서, 북쪽 장안 내 임께 보내볼거나. 강남 땅 둘러봐도
　있는 게 없어, 봄소식 한 가지만 부쳐 보내오.[折花逢驛使, 寄與隴頭人. 江南無所有, 聊寄
　一枝春.]"라고 한 데서 나온 말이다.
7) 봄날 맞아: '지일(遲日)'은 봄날을 가리키니, 《시경》〈빈풍(豳風)·칠월(七月)〉에 "봄날이
　느릿느릿[春日遲遲]"이라고 한 것에 근거하여 지일(遲日)이 춘일(春日)을 가리키게 되었다.

부귀와 공명일랑 또한 우연일 뿐이오   富貴功名亦偶爾,
뽕과 삼 키우는 일 이제 제법이로다.   桑麻事業今脩然.
세상에 어찌 오래 사는 방술 있으랴?   世間豈有長年術?
이렇게 한가한 생활이 진정 신선이네.   即此閒居眞是仙.

---

8) 명행 선생: '명행'은 '행명(涬溟)'과 같은 말로 자연 혼돈(混沌) 상태의 기운을 말하며, 대자연
과 하나 되어 살고자 하는 뜻을 나타낸 것으로 윤순지 자신을 말한다.

밤에 가다가 우연히 읊다

夜行偶吟

시골집 길도 없고 문도 없이	柴荊無路復無關,
약초밭 채소밭만 수풀 사이로.	藥圃蔬畦草樹間.
아무도 오지 않는 때 밝은 달 떠오르고	人不到時唯素月,
시내물 나뉘어 흐르는 곳 또 청산 있네.	水分流處又青山.
꽃가의 이 인물과 뉘 높이 다투리오?	花邊此物誰爭敎?
세상의 뜬 명예론 한가함 못 사리라.	世上浮名未買閒.
시 생각 밤 되면 절묘하고 말끔해져	詩意夜來添絶灑,
지팡이 짚고 천천히 구름 함께 오네.	一筇徐並白雲還.

소상강의 여덟 경치[1] 네 수를 월과[1]로 고르다

瀟湘八景 選四首月課

형양 포구[3] 쌀쌀하고 저녁경치 아득한데　　　　衡浦寒生暮景賒,

남쪽 가는 기러기 모래벌에 내리네　　　　　　　數聲南鴈落汀沙.

소고주[4] 북쪽에서 행렬 처음 끊기고　　　　　　小姑洲北行初斷,

유의사[5] 앞쪽에서 글자[6] 반쯤 기우네.　　　　柳毅祠前字半斜.

강가로 내려와서 물억새 잎 의지하고　　　　　　江渚下來依荻葉,

들못으로 날아들어 부들 싹을 뜯누나.　　　　　野塘飛入戰蒲芽.

---

1) 소상강의 여덟 경치: '소상팔경(瀟湘八景)'은 중국 호남성 동정호 남쪽의 소수(瀟水)와 상수 (湘水) 부근에 있는 여덟 곳의 아름다운 경치로서, 평사낙안(平沙落鴈)·원포귀범(遠浦歸帆) ·산시청람(山市晴嵐)·강천모설(江天暮雪)·동정추월(洞庭秋月)·소상야우(瀟湘夜雨)·연 사만종(煙寺晩鍾)·어촌석조(漁村夕照)를 말한다.

2) 월과: 관리들이 매달 해내야 하는 과제를 말한다.

3) 형양 포구: '형포(衡浦)'는 형양(衡陽)의 포구로, 당나라 왕발(王勃)의 〈등왕각서(滕王閣 序)〉에서 "고기잡이배에서 저물녘에 부르는 노래는 그 울림이 팽려(彭蠡)의 물가에까지 들리 고, 기러기 떼는 추위에 놀라 그 울음소리가 형양(衡陽)의 포구에서 끊어진다.[漁舟唱晚, 響窮彭蠡之濱, 鴈陣驚寒, 聲斷衡陽之浦.]"라고 하였다.

4) 소고주: 소상(瀟湘)의 물가를 말한다. 아황(娥皇)과 여영(女英)이 순임금을 쫓아 가다가 상수(湘水)에 빠져 죽은 뒤에 두 영혼이 동정호 연못에 노닐면서 소상의 물가를 출입하였는데, 사람들이 죽은 영혼을 달래고 추모하기 위하여 사당을 세워 황릉묘(黃陵廟)라고 하였다. 당나 라 이군옥(李群玉)의 〈황릉묘(黃陵廟)〉에 "소고주 북쪽 물가 구름 가에 우는 두 여자의 화장 이 절로 의젓하구나.[小姑洲北浦雲邊, 二女啼妝自儼然.]"라고 하였다. 지금 호남성 상음현 (湘陰縣) 북쪽의 동정호 물가에 있다.

5) 유의사: 당나라 고종 때 유의(柳毅)라는 사람이 심하게 시집살이 하는 용왕의 딸을 도와준 일을 계기로 동정호 속의 수신(水神)들에게 환심을 얻고 용왕의 딸과 결혼한 뒤에 신선이 되었다는 고사가 있는데, '유의사'는 산동 반도 중부에 있는 유방(濰坊)시의 원가장촌(亓家莊 村) 동쪽 유의산(柳毅山)에 세워진 사당으로 원가장촌에 사는 유씨 성을 가진 사람들이 유의 (柳毅)를 선조로 모시고 세운 것이라고 한다.

6) 글자: 글자를 이루며 기러기 떼가 날아가는 행렬을 말한다.

오나라 벼[7] 다시 익어 주살 많이 놓으니　　　　　　吳秔再熟多矰繳,
물가에서 가선 삼가 몸을 가벼이 말지어다.[8]　　　　愼莫輕身傍水涯.

악양성[9] 밖에 빗줄기 주룩주룩　　　　　　　　　　岳陽城外雨浪浪,
꽃 핀 못에 뚝뚝 들어 향내 물씬.　　　　　　　　　點注花塘浥浥香.
대숲은 가늘게 요임금 딸[10] 비파에 화답하고　　　叢竹細和堯女瑟,
물가 난초는 살며시 초나라 신하[11] 옷 적시네.　　渚蘭輕濕楚臣裳.
긴 모래톱 노란 감귤[12] 새론 윤기 더하고　　　　連洲盧橘沾新澤,
꿈 속의 양왕 구름[13] 저녁 바람 보내누나.　　　　入夢裏雲送晚涼.
방향 소리[14] 희미하고 고깃배 불빛 반짝이니　　　方響微傳漁火耿,

---

7) 오나라 벼: '오갱(吳秔)'은 중국 강동 지방의 벼로서, 품질이 좋은 쌀을 뜻한다.

8) 소상팔경(瀟湘八景)에서 〈모래톱에 내려앉는 기러기[平沙落鴈]〉에 해당한다.

9) 악양성: 악양(岳陽)은 지금의 호남성 악양시로, 옛날에는 파릉(巴陵) 또는 악주(岳州)라고 하였으며, 2,500년의 역사를 가진 오래된 성이다. 강남 동정호(洞庭湖) 물가에 있어서, 양자강에 기대고 상강(湘江)·자강(資江)·원강(沅江)·예수(澧水)의 강물이 흐르드는 강과 호수의 근처에 있다.

10) 요임금 딸: '요녀(堯女)'는 요임금의 두 딸이자 순(舜) 임금의 두 비(妃)인 아황(娥皇)과 여영(女英)을 말한다. 아황(娥皇)과 여영(女英)을 상부인(湘夫人)이라고 하는데 순임금이 죽자 눈물을 대나무에 뿌려 대나무가 얼룩점이 생겼다고 하여 반죽(斑竹), 또는 상비죽(湘妃竹)이라고 한다.

11) 초나라 신하: '초신(楚臣)'은 초(楚)나라 굴원(屈原)을 말한다. 초나라 굴원(屈原)이 참소를 입고 조정에서 쫓겨난 뒤 지은 〈이소(離騷)〉에서 "강리와 벽지를 몸에 두르고, 가을 난초 꿰어서 허리에 차네. …… 마름과 연잎 재단하여 저고리 만들고, 연꽃을 모아서 치마를 만드네.[扈江離與辟芷兮, 紉秋蘭以爲佩. …… 製芰荷以爲衣兮, 集芙蓉以爲裳.]"라고 하여 강리와 벽지와 난초, 마름과 연잎과 연꽃으로 옷을 만들어 입는다고 하였다.

12) 노란 감귤: '노귤(盧橘)'은 노란 감귤을 말한다. 《본초강목》 〈금귤(金橘)〉에 "이 귤이 처음에는 청로색(靑盧色)을 띠다가 노랗게 익으면 황금빛 같아서 금귤, 또는 노귤이라 불렀다."고 하였다.

13) 꿈 속의 양왕 구름: 초나라 양왕(襄王)과 무산(巫山) 신녀(神女)의 운우몽(雲雨夢) 고사.

14) 방향 소리: '방향(方響)'은 경(磬)의 일종인 타악기로, 상하 2단으로 된 가자(架子)이다. 장방형의 철판을 각각 8개씩 드리우고 2개의 채로 쳐서 소리를 내는 악기인데, 당나라 사공도(司空圖)의 〈강행(江行)〉에서 "곡당에는 봄이 다해 비 내리고, 방향은 밤이 깊어 배에서 울린

아무도 없이 줄곧 혼자 소상강을 마주하도다.[15]　　虛無還自對瀟湘.

연기도 안개도 아닌 것이[16] 강물 가득하더니　　非煙非霧滿江潭,
아른아른 아물아물 파란 하늘[17]에 비치네.　　靄靄霏霏映蔚藍.
아홉 꼬리별[18] 운몽택 북에 잠기려 하고　　九子欲沉雲夢北,
천 그루 감귤[19] 동정호 남에 모두 빠지네.　　千奴全沒洞庭南.
비껴 날리는 맑은 그림자 넝쿨 산길 뒤덮고　　斜飄淡影迷蘿徑,
아른대는 엷은 그늘 대나무 가마 에워싸네.　　細拂輕陰逗竹籃.
먼 하늘 남은 찬 기운 엉겨서 흩어지잖아　　遠市餘寒凝不散,
하며 신선[20] 난새 수레 탄 줄 알겠구나.[21]　　怳疑霞袂倚鸞驂.

다.[曲塘春盡雨, 方響夜深船.]고 하였다.

15) 〈소상팔경(瀟湘八景)〉에서 〈소상강에 내리는 밤비[瀟湘夜雨)]〉에 해당한다.

16) 연기도 안개도 아닌 것이:《동국이상국후집(東國李相國後集)》〈차운이평장인식건주팔경시(次韻李平章仁植虔州八景詩)〉의 〈산시청람(山市晴嵐)〉에 "연기도 안개도 아닌 것이 겹겹이 끼어 완연히 사찰의 성한 기운이 되었네. 이것이 바로 산중의 더없는 경치인데 어떤 저자가 여기에 떨어졌는고?[非煙非霧襲重重, 宛作僧家氣鬱葱. 此是山中無價景, 有何塵市落這中?]"라고 하였다.

17) 파란 하늘: '울람(蔚藍)'은 '울람천(蔚藍天)'의 준말로, 파란 쪽빛 하늘을 말한다.

18) 아홉 꼬리별: '구자(九子)'는 미수(尾宿) 구성(九星)으로,《사기》〈천관서(天官書)〉에 "尾爲九子."라고 하였다. 미수(尾宿)는 28수 가운데 동방의 제6수에 해당하는 별로, 서양에서 전갈자리의 꼬리별에 해당한다. 미수는 황후와 후궁을 의미하는 궁중 여인 별자리이다. 궁중 여인들이 궁중에 살면서 하늘 강가나 연못으로 나가서 물고기와 거북이를 구경하는 모습으로 비쳐지기도 하였다.

19) 천 그루의 감귤: '천노(千奴)'는 천두목노(千頭木奴)의 준말로, 천 그루의 감귤나무를 가리킨다. 한나라 말에 양양(襄陽)부사 이형(李衡)이 청렴하였는데 만년에 무릉(武陵) 용양(龍陽) 사주(氾洲)로 사람을 보내 감귤나무 천 그루를 심어 두었다가, 죽을 때 이르러 아들에게 말하기를, "너의 어머니가 나의 집안 살림을 미워하여 이처럼 곤궁하나 내가 고을 안에 천 그루의 감귤나무를 심어 두었으니 너의 의식을 책임질 수는 없지만 해마다 비단 한 필씩은 족히 쓸 수 있을 것이다."라고 하여 자식의 훗날을 미리 대비하였던 고사이다.

20) 하메신선: '하메(霞袂)'는 신선의 옷소매이니, 신선을 말한다.

21) 소상팔경(瀟湘八景)에서 〈산골 저자의 맑은 아지랑이[山市晴嵐]〉에 해당한다.

바위 숲 저녁 해에 까마귀 날아가고　　　　石林西日見鴉翻,

외딴 물가 갈대밭 비 온 자취 띠었네.　　　別浦蒹葭帶雨痕.

번쩍이는 맑은 강 물결 금빛 기둥 만들고　江閃晴波金作柱,

흔들리는 거꾸로 비친 산 푸르게 문에 어리네.　山搖倒影翠當門.

어부들 그물을 강가 나무에 걸어두고　　　漁人掛網沙邊樹,

장사치들 배를 버들 밖 마을에 대네.　　　賈客停舟柳外村.

세 집[22] 모인 초나라 마을[23] 넉넉한 노을　三戶提封餘暮色,

글 지어[24] 굴원[25] 넋 위로케 하는구나.[26]　投文欲弔屈平魂.

---

22) 세 집: '삼호(三戶)'는 전국시대 말에 진나라에서 초나라 회왕(懷王)을 속여서 초청했다가
　　죽이자 초나라 사람이 진나라를 원망하면서 "초나라가 비록 세 집뿐이라도 진나라를 망하게
　　하는 것은 반드시 초나라일 것이다.[楚雖三戶, 亡秦必楚也.]"라고 말했는데, 그 뒤에 초나라
　　항우가 군사를 이끌고 삼호(三戶)를 건너갔으니 과연 말한 대로 되었다.

23) 강가마을: '제봉(提封)'은 제후의 봉지(封地)로, 나라의 봉강(封疆)과 같은 말이다.

24) 글을 지어: '투문(投文)'은 가의(賈誼)가 장사(長沙)로 좌천되어 가면서 상수를 건너다가
　　그곳에 빠져 죽은 초나라 굴원(屈原)을 조문하는 〈조굴원부(弔屈原賦)〉를 지어서 자기 자신
　　의 처지에 비교한 일을 말한다.

25) 굴원: '굴평(屈平)'은 초나라 굴원(屈原)을 말한다.

26) 소상팔경(瀟湘八景)에서 〈강가 마을의 저녁노을[漁村夕照]〉에 해당한다.

둘째 아우 거원[1] 징지와 헤어지며 시를 지어주다

贈別叔弟巨源 澄之

세상살이 영화 고락 밖	世路榮枯外,
사는 동안 눈물만 흘렸네.	生涯涕淚餘.
어렵고 험한 일 정한 바 없이	艱危無定計,
떠돌며 오래 떨어져 살았네.	飄泊久離居.
파릉 골짜기[2] 교하[3]에 붙고	巴峽交河接,
여주[4] 하늘은 백제의 옛 터로다.	驪天百濟墟.
삼년 동안 소식[5]마저 끊겼다가	三霜鴻斷影,
두 곳 종놈[6]들이 편지 전하네.	兩地犬傳書.
까치는 어찌나 기뻐 울던지	乾鵲嗔何喜,
꾀꼬리 그저 홀로 흐느끼네.	流鶯費獨歔.
사혜련[7] 막 꿈을 깨었는데	惠連纔罷夢,
소진[8]은 바로 수레 돌렸네.	蘇季政回車.

---

1) 거원: 윤징지(尹澄之)의 자이니, 윤순지의 아우로, 호가 기암(棄庵)이다.

2) 파릉 골짜기: '파협(巴峽)'은 파릉의 골짜기를 가리키며, 파릉은 양천 지역의 옛 이름이다.

3) 교하: 경기도 파주 지역의 옛 이름이다.

4) 여주: '여(驪)'는 경기도 여주(驪州)를 말한다.

5) 소식: '홍(鴻)'은 안서(鴈書), 곧 편지나 소식을 말한다.

6) 종놈: '견(犬)'은 견아(犬兒)이니, 아이종을 말한다.

7) 사혜련: 중국 진나라 때 사영운(謝靈運)의 사촌동생 사혜련(謝惠連)을 말한다. 어릴 때부터 재주가 뛰어나 사영운에게 칭찬을 받았다. 그가 살던 마을에서 벼슬을 시작했지만 조정에는 나가지 않았다. 부친상을 당한 뒤에는 회계군(會稽郡)에 거주하였는데 뜻하지 않게 죄를 얻어 벼슬길에 나가지 못하였다.

외로이 진나라 고개[9]지나고	子子經秦嶺,
홀홀히 맹저[10] 들판에 이르네.	翩翩到孟諸.
문 나서며 신발 거꾸로 신고[11]	出門仍倒屣,
소식 듣고는 문득 옷깃 적시네.	聞語却沾裾.
짧은 머리털 가장 부끄럽지만	短髮慚先得,
몸뚱이 자유로운 게 기쁘도다.	長身喜自如.
잘되고 못되는 일 모두 우연한 것이니	升沉俱偶爾,
슬프든 즐겁든 서로 친히 지내자꾸나.[12]	湛樂幸相於.
땅은 주자가 동안[13]에서 종소리 듣고 깨친 곳 같으며	地比同安度,
마을은 두보[14]가 오두막 짓고 살던 데에 걸맞는구나.	鄕稱杜甫廬.

---

8) 소진: '소계(蘇季)'는 전국시대 동주(東周) 낙양 사람인 소진(蘇秦)으로 자가 계자(季子)이며, 장의(張儀)와 함께 귀곡자(鬼谷子)에게 가르침을 받아 그는 합종책(合縱策)을 주장하고 장의는 연횡책(連橫策)을 주장하였다. 조(趙)나라 등 여러 나라를 설득하는 데 성공하여 여섯 나라의 합종을 이룬 뒤 스스로 무안군(武安君)이라 칭했으나 장의의 연횡책(連衡策)에 밀려 실패하였다. 그 뒤 연나라에 머물다가 제나라로 갔지만 제나라 대부(大夫)에게 미움을 받고 살해되었다.

9) 진나라 고개: '진령(秦嶺)'은 진(秦)나라 서울 장안(長安)의 관문에 있던 산고개로, 고고한 선비들의 은둔처인 상산(常山)으로 가는 길에 있다고 한다.

10) 맹저: 중국 하남성 상구(商丘) 동북쪽과 우성(虞城) 서북쪽에 있는 수택(藪澤) 이름으로, 은둔처를 말한다. 당나라 고적(高適)의 시에 "나는 본래 맹저의 들에서 고기 잡고 나무 하며 일생이 절로 한가로운 사람이로다. 차라리 초택에서 미치도록 노래할지언정, 어찌 풍진 속에서 관리 노릇을 하겠는가?[我本漁樵孟諸野, 一生自是悠悠者. 乍可狂歌草澤中, 寧堪作吏風塵下?]"라고 하였다.

11) 신발 거꾸로 신었고: 후한 말에 왕찬(王粲)이 장안에 사는 채옹(蔡邕)을 찾아가니 채옹이 신발을 거꾸로 신고 문 앞까지 나와서 맞이하였는데, 왕찬의 나이가 그보다 어리고 용모도 왜소한 것을 보고 그곳에 모인 손님들이 모두 놀랐다는 고사가 있다. 곧 반가운 손님을 맞이하느라 경황없어 신발을 거꾸로 신었다는 말이다.

12) 서로 친히 지내자꾸나: '상어(相於)'는 서로 도탑게 대하거나, 서로 친근하게 지내는 것을 말한다.

13) 동안: 동안현(同安縣)은 송나라 때 천주(泉州)에 딸린 고을 이름으로, 주희(朱熹)가 동안현 주부(主簿)로 재직하던 어느 날 밤에 종소리를 듣고 있다가 한 번 울리는 소리가 미처 끝나기도 전에 마음이 이미 다른 데로 달려가는 것을 알고 비로소 학문을 할 때에는 반드시 마음을 오로지 한 군데에 집중해야 한다는 사실을 깨달았다는 일화를 말한다.

과수원에서 함께 과일을 따고	果園欣並摘,
꽃길에서 같이 김을 매자꾸나.	花徑愛同鋤.
명성이 참으로 아우라기 어려운데[15]	美價誠難弟,
새 시 보내와 다시 나를 일으키니[16]	新詩更起予.
서리 내린 밭 향초 나 듯	霜畦抽蕙茝,
언 못에 연꽃 비치난 듯.	氷沼映芙蕖.
빼어난 글귀 〈앵무부〉[17] 능가하고	秀句凌鸚鵡,
기이한 글 솜씨 〈자허부〉[18] 넘네.	奇鋒跨子虛.
불길에도 장차 옥을 볼 것이고[19]	火炎將見玉,
물길 이르면 정작 도랑 이루리.[20]	水到定成渠.
뛰어난 준마도 끝내 헛되이 버려지니	逸足終虛擲,
차갑게 식은 재[21]에 뉘 다시 불 붙이랴?	寒灰孰再噓?

---

14) 두보: 중국 성당(盛唐) 시기의 시인이다.

15) 아우라기 어려운데: 난형난제(難兄難弟)는 두 형제가 재주와 덕이 훌륭하여 상하를 구분하기 어려움을 말한다. 중국 진나라 때 사영운(謝靈運)과 그의 사촌동생 사혜련(謝惠連)의 고사. 또는 진식(陳寔)의 아들 원방(元方)과 계방(季方)의 고사.

16) 나를 일으키니: '기여(起予)'는 《논어》〈팔일(八佾)〉에 "공자가 말하기를, 나를 일으키는 이는 상이니, 비로소 더불어 시를 말할 수 있겠다.[子曰, '起予者, 商也, 始可與言詩已矣.']"라고 한 것에 근거하는 말이다.

17) 〈앵무부〉: 후한 때 예형(禰衡)이 지은 〈앵무부(鸚鵡賦)〉를 말한다.

18) 〈자허부〉: 전한(前漢) 때 사마상여(司馬相如)가 지은 〈자허부(子虛賦)〉를 말한다.

19) 불길에도 장차 옥을 볼 것이고: 착한 사람이나 악한 사람이나 재앙이 생기면 다 같이 피해를 본다는 것을 비유한 말로, 《서경(書經)》〈윤정(胤征)〉에 "곤륜산과 촉강(蜀岡)이 불길에 휩싸이면 옥과 돌이 모두 불타버릴 것이다.[火炎崑岡, 玉石俱焚.]"라고 하였는데, 그러한 역경 속에서도 사라지지 않고 좋은 옥처럼 살아남았음을 비유하는 말이다.

20) 물길 이르면 정작 도랑 이루리: 송나라 소식의 〈답진태허서(答秦太虛書)〉에서 "水到渠成 不須預慮"라 하였고, 《채근담》에 "물이 이르러야 도랑이 생기고, 오이는 익어야 꼭지가 떨어진다.[水到渠成, 瓜熟蒂落]"라고 하였다.

21) 차가운 재: '한회(寒灰)'는 불이 꺼져서 차갑게 식은 재를 말한다. 《삼국지(三國志)》, 〈위서(魏書) 유이전(劉廙傳)〉에서 "식은 잿더미 위에 연기가 일어나게 하고, 말라 죽은 나무에 꽃이 피어나게 하였다.[起煙於寒灰之上, 生華於已枯之木.]"고 하였다.

거울 속 난새²²⁾는 일찍 고운 빛을 가렸고 　　　鏡鸞曾掩彩,

들밭의 쥐는 다시금 메추라기 되더구나. ²³⁾ 　　田鼠再爲鴽.

반악²⁴⁾은 정조를 오히려 굳건히 지켰으며 　　潘岳情猶結,

장생²⁵⁾은 이별의 아픔을 버리지 못했더라. 　　莊生痛未祛.

신발이 구멍 나면 ²⁶⁾ 저절로 뒤꿈치 터지는데 　履穿從自破,

갓이 헤지면 누구의 신발창 되게 할까?²⁷⁾ 　冠弊倩誰苴?

풀숲 진펄에서 나는 꿩을 부러워하고²⁸⁾ 　　草澤憐飛雉,

큰강 다리에서 관저²⁹⁾ 읊음을 그리워하리. 　河橋慕詠雎.

내 자신을 돌아보아도 잘난 것이 없거늘 　　顧吾無長物,

되레 너의 가난한 살림살이 위로하누나. 　　慰爾罄寒儲.

---

22) 거울 속 난새: '경란(鏡鸞)'은 중국 송나라 때 범태(范泰)의 〈난조시서(鸞鳥詩序)〉에 나오는 고사로, 부부간에 사별(死別)한 것을 비유하는 말이다. 계빈국왕(罽賓國王)이 기르던 난새 한 마리가 3년 동안을 울지 않다가, 거울을 보고 자기 짝이 그리워서 슬피 울다가 죽었다는 고사이다.

23) 들밭의 쥐는 다시금 메추라기 되더구나: 세월이 흐르면 모든 것이 변해감을 비유하는 말로, 《예기》〈월령(月令)〉에, "3월이 되면 전서(田鼠)가 변해서 메추라기[鴽]가 된다."고 하였다.

24) 반악: 서진(西晉) 때 반악(潘岳)이라는 사람이 동무대후(東武戴侯)의 양군(楊君)의 딸과 결혼했는데, 아내 양씨가 일찍 죽자 아내를 그리워하는 정이 깊어 다시 장가들지 않았다는 고사이다.

25) 장생: 장자(莊子)를 말하니, 장자는 아내가 죽었을 때 동이를 두드리며 노래했지만, 친구 혜시(惠施)의 묘소를 지나갈 때는 슬픔을 떨치지 못하였다고 한다.

26) 신발이 구멍 나면 : '이천(履穿)'은 '이천종결(履穿踵決)'의 준말로, 신발이 구멍 나고 발뒤꿈치가 터진다는 뜻으로 무척 가난함을 말한다.

27) 갓이 헤지면 누구의 신발창이 되게 할까?: 《사기》에 "갓이 비록 다 해져도 반드시 머리에 쓴다.[冠雖弊, 必加於首.]" 하였고, 한나라 가의(賈誼)는 "갓이 비록 다 해져도 신발창으로 쓰지 못한다.[冠雖弊, 不以苴履.]"라고 하여 귀천과 상하가 분명한 구분이 있음을 말하였다.

28) 나는 꿩을 부러워하고: 《시경》〈왕풍 토원(兎爰)〉에서 "꿩이 그물에 걸렸네.[雉離于羅]"라고 하여 어지러운 세상을 만난 것을 개탄한 데 의거하거나, 또는 《시경》〈소아 소반(小弁)〉에서 "꿩이 아침에 우는 것은 여전히 그의 암꿩을 찾는 거로다.[雉之朝雊, 尚求其雌.]"라고 하여 홀로된 남자가 자기 짝을 찾음을 노래한 내용에 의거한 것으로 보인다.

29) 관저: 《시경》〈주남 관저(關雎)〉의 "꾸륵꾸륵 물새는 강가 섬에 있네.[關關雎鳩, 在河之洲.]"라는 내용의 노래를 읊던 일을 말한다.

들판 밭에 나가서 붉은 기장 솎아내고	野壙分紅黍,
얕은 물가 여울에서 물고기를 낚시하며	沙灘釣白魚.
부추 줄기를 이른 아침에 칼로 다듬고	韭莖晨入剪,
보리로 빚은 술을 밤에 채로 거르도다.	麥釀夜供釃.
변변찮게 차렸지만 짐짓 권하면서	薄具聊相勸,
타향살이 회포 잠시 풀어보겠구나.	羈懷欲暫攄.
술잔을 쭉 벌여 놓으니	盃觴乍羅列,
슬픈 맘 엉켜 어지럽네.	悲恨各紛挐.
지난날 둘이 만나 노닐던 곳 생각하니	憶昨雙游處,
육척 수레[30] 타는 데에 견줄 만도 하네.	差肩六尺輿.
맑은 조정 제나라처럼 인재[31] 많았고	淸班齊玉筍,
풍성한 향연 노나라 원거[32]인 듯 베풀었네.	豐饗魯鶢鶋.
북쪽 관청에서 화려한 곤룡포 뵙고	北署親華袞,
서쪽 청궁[33]에서 비단문[34] 곁 걸어갔지.	西淸步綺疏.
봉황이 날개 맞닿는[35] 걸 보았고	鳳飛看接翼,
띠풀이 뿌리 채 뽑힘[36] 축하했네.	茅拔慶連茹.

---

30) 육척 수레: '육척여(六尺輿)'는 임금이나 제후가 타는 큰 수레를 말한다.

31) 인재: '옥순(玉筍)'은 뛰어난 인재를 말하니, 제나라 조정에 많은 인재들이 등용된 것에 비유한 말이다.

32) 원거: '원거(鶢鶋)'는 바닷새의 이름으로, 원거(爰居)라고도 한다. 원거라는 새가 노나라 교외에 날아와 앉자 임금이 그 새를 정중히 모셔다가 종묘에서 환영연을 베풀면서, 순(舜) 임금의 소악(韶樂)을 연주하고 소·양·돼지고기의 요리로 대접하니, 그 새는 눈이 부시고 근심과 슬픔이 교차하여 고기 한 점도 먹지 못하고 술 한 잔도 마시지 못한 채 3일 만에 죽고 말았다는 고사이다.

33) 서쪽 청궁: '서청(西淸)'은 서상(西廂)의 청정한 곳으로, 청궁(淸宮)의 조용한 곳을 칭하게 되었다.

34) 비단문: '기소(綺疏)'는 비단이 드리웠거나, 비단 무늬를 새겨 넣은 문이나 창을 말한다.

35) 날개 맞닿는 걸: '접익(接翼)'은 서로 친근함을 형용하는 말이다.

푸른 두루마리 금빛 전서 두르고　　　　　　翠軸盤金篆,

궁궐 술병 옥빛 술밥 둥둥 떴구나.　　　　　宮壺灩寶俎.

차분하게 약과 침³⁷⁾ 진언하고　　　　　從容陳藥石,

갈고 닦아 좋은 옥돌³⁸⁾ 올렸네.　　　　　磨琢進磑礴.

상나라 훈계로는 배와 노³⁹⁾ 말하였고　　商訓論舟楫,

주나라 시로는 준도 깃발⁴⁰⁾ 강론 했네.　周詩講浚旟.

외람되이 만난 천년의 한번 기회　　　　　　叨逢千載遇,

이 어찌 한 사람의 명예이겠는가?　　　　　寧是一人譽?

부굴에는 왕랑 찾던 토끼들 끊어지고⁴¹⁾　窟絶王郎兔,

집안에는 마씨 형제 키운 돼지⁴²⁾ 없네.　家無馬氏猪.

---

36) 뿌리 채 뽑힘: '연여(連茹)'는 '연여휘정(連茹彙征)'의 준말로, 띠풀 뿌리가 모두 뽑혀 나오듯이 동지들과 함께 나와서 일을 거들며 성취시키는 것을 말한다. 《주역》〈태괘(泰卦)〉 초구(初九)에, "띠풀 뿌리를 뽑듯 동지들이 모여드니 길하다.[拔茅茹, 以其彙征, 吉.]"고 하였다. 군자 한 사람이 조정에 있으면 천하의 현재(賢才)가 모여드는 것을 말한다.

37) 약과 침: '약석(藥石)'은 약과 침이라는 뜻으로, 여러 가지 처방을 이르는 말이다. 잘못을 지적하고 그것을 고치는 데 도움이 되는 말을 가리킨다.

38) 좋은 옥돌: '감저(磑礴)'는 '감제(磑諸)'라고도 하며, 옥그릇을 조각(雕刻)하는 돌을 말한다.

39) 배와 노: '주즙(舟楫)'은 '거천주즙(巨川舟楫)'의 준말로, 훌륭한 재상을 뜻한다. 《서경》〈열명(說命)〉에, 은(殷)나라 고종(高宗)이 부열(傅說)을 발탁하여 재상의 일을 맡기고 자신을 가르쳐 주기를 당부하면서 "만약 큰 시내를 건너고자 한다면 너로써 배와 노를 삼으리라."고 하였다.

40) 준도 깃발: '준여(浚旟)'는 춘추시대 위나라 도읍 준도(浚都)에 펄럭이는 깃발 간여(干旟)라는 말인데, 매나 독수리 문양을 그렸거나 수놓은 깃발이다. 《시경》〈용풍(鄘風) 간모(干旄)〉에 보이니, 현군인 위나라 문공(文公)의 신하가 쇠꼬리로 장식한 간모를 수레에 꽂고 현인의 훌륭한 말을 듣기 위해 만나러 가는 내용이다.

41) 부굴에는 왕랑 찾던 토끼들이 끊어지고: '왕랑'은 당나라 때 부자인 왕원보(王元寶)로서 금과 은으로 벽을 장식하고, 바깥은 홍니(紅泥)를 바르며, 집 안에 예현당(禮賢堂)을 두어 침향목·단향목으로 마루를 만들고 무부(碔砆)로 바닥을 깔고 금문석(錦文石)으로 주춧돌을 하였으며, 동선(銅線)으로 돈을 꿰어 뒷뜰 꽃길에 깔아 비가 내려도 미끄럽지 않으니, 당시 손님들이 왕가(王家)의 부굴(富窟)이라고 불렀다. 사냥꾼을 피해 몸을 숨기는 토끼처럼 형편이 어려운 사람들이 찾아와서 몸을 의지하는 일이 많았다고 한다.

42) 마씨 형제 키운 돼지: 옛날 중국에 마씨 형제 다섯 명이 더불어 부모님을 봉양하기 위해 집안에서 돼지를 길러 그 집에서 돼지 소리가 크게 들렸다고 한다.

흘러가는 세월에 의지할 줄만 알고   但知依日月,

물길 막는 경계⁴³⁾ 다시금 없었네.   無復戒襦袽.

오랑캐 화염 요동 갈석산⁴⁴⁾ 에우고   狼焰纏遼碣,

왜구는 칠저⁴⁵⁾ 땅까지 어지럽혔네.   鯨濤渾漆沮.

외로운 뿌리 원래 도와주는 이 적은데   孤根元寡助,

떼 지어 투기하며 다투어 몰래 엿보네.   羣妬競潛狙.

행적 감추어 감만포⁴⁶⁾로 돌아와서는   竄跡歸蠻浦,

혼백 거두려⁴⁷⁾ 초나라 백미⁴⁸⁾ 찾았네.   收魂覓楚糈.

앞길 막힘에 준마들⁴⁹⁾ 슬퍼하며   塗窮悲駛驥,

날기 급할 적 할미새⁵⁰⁾ 그리웠네.   飛急戀鶺鴒.

피 말라 부질없이 건어 되고   血涸空留腊,

---

43) 물길 막는 경계: '유여(襦袽)'의 유(襦)는 수(繻), 유(濡)의 뜻이다.《주역》〈기제(旣濟)〉에 "물이 새어듦에 옷과 헌옷을 두어 종일토록 경계해야 한다.[繻有衣袽, 終日戒.]"라는 내용이 있는데, 왕필(王弼)이 수(繻)는 마땅히 유(濡)로 보아야 하며, '유여'는 의복이 해어지면 배에 물이 들어오는 것을 막는 용도로 쓴다고 하였다. 정이(程頤)도 "수(繻)는 마땅히 유(濡)자로 써야 하니 물이 새어듦을 말하며, 배에 구멍이 나서 물이 새면 헤진 옷으로 막는다."는 것이라 하였다.

44) 요동의 갈석산: '요갈(遼碣)'은 요동(遼東)에 있는 갈석산을 말한다. 진시황(秦始皇)이 순수(巡狩)하다가 갈석산에 이르러 큰 바위에다 자기의 공적을 새겼다고 한다.

45) 칠저: 중국 섬서성(陝西省) 기산(岐山) 부근에 있는 칠수(漆水)와 저수(沮水)라는 강을 말한다. 이 강은 빈(豳) 땅 위수(渭水)와 합쳐지므로 빈을 가리키고, 주나라 태왕(太王)인 고공단보(古公亶父)가 기주(岐州)로 옮겨 왕업을 열기 전에 백성들이 이 강가에 살았기 때문에 왕업을 열기 전에 제왕이 살았던 고을을 비유하며, 우리나라 조선의 익조(翼祖)와 도조(度祖)가 살았던 함흥 등지를 가리키기도 한다.

46) 감만포: '만포(蠻浦)'는 부산의 감만포(戡蠻浦)를 가리킨다.

47) 혼백 거두려: 임진왜란 때 희생을 당한 우리 백성의 원혼을 달래려고 한 일을 말한다.

48) 초나라의 백미: '초서(楚糈)'는 바다 신에게 제사지내는 흰쌀을 말한다.

49) 준마들: '녹기(騄驥)'는 준마로서, 뛰어난 재능을 지닌 동생들을 가리킨다.

50) 할미새: '옹거(鶺鴒)'는 진계원(陳啓源)의《모시계고편(毛詩稽古編)》에 "옹(雝)은 추(隹)자와 옹(邕)자를 따랐으며, 옹(雝)이라 읽으며, 물가에서 사는 새이다.[雝從隹邕, 聲雝, 渠鳥也.]"라고 한 것으로 볼 때 옹거(鶺鴒)는 할미새를 가리키는 듯하다. 여기서는 할미새가 위급함을 만났을 때 형제들에게 서로 몸을 흔들어 위급함을 알리는 형제 사이의 정을 말한다.

살갗 거츨해 이미 포 같구나.	皮乾已似腒.
출처 오로지 천명에 맡기고	行藏唯信命,
김치국도 불어 먹어야 한다.[51]	物理任吹葅.
구름 위 날던 붕새 날개 부러지고	雲翮鵬摧折,
수풀에 둥지 틀어 제비들 고생하네.	林巢燕拮据.
몸은 지금 지팡이에 의지하고	形骸今恃杖,
창자 또한 나물 반찬 편쿠나.	腸肚亦安蔬.
채마밭에 아침부터 부지런히 농사짓고	小圃勤朝課,
거친 들에 새벽부터 밭을 일구어 내네.	荒原斫曉畬.
강 맑아 멀리 촉 땅으로 흘러가고[52]	江清遥動蜀,
산 푸러 가까이 저주 고을 둘렀네.[53]	山翠近環滁.
숨어사는 신세 메마른 나무 꼴만 못하고	依隱餘枯木,
어긋난 분수 흩어진 윷판 모양이로구나.	差池分散樗.
옷 걸려 사철나무 찾고	桁衣尋薜荔,
고리짝엔 옥을 모았네.	篋佩欲瓊琚.
가난타고 어찌 장돈[54]을 따르겠나?	貧豈章惇與?

---

51) 김치국도 불어 먹어야 한다: '취저(吹葅)'는 취제(吹齏)라고도 하며, 《초사》〈조송(惜誦)〉에 "뜨거운 국물에 혼이 난 사람이면 김치 국물도 입으로 분다.[懲於羹者而吹齏兮]"고 한 데에서 '징갱취제(懲羹吹齏)' 라는 성어가 나왔으니, 우리 속담의 '자라 보고 놀란 가슴, 솥뚜껑 보고 놀란다' 는 말과 같은 뜻이다.

52) 촉 땅으로 흘러가고: '동촉(動蜀)'은 강물이 넘실넘실 촉 땅까지 세차게 흐른다는 뜻이다. 당나라 두보의 시 에 "地平江動蜀, 天闊樹浮秦."이라고 하였다.

53) 저주 고을 둘렀네: '환저(環滁)'는 저주(滁洲)를 빙 둘러싸다는 뜻으로, 저주는 중국 안휘성 (安徽省) 동쪽에 있는 고을이다. 송나라 구양수(歐陽修)의 〈취옹정기(醉翁亭記)〉에 "저주를 둘러싸고 있는 것은 모두 산이다.[環滁, 皆山也.]"라고 하였다.

54) 장돈: 중국 송나라 철종(哲宗) 때 사람으로, 자가 자후(子厚)이다. 철종(哲宗)이 즉위함에 왕안석의 장인 장돈(章惇) 등이 정권을 잡고 재상에 올라 사마광의 일파를 간당(奸黨)으로 몰았다. 《송사(宋史)》〈장돈전〉에 "장돈은 성격이 호방하고 용모가 준수하였으며, 사람됨이

사귐이 달면[55] 맹호연 신대[56]도 밀어지네.　　交甘孟大踈.

모쪼록 너와 나 함께 하길 기약하여　　尚期同爾我,

나무꾼 어부 가까이 하기 잊지 말자.　　毋失狎樵漁.

술 마시면 도리어 기세등등하여　　酒態還陵勵,

속된 생각 선 그어 쓸어버렸네.　　塵襟劃掃除.

질펀히 시원한 술 마시고[57]　　淋漓河朔飮,

신선[58]인양 먼지 털어내네.　　騰踔化人袪.

꼿꼿한 성격[59] 연나라 협객[60] 쓰러뜨리고　　傲骨傾燕俠,

기이한 해학 궤거[61] 제왕을 능가한다네.　　奇諧軼几蘧.

들판 다닐 때면 말 타고 다녔으며[62]　　野行聯款段,

수풀에 누울 때면 대자리[63] 깔았네.　　林臥共籧篨.

무게 있고 목소리가 높았으며, 박학하고 문장을 잘했다.”고 하였다.

55) 사귐이 달면 : 《장자》〈산목(山木)〉에 “군자의 교제는 물같이 담백하지만, 소인의 교제는 단술처럼 달콤하다.[且君子之交淡若水, 小人之交甘若醴.]”라고 하였다.

56) 맹호연 신대 : 당나라 맹호연의 〈하일남정회신대[夏日南亭懷辛大]〉라는 시에서 볼 수 있듯 이 맹호연과 신대처럼 고상한 친구 사이를 말한다. 신대(辛大)는 맹호연의 고향 친구 신악(辛 諤)을 말한다. 서산(西山)에 은거하다가 뒤에 초야에서 숨어 지내는 은자를 등용하는 징벽제 (徵辟制)로 벼슬길에 나아갔다. ‘대(大)’는 형제 중에서 첫째를 가리키는 말이다.

57) 질펀히 시원한 술 마시고 : ‘하삭(河朔)’은 옛날 황하 이북 지방을 가리키는 말로 보통 북쪽지 방을 뜻하며, 하삭음(河朔飮)은 여름 삼복더위에 시원한 곳으로 피서 가서 술을 마시며 즐기 는 것을 말한다.

58) 신선 : ‘화인(化人)’은 도인 또는 신선을 말한다.

59) 꼿꼿한 성격 : ‘오골(傲骨)’은 꼿꼿하여 대쪽 같은 성격이나, 도도하여 굽히지 않는 기개를 말한다.

60) 연나라 협객 : 형가(荊軻)를 가리키니, 연(燕)나라 태자 단(丹)이 진시황을 죽이려고 자객으로 위나라 형가(荊軻)를 몰래 진나라로 보냈는데 끝내 진시황을 죽이지 못하고 스스로 죽임을 당한 일을 말한다.

61) 궤거 : 중국 고대 전설 속에 나오는 제왕 이름으로, 《장자》〈인간세(人間世)〉에 나온다.

62) 말 타고 다녔으며 : ‘관단(款段)’은 말이 천천히 걸어가는 모습을 말하거나, 말을 가리키기도 한다.

63) 대자리 : ‘거저(籧篨)’는 거친 대자리를 가리킨다.

술 취해 삼복더위[64] 잊어버리고   醉忘三庚熱,

미친 듯이 모든 감회 풀었구나.   狂仍百感紓.

가시 울타리에 반딧불 날아다니고   籬荊流熠燿,

처마 끝 빗물 파초 위에 떨어지네.   簷雨落芭且.

어린 종이 와서는 편지 전해주니   童僕來傳信,

홀어머니 애타도록 기다린다 하네.[65]   孀慈苦倚閭.

지나는 인편에 겨우 소식 맡기셨으니   過從纔屬耳,

수레 타고[66] 다시 돌아가야 하는가?   脂轄復歸歟?

헤어지던 곳을 이르지 아니하셨으니   不謂分携地,

도리어 서로 처음 만난 곳을 좇으리.   翻從會面初.

옷깃을 당기면서 유달리 슬퍼하였고   牽衣殊悵惘,

손을 잡은 채 무척이나 머뭇거렸네.   把手重蹰躇.

가는 길 드넓은 허공으로 이어지고   去路連空濶,

뜬 구름 저절로 모였다가 흩어졌네.   浮雲自卷舒.

말하고자 해도 마음 들썽거리고   欲言心怳惚,

떠나려고 하자 발이 머뭇거렸네.[67]   臨發足趑趄.

높은 봉우리 비탈길을 터덜터덜 오르고   峯峻登登坂,

깊은 시내 진흙탕에서 미끌미끌 하리라.   溪深滑滑湙.

안개 자욱하여 깃발 가물거리고   煙沉迷去旆,

---

64) 삼복더위: '삼경(三庚)'은 하지(夏至) 뒤에 세 번째 경일(庚日)로 초복의 시작이 된다는 말이다. 또는 삼복(三伏)을 가리킨다.

65) 홀어머니 애타도록 기다린다 하네: 초나라 왕손가(王孫賈)의 어머니가 왕손가 밖에 나가서 돌아오지 않으면 마을의 문에 기대어 서서 기다렸다는 고사이다.

66) 수레 타고: '지할(脂轄)'은 수레 굴대장에 기름칠 하여 장차 출행하려는 것을 말한다.

67) 머뭇거렸네: '자저(趑趄)'는 주저(躊躇)와 같은 말로, 머뭇거리는 것을 말한다.

언덕 에위돌아 나귀 길을 잃으리.　　岸轉失征驢.

객사 이르러서 응당 뒤돌아보고　　旅店應回首,

비실한 말 돌산 오를 걱정이라.　　羸駿想陟砠.

시 지어 뉘 눈을 다사롭게 할까?　　將詩誰暖眼,

술 마셔도 답답해서 웃지 못하네.　　對酒索難唹.

오똑하니 칼끝 같은 연꽃[68] 보고　　兀兀看蓮鍔,

팔랑팔랑 날아가는 나비에 의탁하네.　　翾翾倚蝶胥.

풍광은 북쪽 물가에 휑뎅그렁한데　　風光空北渚,

좋은 추억 남쪽 서주에 남아 있네.　　好事記南徐.

시름 실마리 머리털보다 어지러우니　　愁緒紛於髮,

헝클어진 머리 귀찮아서 빗지 않네.　　頭蓬懶不梳.

다시 서로 만나기가 쉽지 않은지라　　重逢知未易,

얼마나 달이 찼다 기울어야 하는지?　　圓缺幾蟾蜍?

─────────

68) 칼끝 같은 연꽃: '연악(蓮鍔)'은 연꽃처럼 뾰족하게 나온 칼끝을 말하나, 여기서는 연꽃을
　　형용한 말이다.

7월 5일 되는대로 짓다
七月五日謾題

이슬 싸락눈 달 눈썹 같으니
직녀[1] 칠석날 가까워졌네.
북두자루 수고 아끼잖아 밤새 돌고
풀벌레 앞장 서 가을소식 알려주네.
서늘함 꾀꼬리 숨긴 버들잎에서 나고
바람은 봉황 기다린 오동가지에 이네.
오늘밤 장안은 바다처럼 깊어 가는데
몇 집이 노래하고 몇 집이 슬퍼할까?

露如微霰月如眉,
已近黃姑七日期.
斗柄莫勞終夜運,
草虫先自報秋知.
凉生楊柳藏鸎葉,
風起梧桐待鳳枝.
今夜長安深似海,
幾家歌吹幾家悲?

---

1) 직녀: '황고(黃姑)'는 '황고녀(黃姑女)'의 준말로, 직녀성을 말한다.

눈 내리는 밤

雪夜

사방에 텅 빈 허공 이어졌는데	四望連空潤,
많은 별 보이다가 안 보이다가.	繁星乍有無.
땅에는 구슬창고[1] 늘어서고	地排羣玉府,
하늘에 얼음병[2] 하나 새겼네.	天琢一氷壺.
그림은 왕유 취미[3]에 맞고	畫入維摩癖,
노래는 영중백설[4] 따르네.	歌從郢里孤.
이 몸 벼슬살이 그만두고 사는[5] 곳	此身高臥處,

---

1) 구슬창고: '옥부(玉府)'는 왕의 금옥(金玉) 등과 노리개와 병기를 간직하는 일을 맡은 주대의 관직인데, 보통 보물을 보관하는 창고나 서고(書庫)를 말하며, 여기서는 눈 덮인 세상 풍경을 비유하는 말이다.

2) 얼음병: '빙호(氷壺)'는 '빙호추월(氷壺秋月)'의 준말로, 얼음으로 만든 병처럼 맑은 가을 달을 비유하는 말로서, 고결한 인품을 가리키기도 한다.

3) 왕유 취미: 유마(維摩)는 중국 남종화의 개조로 산수화에 뛰어나고 특히 설경산수화로 유명했던 당나라의 왕유(王維)를 가리켜서 말한 것으로 왕유의 자가 마힐(摩詰)이기 때문이다. 또는 부처의 속세 제자인 유마힐(維摩詰)은 그 이름이 무구칭(無垢稱) 또는 정명(淨名)으로 번역되어 티끌먼지 하나 없이 맑고 깨끗한 세계를 지향했던 것을 눈 내린 세상의 맑고 깨끗한 한 폭의 그림 같은 풍경과 연관시킨 것이라고도 볼 수 있다.

4) 영중백설: '영리(郢里)'는 영중(郢中)이라고도 하며, 전국시대 초나라 송옥(宋玉)의 〈답초왕문(答楚王問)〉에 의하면, "손님 중에 영중에서 노래하는 이가 있었는데 처음에 〈하리파인(下里巴人)〉을 부르자 나라 안에 화창한 이가 수천 명이나 되었고, 〈양아(陽阿)〉와 〈해로(薤露)〉를 노래하자 나라 안에 화창한 이가 수백 명이나 되더니, 〈양춘백설(陽春白雪)〉을 노래하자 나라 안에 화창한 이가 수십 명에 그쳤는데, 이는 그 곡조가 매우 고아(高雅)하여 화창한 이가 적었던 것이다."라고 한 이후로 영중백설(郢中白雪)은 고아한 악곡이나 시문을 가리키게 되었다. 영중설(郢中雪) 또는 영설(郢雪)이라고도 한다.

5) 벼슬살이 그만두고 사는: '고와(高臥)'는 고침(高枕)과 같은 말로, 벼슬살이 그만두고 초야로 물러나서 은거하는 것을 말한다.

도리어 천상궁궐⁶⁾ 가까워진 것 같네.　　　　　還似近淸都.

---

6) 천상궁궐: '청도(淸都)'는 옥황상제가 산다는 천상의 궁궐을 말한다.

부여 사또에게 편지를 보내다

簡扶餘倅

강호에 숨어 살아 머리카락 반쯤 세어	竄跡江湖半白頭,
타향살이 신세로 홀로 누대 오른다오.[1]	異鄉天地獨登樓.
시세 위태하여 의탁 계책[2] 세웠는데	時危已決依劉計,
길 멀어 벗 찾는 배[3] 찾기 어렵다네.	路遠難尋訪戴舟.
구름그림자 사람 따라 다시 북으로 가고	雲影伴人還北去,
물소리 꿈길 따라 절로 동으로 흐르네.	水聲隨夢自東流.
가을하늘에 때마침 남쪽으로 기러기 날아오니	秋天定有南來鴈,
매화가지 부쳐서[4] 나그네 시름 달래리로다.	須寄寒梅緩客愁.

---

1) 누대 오른다오: '등루(登樓)'는 한나라 말기에 왕찬(王粲)은 자가 중선(仲宣)으로 동탁(董卓)의 난리를 피하여 형주(荊州)에서 형주자사 유표의 식객의 있으면서 누대에 올라가 고향 생각을 하며 〈등루부〉를 지었는데, 고향을 생각하거나 재주를 지니고도 때를 만나지 못함을 나타내는 전고가 되었다.

2) 의탁 계책: 삼국시대 위(魏)나라 왕찬(王粲)이 17세 때 황문시랑(黃門侍郎)에 제수되었으나 당시 동탁(董卓)의 난리로 서경(西京)이 요란하자 벼슬길에 나가지 않고 형주(荊州)로 가서 한동안 유표(劉表)에게 의지하여 지냈던 것을 말하는데, 여기서는 권세가에게 의지함을 의미한다.

3) 벗 찾는 배: '방대주(訪戴舟)'는 대규(戴逵)를 배 타고 찾아가는 것을 말하는데, 중국 진(晉)나라 왕휘지(王徽之)가 눈이 내리는 밤에 갑자기 섬계(剡溪)에 사는 친구 대규(戴逵)가 생각나서 배를 타고 밤새워 갔다가 그의 문 앞에 이르러서는 만나지 않고 되돌아왔다는 고사를 말한다.

4) 매화가지 부쳐서: 남조 송나라 육개(陸凱)와 범엽(范曄)이 서로 사이가 좋아 강남에서 매화가지 하나를 장안에 있는 범엽에게 보내주고 시 한수도 아울러 보냈는데 그 뒤로 '기매(寄梅)'는 친한 친구를 생각하거나 안부를 묻는 일을 가리키게 되었다.

봄날 마을을 가다

春日村行

들길 한가로이 걷고	草野閒行日,
들판 아스라이 바라네.	郊原曠望時.
땅 평평하니 하늘 멀고 크며	地平天遠大,
봄 드니 나무 가지 들쭉날쭉.	春入樹參差.
술 얻으면 호리병 들어 권하고	酒得壺盧勸,
말 타고 느릿느릿 돌아가누나.	歸從款段遲.
백년 생 애오라지 다만 이러하니	百年聊只爾,
내 마음대로 장차 시 지어보리라.	隨意且題詩.

막내아우 정보 의지의 〈석춘〉시에 차운하다
次季弟正甫 誼之惜春韻

그윽한 정취들 어찌하지 못하고　　　　　　幽意還無奈,
나그네 시름도 견딜 수 없어라.　　　　　　羇愁苦不支.
고운 봄빛 빗물 따라 다 가버리고　　　　　春光隨雨盡,
꽃도 사람 맞추어 시들어 가는구나.　　　　花事伴人衰.
밭보리는 막 푸른 물결 이루고　　　　　　壠麥初生浪,
산누에 실 줄줄 토해 내려하네.　　　　　　山蠶欲吐絲.
창문 너머 꾀꼬리 울다 끊기니　　　　　　隔窓鶯語澁,
스스로 돌아갈 때 묻는 것 같네.　　　　　如自問歸期.

둘째아우 함장 원지의
강가 별장으로 지어 부치다 두 수

寄題仲弟含章 元之江墅 二首

강물 남쪽[1] 어둑어둑 풀 자라 푸릇푸릇　　　　　　江陰漠漠草芊芊,
십리 내 낀 모래밭에 가랑비는 내리는데.　　　　　十里煙沙細雨邊.
고기잡이 배 젓기 말 몰 듯하여서　　　　　　　　漁子使船如使馬,
몇 마디 노 젓는 소리로 양천[2]에 내려가네.　　　數聲柔櫓下陽川.

3월이라 봄 강물에 푸른 물결 일렁이니　　　　　三月春江生綠漪,
숭어[3] 무척 큼직하고 쏘가리 살쪘으리.　　　　子魚通印鱖魚肥.
간곡히 어촌 살이 말 전해 주노니　　　　　　　丁寧與報漁家道,
나물뿌리 씹던[4] 시절 잊지 말게나.　　　　　　莫忘窮山咬菜時.

---

1) 강물 남쪽: '강음(江陰)'은 강물의 남쪽 가를 가리킨다. 옛날부터 물의 남쪽을 '음(陰)'이라고
   한 데 연유한다.
2) 양천: '양천(陽川)'은 서울 가양동에 있는 한강변의 암굴에서 유래한 것으로 고려 충선왕
   2년에 양천(陽川)이라 불리어졌고, 경기도 김포 일대, 곧 오늘날 서울 양천구 지역까지 지칭하
   는 지명으로 사용되었다.
3) 숭어: '자어(子魚)'는 숭어의 별칭으로 '통인자어(通印子魚)' 또는 '통응자어(通應子魚)'라고
   도 하는데, '통인(通印)'은 사람들이 반드시 숭어 크기가 도장을 용납할 만한 것을 구하기
   때문이라고 하였는데, 형공(荊公)의 시에서도 "長魚俎上通三印"이라고 하였다. 또 '통응(通
   應)'은 숭어가 통응강(通應江) 물에서 나오기 때문이라고 하거나, 포양(蒲陽)의 통응자어가
   유명한 것은 통응후(通應侯)의 사당 앞에 항구가 있어 그곳의 숭어가 가장 맛있기 때문에
   붙여진 이름이라고 하였다.
4) 나물뿌리 씹던: '교채(咬菜)'는 교채근(咬菜根)의 준말로, 지나치게 청고(淸苦)한 생활에
   편안함을 비유한 말이다.

거원에게 지어 부치다 네 수

寄題巨源 四首

황려[1] 강가 두만 마을에서	黃驪江上豆灣村,
두어 마지기 채마밭 한 이랑 동산.	數頃蒲田一畝園.
세상 밖 저들에게 부귀공명[2] 내맡기고	物外任他身外事,
술그릇[3]과 서책 속에 아침저녁 보내누나.	酒鎗經卷送朝昏.

뜨락엔 복사 살구, 북창에 바람 들고	東園桃李北窓風,
맑은 강 가랑비에 문을 닫고서	門掩淸江細雨中.
막걸리 동이 놓고 생각 많은데	濁酒瓦盆多意緒,
마을 노파 밥상 차리러 오네[4]	村婆來餉祝雞翁.

아득한 안개 속 구름 낀 산[5] 서글피 바라니	悵望雲山杳靄中,

---

1) 황려: 오늘날 경기도 여주 지역을 말한다. 고려시대 이규보의 시에서 "雙馬雄奇出水涯, 縣名從此得黃驪."라고 하여 '황려'라는 지명이 널리 알려졌으며, 많은 시인 묵객들이 여주팔영(驪州八詠)을 읊으면서 더욱 유명해졌다. 황려현(黃驪縣)은 고려 태조 23년(940)부터 불리어졌고, 그 뒤 조선 예종 1년(1469)에 세종의 영릉이 옮겨가고 천령현(川寧縣)과 여흥(驪興)이 합쳐지면서 여주(驪州)라는 명칭이 생겼다.
2) 부귀공명: '신외사(身外事)'는 부귀공명을 말한다.
3) 술그릇: '주쟁(酒鎗)'은 옛날에 일종의 세발 달린 술을 데우는 그릇으로, 술을 담는 그릇을 가리킨다.
4) 밥상 차리러 오네: '축계옹(祝雞翁)'은 닭을 잘 치던 전설 속의 인물로, 시향(尸鄕) 북쪽 산 아래에 살면서 백여 년 동안 1천 마리의 닭을 길렀는데, 닭마다 이름을 지어주어 닭들이 이름을 부르면 알아듣고 다가왔다는 고사가 전한다. 여기서는 세상 공명을 멀리한 채 닭이나 치며 지내는 시인 자신을 가리킴.

십 년을 무슨 일로 동서로 떨어졌나?　　　十年何事限西東?

좋은 계절 맞은 지금 기묘년 봄 삼월[6]인데　　嘉辰己卯今三月,

아우들[7] 함께 술잔 들지 못해 한스럽구나.　　恨不携樽壽阿同.

마암[8] 절벽 서쪽 언덕 선방 있으니　　　馬巖西畔有禪龕,

절간 스님 종 울리자 달이 못에 비치도다.　　方丈鍾鳴月印潭.

고깃배 잠시 놓고 저 언덕[9]에 올라가서　　暫捨漁舟登彼岸,

스님 만나 얘기하니 끝도 없이 이어지네.[10]　　逢僧留話後三三.

---

5) 구름 낀 산: 높이 솟아 구름 속으로 들어간 산을 가리키거나, 티끌세상을 멀리 떠난 지방으로 은둔하는 사람이나 집을 나온 사람이 사는 곳을 말한다.

6) 기묘년 봄 삼월: 윤순지는 인조 17년(1639) 50세 때에 충주 목사로 재직하고 있었다.

7) 아우들: '수아동(壽阿同)'은 아우들과 모여서 축수하다는 뜻으로, 소동파의 〈차운진소유왕중지원일입춘(次韻秦少游王仲至元日立春)〉에 "기묘년 좋은 날에 아우들과 축수하다.[己卯嘉辰壽阿同.]"라는 구절이 있고, 주석에 "子由一字同叔."이라 하여 소식(蘇軾)의 아우 소철(蘇轍)의 자가 '동숙(同叔)'이라고 하였다. 보통 '아(阿)'는 남을 부를 때 친근감을 나타내기 위하여 성이나 이름 위에 붙이며, 여기서 '아동'은 사랑하는 아우를 가리키는 말로 사용하였다.

8) 마암: 여주읍 상리에 위치한 영월루(迎月樓) 아래 벼랑 중간에 있는 괴암을 말한다. 영월루 바로 아래에 커다란 괴암이 절벽을 이루고 있는데, 그 위에 '마암(馬巖)'이라는 글씨가 새겨져 있다.

9) 저 언덕: '피안(彼岸)'은 진리를 깨닫고 도달할 수 있는 이상적 경지를 나타내는 말이나, 여기서는 강 건너편의 언덕을 가리키는 말이다.

10) 끝도 없이 이어지네: '후삼삼(後三三)'은 당나라 무착선사(無著禪師)가 문수보살을 알현하기 위해 오대산(五臺山)에 도착하여 어떤 노인으로부터 '전삼삼후삼삼(前三三後三三)'이라는 이야기를 들었는데 '전(前)'과 '후(後)'는 피차(彼此)라는 뜻이고, '삼삼(三三)'은 일정한 수량이 아닌 무수무한(無數無限)의 뜻이라고 하여 숫자에 대한 개념인식을 초월하는 것을 말하였다.

정보¹⁾에게 부치다

寄正甫

강 막혀 그리느라 애쓰며	隔水勞相望,
봄 내내 슬피 홀로 지냈네.	經春悵獨行.
어찌 편지 왕래²⁾ 끊겼나?	如何雙鯉斷?
겨우 오리 뿐³⁾ 이던걸.	纔去一牛鳴.
사영운 봄풀 시⁴⁾ 짓기 어렵고	謝草詩難就,
강굉형제 이불 ⁵⁾ 꿈 자주 깨네.	姜衾夢屢驚.
저녁 구름 낀 양자 나루⁶⁾	暮雲楊子渡,
기우는 달 뜬 행주성⁷⁾.	斜月幸州城.

1) 정보: 윤순지의 아우 윤의지를 말한다.
2) 편지 왕래: '쌍리(雙鯉)'는 두 마리의 잉어를 가리키는 말로, 서신을 끼워 넣는 안쪽에 물고기 모양의 나무판이 하나는 아래에 하나는 덮개에 있어서 서신을 가리키는 말을 대신하게 되었다.
3) 오리 뿐: '일우명(一牛鳴)'은 '일우명지(一牛鳴地)'의 준말로, 소의 울음소리가 들릴 정도의 비교적 가까운 거리로 약 오리(五里)를 말한다.
4) 사영운 봄풀 시: '사초시(謝草詩)'는 사영운(謝靈運)이 봄풀을 읊은 〈등지상루(登池上樓)〉로 "연못가에 봄풀이 살아나고, 동산 버들 우는 새가 변했구나.[池塘生春草, 園柳變鳴禽.]"라는 시를 말한다. 남조(南朝) 때 송나라 사혜련(謝惠連)은 평소에 사촌형인 사영운보다 시문에 재주가 뛰어났는데, 한번은 사영운이 하루 종일 시를 짓지 못하다가 잠시 꿈속에서 사혜련을 만나보고 곧바로 "池塘生春草"라는 절묘한 시구를 이루고 나서 이르기를 "신공(神功)이 들어 있어서 내가 할 수 있는 말이 아니다."라고 하였다.
5) 강굉 형제 이불: '강금(姜衾)'은 후한(後漢) 때 강굉(姜肱) 형제의 이불이라는 뜻으로, 강굉이 형제 사이에 우애가 매우 돈독하여 큰 이불과 긴 베개를 만들어서 형제가 함께 덮고 잤다고 한다.
6) 양자 나루: 양자도(楊子渡). 한강의 행주 나루터 또는 한강 하류 지역에 있던 나루터인 양자진(楊子津)을 말하는데 정확한 위치는 미상이다. 옛날 중국의 강소성(江蘇省) 한강(邗江) 남쪽에도 양자교(楊子橋)가 있었다.
7) 행주성: 현재 경기도 고양시 덕양구에 있다.

연잎 듣는 비 저녁 물결 더해주고　　　　荷雨宵添浪,
마름풀 부는 바람 밤새 소리 나네.　　　　蘋風夜有聲.
한 척 배 노 저어 나간다면　　　　　　　孤舟宜可棹,
창포주 함께 기울이고 싶네.　　　　　　　蒲酒要同傾.

또

又

창주[1] 바라보니 물 건너서 멀찍한데   望裏滄洲一水賖,

우연히 꿈속에서 너의 집에 이르렀구나.   偶然歸夢到君家.

고깃배 장삿배가 나루 찾는 곳   漁舟賈舶迷津處,

강마을 십리 길에 꽃이 피었네.   路出江郊十里花.

---

1) 창주: 물가에 있는 땅으로 예로부터 은사(隱士)의 거처를 가리키는 말이다.

꽃이 지다 두수

落花 二首

빗발 밤새도록 굽은 물가 들이치니	雨脚宵侵曲水濱,
들꽃[1] 힘없이 먼지 신세 되었네.	閑花無力屬流塵.
오늘 만난 고운 자태 유독 예쁘니	偏憐艶質逢今日,
이 몸 닮은 맑은 향 차마 버리랴.	忍委淸香似此身.
네 계절 가고 옴 어느 뉘 주관하나?	四序徃來誰主是?
한번 피고 짐 되레 마음 아프게 해.	一番榮落却傷神.
길가의 향기론 벗 화초에게 묻노니	街頭與問芳菲伴,
복사꽃 지름길[2]에 몇 나무 피었나?	留得桃蹊幾樹春?
강물 기운 싸늘하니 빗 기운 가셨는데	水氣陰寒雨氣淸,
대나무 울 동쪽 기슭 꽃 보며 걸어가네.	竹籬東畔看花行.
잠깐 피고 금방 짐 끝내 어찌 못하는데	纔開乍落終無奈,
가려다가 다시 오니 각별한 정 있고말고.	欲去重來別有情.
춤추는 나비 속 모르고 그저 팔랑팔랑	舞蝶不知猶得得,
나는 꾀꼬리 아쉬운 듯 애타게 꾀꼴꾀꼴.	流鶯如惜苦嚶嚶.
올 한 해 봄날 경치 차츰차츰 지나가니	一年春色垂垂過,

---

1) 들꽃: '한화(閑花)'는 '한화야초(閑花野草)'의 준말로, 사람 발길이 닿지 않는 곳에 자라는
야생의 화초를 말한다.

2) 복사꽃 지름길: 도리성혜(桃李成蹊)의 전고를 인용하여 세속에 머물러 절조에 손상을 입음을
표시함.

잔병 많은 장경3)인 양 센 머리 나네.　　　　　　　多病長卿白髮生.

3) 장경: 평소에 소갈병(消渴病)을 앓아 벼슬을 그만두고 물러나 무릉(茂陵)에서 살았던 중국
　　전한(前漢) 때 문장가 사마상여(司馬相如)를 말한다.

학곡[1] 상공에게 드리다 홍서봉 공의 호이다

奉上鶴谷相公 洪公瑞鳳號

곤궁한 몸 격려하여[2] 느꺼움 늘었건만　　　　翦拂窮塗感慨增,

왕래하며 문안 인사 그 얼마나 드렸나요.　　　往來存問幾相仍.

산도공은 바로 그날 혜소를 동정했고[3]　　　　山公此日憐嵇紹,

공문거[4]는 바로 그해 이응[5] 만났지요.　　　　文擧當年謁李膺.

자긍심에 우쭐하다 [6] 공연히 눈물 났고　　　　心切沾沾空有淚,

쯧쯧하며 글 써도[7] 기댈 데가 없었지요.　　　　書成咄咄却無憑.

---

1) 학곡: 홍서봉(洪瑞鳳, 1572~1645)은 본관이 남양(南陽), 자가 휘세(輝世), 호가 학곡(鶴
　谷), 시호가 문정(文靖)으로, 삼정승을 모두 지낸 인물이다.

2) 격려하여: '전불(剪拂)'은 말의 갈기와 털을 다듬고 털어준다는 뜻으로, 칭찬하고 격려한다는
　뜻이다.

3) 산도 공은 …… 동정했고: 진(晉)나라 산도(山濤)와 혜강(嵇康)은 죽림칠현(竹林七賢)으로
　각별한 우정을 나누었는데, 혜강이 모함을 받아 죽게 되자 산도(山濤)에게 아들 혜소(嵇紹)를
　부탁한 뒤 형장(刑場)으로 나아가면서 혜소에게 산도가 보살펴 줄 것이라 하고 죽었는데,
　과연 산도가 혜소를 천거하여 벼슬길에 나서게 하였다는 고사이다.

4) 공문거: 후한 때 대학자 공융(孔融)의 자이다. 평소에 공융이 후진(後進)들을 잘 이끌어주어
　한직(閑職)에 물러나 있을 때에도 집에 손님이 끊이지 않았는데, 공융이 "자리에 손님이 항상
　가득하고, 술동이에 술이 떨어지지 않는다면, 내가 걱정할 게 없으리라.[坐上客恒滿, 樽中酒
　不空, 吾無憂矣.]"라고 하였다.

5) 이응: 후한 때 이응(李膺)은 성품이 강직하기로 유명하여 그의 인정을 받으면 곧장 벼슬길에
　오를 정도라고 하였는데, 공융(孔融)이 10세 되던 해에 이응을 찾아가 기발한 문답으로 좌중
　을 압도하여 칭찬을 받았다는 고사를 말한다.

6) 자긍심에 우쭐하다: '접접(沾沾)'은 접접자희(沾沾自喜)의 준말로, 득의양양하며 스스로 즐
　거워하거나, 우쭐거리며 뽐내는 것을 말한다.

7) 쯧쯧하며 글 써도: 돌돌서공(咄咄書空)을 가리키는 말로, 〈晉書 殷浩傳〉에 의하면 은호
　(殷浩)가 비록 추방되었으나 입으로 원망하지 않고 다만 종일토록 허공에 '돌돌괴사(咄咄怪
　事)' 네 글자만 썼는데, 후세에 돌돌서공(咄咄書空)으로 실의하거나 한탄하는 모양을 형용하
　는 말로 쓰게 되었다.

베푸신 은덕 보답 어디에서 하리오   酬恩報德知何地,

동합8)에 오늘 외람되이 또 오르니.   東閤于今忝再登.

---

8) 동합: 동쪽의 작은 문을 가리키는 말로, 한나라 공손홍(公孫弘)이 재상이 된 뒤 객관을 열고
   어진 이들을 영접하여 국사를 의논했다는 데서 유래하여, 재상 벼슬을 의미하거나 재상이
   빈객을 불러 대접하는 곳을 말한다.

새로 행명재를 이루다

新成涬溟齋

흔해빠진 땅 구획하여	區畵尋常地,
시골노인네 거처 마련.	安排野老居.
세 칸 새로 꾸민 뒤에	三間新制度,
네 벽에 옛 도서 두고.	四壁舊圖書.
말도 돌리니 좁다고 하겠느냐?	旋馬寧嫌隘?
작은 수레[1] 들이면 다된 걸.	容車不願餘.
살다보면 자못 마음에 들고	棲遲殊愜意,
봄풀 마당을 가득 덮으리니.	春草滿庭除.

---

1) 작은 수레: '용거(容車)'는 부인들이 타는 작은 수레, 또는 덮개가 있는 수레라고 한다.

또
又

취기로 흥얼흥얼 노래하며　　　　　　醉動烏烏唱,

오순도순¹⁾ 보금자리 사네.　　　　棲甘燕燕巢.

보리 익어 ²⁾ 두둑을 잇고　　　　麥秋連野壠,

꽃 핀 홰나무³⁾ 강마을 가득.　　　槐夏遍江郊.

학은 섬돌 앞 나무 가에　　　　　　　鶴立堦前樹,

꾀꼬린 난간 밖 가지 끝에.　　　　　鶯歌檻外梢.

방공⁴⁾이 이런 재미 알았으니　　　龐公知此味,

천년 지나 친구 되길 원하노라.　　千載欲論交.

---

1) 오순도순: '연연(燕燕)'은 편안하게 지내는 모양이나 화락한 모양을 말한다.

2) 보리 익어: '맥추(麥秋)'는 음력 4, 5월을 말하며, 보리가 익는 때이다.

3) 꽃 핀 홰나무: 괴하(槐夏)는 음력 7월을 말하며, 홰나무 꽃이 피는 때이다.

4) 방공: '방공(龐公)'은 후한(後漢) 말엽 양양(襄陽)의 고사(高士)인 방덕공(龐德公)을 가리킨다. 그는 아내와 함께 농사를 지으며 살았는데, 형주(荊州) 자사(劉表)가 찾아와서 벼슬하기를 청하면서, "선생은 벼슬을 하지 않으니 무엇을 자손에게 남겨 주시겠소?"라고 하자 "사람들은 모두 위태로움을 남겨주지만, 나는 편안함을 남겨주겠소."라고 하였다. 그리고 그는 가족을 이끌고 녹문산(鹿門山)에 들어가 청빈한 생활을 하면서 살았다고 한다.

또
又

산비에 서늘함 다가오는데	山雨微凉進,
봄 동산 저물 무렵 오르네.	春園向晚登.
안개 넝쿨[1] 깊숙히 얼키고	煙蘿深簇簇,
구름 걸린 나무 푸른빛 층층.	雲木碧層層.
복사나무 지팡이 때마다 던지고	桃杖隨時擲,
등나무 걸상 간 데마다 기대네.	藤床在處凭.
갈 길 어두워도 근심하지 말지니	不愁歸路暝,
강 비친 달빛 천 등불 대신하네.	江月替千燈.

---

1) 안개 넝쿨: '연라(煙蘿)'는 초목이 무성하게 **빽빽**하고 안개가 자욱하며 넝쿨이 뒤엉킨 것을
이른다. 또는 그윽한 곳에 살거나, 수진(修眞)하는 곳을 가리킨다.

또
又

산언덕에 와 편히 누었다가[1]	山塢來高枕,
맑은 시내 가 갓끈 씻누나.[2]	清流去濯纓.
푸른 홰나무 뜰 가에 그늘지고	綠槐庭畔影,
꾀꼬리 앉은 자리 곁 우는구나.	黃鳥席邊聲.
하루 다하도록 아무 일 없어서	盡日無人事,
뜬구름에 세상 일 내맡기도다.	浮雲任世情.
초야정취[3] 좋아할 따름이고	秖緣耽野趣,
세상명성 피해온 건 아니로다.	非是避時名.

---

1) 편히 누웠다가: '고침(高枕)'은 고와(高臥)와 같은 말로, 벼슬살이 그만두고 초야로 물러나서 은거하며 편안하게 지내는 것을 말한다.

2) 갓끈을 씻는구나: '탁영(濯纓)'은 갓끈을 씻는다는 말로, 〈孟子 離婁上〉에 "창랑의 물이 맑으면 나의 갓끈을 씻으리라.[滄浪之水清兮, 可以濯我纓.]"라고 하여 진속(塵俗)을 초탈하여 고결한 자신의 신념을 지키는 것을 비유하였다. 굴원의 〈어부사〉에서도 "창랑의 물이 맑으면 나의 갓끈을 씻고, 창랑의 물이 흐리면 나의 발을 씻으리라.[滄浪之水清兮, 可以濯我纓, 滄浪之水濁兮, 可以濯我足.]"고 하였다.

3) 초야정취: '야취(野趣)'는 산림이나 초야의 자연 정취를 좋아하는 정취를 말한다.

되는대로 이루다 세 수

謾成 三首

적공[1] 일 말들 하지만   人言翟公事,

나는 적공 마음 쓱 우습네.   我笑翟公心.

애써 말할 필요 있겠는가?   何必強云爾?

세상인심 예나 다름없는데.   世情無古今.

한가로이 지내니 날로 일 없어   閑居日無事,

술동이 담긴 술만 쳐다볼 뿐.   但看樽有酒.

바야흐로 흥건히 술 취할 때   方其沉醉時,

마침내 무하유지향[2] 되네.   終是無何有.

준마 타고 숙상 갖옷[3] 입고   駿馬鷫鸘袍,

---

1) 적공: 한나라 무제(武帝) 때 적공(翟公)이라는 사람이 벼슬이 정위(廷尉)에 이르자 손님들이 문 앞을 메웠는데 파면되자 사람 발길이 끊어졌으며, 얼마 뒤 다시 정위에 임명되자 사람들이 예전처럼 찾아왔다. 이에 적공이 문 앞에 "한 번 죽고 한 번 삶에 사귐의 정을 알며, 한 번 가난하고 한 번 부유함에 사귐의 태도를 알며, 한 번 귀하고 한 번 천함에 사귐의 정이 드러나네.[一死一生乃知交情, 一貧一富乃知交態, 一貴一賤交情乃見.]"라는 글을 써 붙였다고 한다.

2) 무하유지향: '무하유(無何有)'는 '무하유지향(無何有之鄕)'의 준말로 《장자》〈소요유(逍遙游)〉에 나오는데, 텅 비어서 어떠한 소유도 인위도 없는 자연 그대로의 경지를 말한다.

3) 숙상 갖옷: '숙상포(鷫鸘袍)'는 '숙상구(鷫鸘裘)'라고도 하며, 초록색 깃털을 지닌 숙상이란 새의 가죽으로 만든 귀한 갖옷을 말한다. 한나라 사마상여(司馬相如)가 일찍이 탁문군(卓文君)과 함께 성도(成都)로 돌아갔을 때, 집이 가난하여 술을 마련할 길이 없자 자기가 입고 있던 숙상구를 팔아서 술을 사가지고 탁문군과 함께 술을 마시며 즐겼다는 고사가 있다.

으쓱으쓱 세상길 나갔네.   翩翩當世豪.

그저 온실 나무숲⁴⁾ 기대고   但依溫室樹,

무릉도원 있는 줄 몰랐네.   不識武陵桃.

---

4) 온실 나무숲: '온실수(溫室樹)'는 온실성(溫室省)에 심은 나무로, 온실성은 중서성(中書省)
 을 가리킨다. 일반적으로 궁중의 화목(花木)을 말하며, 궁궐 안의 일을 가리키기도 한다.

홍문관[1]에서 조서 쓰던 일 떠올리며 화운하다
和憶金鑾草詔

젊을 적 조회하러 궁궐[2]에 올랐는데
새벽녘 궁문 여니 달이 반쯤 기울었네
조정[3] 향해 들어가며 패옥이 흔들리고
대전섬돌[4] 곧장 올라 임금님[5] 기다렸네.
찬 서리 밤에 내려 궁중[6] 풀 뒤덮고
아침이슬[7] 봄날에 붓끝꽃[8] 적셨네.
오늘날 이 내 신세 하릴없이 늙어버려
북두 사이 옛 뗏목[9] 부질없이 그려보네.

夙齡朝拜上淸家,
曉闢銅龍月半斜
歸向鳳池搖玉珮,
直登螭陛候金車.
寒霜夜繞臺中草,
仙露春滋筆底花.
今日此身無那老,
斗間空望舊乘槎.

---

1) 홍문관: '금란(金鑾)'은 금란전(金鑾殿)의 준말로, 당나라 황궁 정전의 이름인데, 그 옆의 언덕을 금란파(金鑾坡)라고 불렀다. 또는 금란(金鑾)이 한림원(翰林院)과 가까이 있어서 한림원을 가리키기도 하는데, 여기서는 홍문관(弘文館)을 가리킨다.

2) 궁궐: '상청가(上淸家)'는 황궁을 가리키는 말로, 상청은 상천(上天) 또는 천공(天空)이라고도 하니 천제(天帝)가 사는 곳을 가리킨다.

3) 조정: '봉지(鳳池)'는 '봉황지(鳳凰池)'의 준말로, 위진 남북조 때 금원에 중서성(中書省)을 설치하였는데, 황제의 거처와 가까이 있어서 중서성을 봉황지라고 불렀다. 여기서는 조정이나 의정부를 가리킨다.

4) 대전 섬돌: '이폐(螭陛)'는 교룡 모양이 조각되어 있는 궁궐 대전의 계단을 말한다.

5) 임금님: '금거(金車)'는 금으로 장식한 수레로, 임금의 어가(御駕)나 행차를 말한다.

6) 궁중: '대중(臺中)'은 금중(禁中)을 가리키니, 곧 궁궐을 말한다.

7) 아침 이슬: '선로(仙露)'는 아침 이슬을 말한다. 도교에서는 아침이슬을 신선의 이슬이라고 여겼다.

8) 붓끝꽃: '필화(筆花)'는 필생화(筆生花)라고도 하는데, 당나라 이백(李白)이 젊었을 때 꿈에 붓 끝에 꽃이 피는 것을 본 뒤로 문학적 재주가 뛰어나게 되어서 천하에 이름을 날리게 되었다고 하였다. 이로부터 필생화(筆生花)는 재사(才思)가 뛰어나고 문필(文筆)이 아름다운 것을 가리키게 되었다.

경휘가 장수 막부 종사관으로 가기에 송별하다

구봉서 공이다

送景輝從事帥府 具公鳳瑞

인재 많은 조정에 지위 명망 온전터니	羣玉淸班位望全,
또 대장군 좇아 잠시 변방 가는구려.	又隨元帥暫臨邊.
오랑캐 평정 글¹⁾ 진림의 문장²⁾이고	平戎露布陳琳草,
막부에 든 풍류는 유고지 연화지³⁾로세.	入幕風流庾杲蓮.
보검 정기⁴⁾ 멀리 요동 변방 달에 이어져	紫氣迥連遼塞月,
푸른 관복 여전하게 어로 향내 띠었구려.	靑衫猶帶御爐煙.
그대 북방 연연산⁵⁾에 당도할 날 알겠으니	知君北到燕然日,
꼭 장군들과 화답하며 개선노래 다투리라.⁶⁾	定和將軍競病篇.

---

1) 평정 글: '노포(露布)'는 봉하지 않고 여러 사람에게 공포하는 문서를 말한다.

2) 진림의 문장: '진림초(陳琳草)'는 '진림격(陳琳檄)'과 같은 말로, 후한 말에 격문에 뛰어났던 진림의 글 솜씨를 말한다.

3) 유고지 연화지: '유고(庾杲)'는 남제(南齊)의 유고지(庾杲之)로, 재능이 출중하여 왕검(王儉)의 막부에 뽑혀 왕검의 위군장사(衛軍長史)가 되었으며, 당시 왕검의 막부를 연화지(蓮花池)라고 불렀다.

4) 보검 정기: '자기(紫氣)'는 자주색 기운으로 상서로운 기운, 보검의 정기를 말한다. 용천(龍泉)과 태아(太阿)라는 두 보검이 밤마다 북두성과 견우성 사이에 자기(紫氣)를 발산했다는 전설이 있다.

5) 연연산: '연연(燕然)'은 연연산(燕然山)으로, 몽고(蒙古)에 있는 산 이름이며, 북쪽 변방을 가리키는 말로도 사용한다. 후한(後漢)의 거기장군(車騎將軍) 두헌(竇憲)이 흉노를 크게 격파한 뒤에 바위에 공적을 새겨 기념하면서 글 잘하는 반고(班固)에게 〈연연산명(燕然山銘)〉을 짓게 했다는 고사가 있다.

6) 개선 노래 다투리라: '경병(競病)'은 험운(險韻)을 가지고 시를 짓는 것을 말한다. 양(梁)나라 조경종(曹景宗)이 전투에서 이기고 돌아갈 때 양무제(梁武帝)가 잔치를 베풀고 연구(聯句)를 짓되 험운인 '경(競)'과 '병(病)' 두 자로 압운하게 하였는데 조경종이 시를 짓기를, "떠날 때에

는 아녀자들이 슬퍼하더니, 돌아옴에 피리와 북이 울리도다. 길가는 사람에게 물어보노니, 곽거병과 견주어서 어떠한가?[去時兒女悲, 歸來笳皷競. 借問行路人, 何如霍去病?]"라고 한 데서 나온 말이다.

낙전[1] 대안[2]에게 편지 드리다
수신[3]하고 단지 하루가 지나다

東樂全台案 守申只隔一日

지난날 팽선[4]처럼 뒤채 방문 허여하고　　　　曾許彭宣到後堂,

수정 문발[5] 드리우고 옥 탑상 꾸미셨네.　　　水晶簾下玉爲床.

용 서린[6] 보옥 술잔 붉은 술 부드럽고　　　　盤龍寶斝瓊酥軟,

---

1) 낙전: 신익성(申翊聖, 1588~1644)으로 본관은 평산(平山), 자는 군석(君奭), 호는 낙전당(樂全堂)·동회거사(東淮居士)이며, 아버지는 영의정 흠(欽)이다. 선조의 딸 정숙옹주(貞淑翁主)와 혼인하여 동양위(東陽尉)에 봉해졌고, 1606년 오위도총부부총관이 되었다. 광해군 때 폐모론(廢母論)을 반대했다가 전리(田里)로 추방되었으며, 1623년 인조반정 뒤에 다시 등용되어 이괄(李适)의 난을 평정하는 데 공을 세웠다. 1627년 정묘호란 때 세자를 따라 전주로 피란했고, 1638년 병자호란 때 남한산성에서 끝까지 싸울 것을 주장했다. 화의가 이뤄지자 오위도총부도총관 및 삼전도비사자관(三田渡碑寫字官)에서 사퇴했다. 1642년 이계(李烓)의 모략으로 청나라에 붙잡혀갔다가 소현세자(昭顯世子)의 주선으로 풀려나 귀국했다. 글씨로 회양의 청허당휴정대사비(淸虛堂休精大師碑)와 파주의 율곡이이비(栗谷李珥碑), 광주의 영창대군의비(永昌大君碑) 등이 있고, 저서로 〈낙전당집〉·〈낙전당귀전록(樂全堂歸田錄)〉·〈청백당일기(靑白堂日記)〉 등이 있다. 시호는 문충(文忠)이다.

2) 대안: 대안(臺案)이라고도 하며, 옛날에 고급 지방관리나 동년배의 사람에게 사용하던 존칭이다.

3) 수신: '수신(守申)'은 1년에 6번 돌아오는 경신일(庚申日)에 잠을 자지 않고 밤을 새우며 근신하는 것을 말한다. 사람의 몸에 삼시(三尸) 귀신이 들어 있어 경신일마다 천제(天帝)에게 허물을 고하여 바치기 때문에 이날은 뜬 눈으로 밤을 새우며 재앙을 면하려는 풍속이 있었다. 당나라 반성식(段成式)은 〈유양잡조(酉陽雜組)·옥격(玉格)〉에서 삼시(三尸)는 하루에 세 번 대하니 상시청고(上尸靑姑)는 사람의 눈을 해치고, 중시백고(中尸白姑)는 사람의 오장을 해치고, 하시혈고(下尸血姑)는 사람의 위와 목숨을 해친다고 하였다.

4) 팽선: 한나라 사람으로 자는 자패(子佩), 호는 옥징(玉徵), 시호는 경(頃)이다. 경학자(經學者) 장우(張禹)의 제자로서 실력이 뛰어났는데, 팽선이 장우를 만나러 갈 때면 장우가 그를 맞이하여 공경히 대하면서 종일 경전을 강론하고 술과 고기를 대접했다고 한다.

5) 수정 문발: '수정렴(水晶簾)'은 수정으로 만든 문발이니, 반짝반짝 빛나는 화려한 문발을 비유한 말이다.

6) 용이 서린: '반룡(盤龍)'은 구불구불한 용 모양의 장식을 말한다.

조는 오리[7] 금향로에 계수향불 피웠네.　　睡鴨金爐桂爐香.

깊은 밤 권세 높은 귀한 공자 자리하니　　深夜勢高公子席,

매화꽃 추위 속에 이마[8]에 떨어졌네.　　小梅寒試壽陽粧.

곤궁해져 좇아 놀던 예전 그곳 생각하니　　窮塗想像從遊地,

사람 일과 하늘 때에 정말 애를 끊는다오.　　人事天時足斷腸.

---

7) 조는 오리: '수압(睡鴨)'은 향로 이름으로, 동으로 만든 모양이 엎드려 조는 오리 같다는 말이다.

8) 이마 : '수양장(壽陽粧)'은 '수양장(壽陽妝)'이라고도 하며, 남조 때 송무제(宋武帝)의 딸 수양공주(壽陽公主)가 함장전(含章殿) 처마에 누워있었는데 마침 매화가 공주 이마 위에 떨어져 5개 꽃잎으로 나눠졌는데, 손으로 치웠으나 이마에서 떨어지지 않자 황후가 고우니 그냥 두라고 하면서부터 '매화장(梅花妝)'이라는 말이 생겼고 여인들이 이마에 매화꽃을 그려서 꾸미게 되었는데, 여기서는 매화꽃잎이 이마 위에 떨어졌다는 말이다.

옛 시를 본뜨다

擬古

예 창문[1] 앞 큰길가 곁 지날 때
막수[2]당 위 달빛 서리 같았다네.
은빛 쟁[3] 밤에 뚱기니 매화꽃 지고
옥 술잔 봄에 따르니 댓잎 향긋하네.
젊은 날에 오직 일도 없이 술 마시곤
늘그막에 부질없이 예 놀던 곳 그리네.
바라보니 장강 한수[4] 출렁출렁 흐르고
닿을 길 없는 내 인생 이별 한 길이길이.

曾過閶門大道旁,
莫愁堂上月如霜.
銀箏夜撥梅花落,
玉斝春傾竹葉香.
少日只知無事飲,
暮年空憶舊遊塲.
望中江漢滔滔水,
未抵吾生別恨長.

---

1) 창문: '창문(閶門)'은 웅장하고 화려한 당나라 때의 성문 이름으로, 강소성 소주 서쪽에 있었다.
2) 막수: 중국 남조 양(梁)나라 무제(武帝)가 지었다는 악부(樂府) 〈하중지수가(河中之水歌)〉에 나오는 전설상의 미녀로 노래를 잘 불렀다고 하는데, 후대에는 다만 가무를 잘하는 미녀를 일컫는 말로 쓰였다.
3) 은빛 쟁: '은쟁(銀箏)'은 은으로 장식한 거문고 비슷한 악기이다.
4) 장강 한수: '강한(江漢)'은 중국의 장강과 한수를 가리키는 말로, 우리나라의 한강을 빗대어 말한 것이다.

덕우[1]가 체찰 종사관으로 영남지방에 순무하러 감을 전송하다 박황 공이다

送德雨以體察從事巡撫嶺南 朴公潢

글 짓는 일 맡았다가 군사 일 공적 있어 文事方知有武功,

문신으로 왕명 받들어 대장군 돕는구나. 詞臣膺命佐元戎.

대궐 옥돌계단[2] 올라 칭찬 받았으니 揄揚瓊舘瑤墀上,

금성[3]이라 옥문관[4]에 계책 세웠네. 籌畫金城玉塞中.

잠간 법성[5] 빌려 임금께 하직하고 暫借法星辭斗北,

문득 파발마[6] 달려 산동에 나가네.[7] 却馳飛傳出山東.

남방 칠십 모든 고을 炎方七十諸都護,

젊은 종사관 지휘감독. 年少從軍節制通.

---

1) 덕우: 박황(朴潢, 1597~1648)의 자이니, 본관은 반남(潘南), 호는 나옹(懦翁)·나헌(懦軒) 이다. 1621년 정시문과에 병과로 급제하여 1624년 예문관 검열로 처음 벼슬길에 올라 세자시 강원 설서(說書)·홍문관 정자(正字)를 거쳐 대사간·이조참의를 지냈다. 병자호란이 일어나 자 왕을 따라 남한산성으로 들어갔으며, 소현세자와 함께 심양(瀋陽)에 갔다가 돌아와 병조판 서가 되고 이어서 대사헌에 임명되었다.

2) 대궐 옥돌계단: '경관요지(瓊舘瑤墀)'는 '임관요대(琳舘瑤臺)'와 같으니, 임관(琳舘)은 궁 전, 요대(瑤臺)는 아름다운 옥돌로 꾸민 섬돌을 말한다.

3) 금성: 경상북도 경주의 옛 이름이다.

4) 옥문관: '옥새(玉塞)'는 옥문관(玉門關)의 별칭이니, 군대의 요충지를 말한다.

5) 법성: '법성(法星)'은 옥황상제 옆에 있는 여주(女主)의 별로서 법형(法刑)을 주관하니, 사직 (司直)의 벼슬을 가리키는데, 여기서는 종사관을 비유한다. 1633년 인조 11년 무렵에 박황은 조정에서 검상(檢詳), 사인(舍人), 부응교(副應敎)로 전직하다가 어명을 받들고 영남지방으 로 내려가 군대를 점검하고 백성을 구휼하면서 탐관오리와 청백리를 조사하는 일을 했다고 하였다.

6) 파발마: 비전(飛傳)

7) 산동에 나가네: '출산동(出山東)'은 영남 지방으로 나감을 말한다.

스스로 마음을 달래다

自遣

남자로서 땅 가려 편안함 말하겠나?	男子寧論擇地安?
한 떼기 땅 좁지마는 지키자면 넓다.	一區雖窄境偏寬.
초라한 집 손님 사절 아프단 핑계 일쑤	荊門謝客多稱疾,
꽃길에 사람 만나도 갓 쓰지 않는구나.[1]	花徑逢人不着冠.
쓸모없는[2] 몸뚱어리 스스로 내버렸으니	土木形骸拚自放,
조정에 공 세우기 벌써 어려운 줄 알았네.	廟堂勳業已知難.
홀가분히 걸음 흩어 푸른 숲 밖 나아가니	翛然散步青林外,
푸른 하늘 한가한 구름 낚싯대 두르는구나.	碧落閒雲繞釣竿.

---

1) 갓 쓰지 않는구나: 예로부터 선비는 갓이 비록 헤졌더라도 정제해야 하고, 옷이 비록 남루하더라도 단정하게 입어야 한다고 했다. 《예기》에, "군자는 옷만 갖추고 용의(容儀)가 없는 것을 부끄러워한다." 하였으니, 선비가 아무리 바쁘고 힘들다 해도 한시라도 갓을 쓰지 않아서는 안 되는 것인데, 여기서 갓을 쓰지 않는다 함은 세속의 작은 예절에 매이지 않음을 말한다.

2) 쓸모없는: '토목(土木)'은 쓸모없는 존재라는 겸사로, 자기 자신을 스스로 낮춰서 말하는 것이다. 《논어》〈공야장(公冶長)〉에 "재여가 낮잠을 자자, 공자가 말하기를, '썩은 나무는 아로새길 수 없고 더러운 흙은 흙손질 할 수 없으니, 재여 같은 사람을 무엇때문에 나무라겠는가?[宰予晝寢, 子曰, '朽木不可雕也, 糞土之牆不可圬也, 於予與何誅?']"라고 한 데서 나온 말이다.

봄날의 정한

春恨

궁궐[1]에서 쫓겨난 지 여러 해 지났건만	淪謫淸都歲屢移,
삼생[2] 동안 업이 많아 귀향길 더디구나.	三生多累得歸遲.
사람 마음 지난날 잊는 게 쉽지 않고	人情未易忘前日,
세상 형편 분명하게 옛날과 다르구나.	物態居然異舊時.
봄날 꾀꼬리 울고 꽃 피어도 쓸쓸하기만	春到鶯花猶寂寞,
꿈에 조정[3] 찾아본들 어긋나기만 할 뿐.	夢尋雞樹亦參差.
백발 돌려 바라보며 나직히 읊조릴 때	白頭回望沉吟地,
상강 언덕[4]인가하여 곳곳마다 둘러보네.	山似湘皐處處疑.

---

1) 궁궐: '청도(淸都)'는 임금님이 계시는 궁궐을 말한다. 또는 하늘 위에 있는 상제(上帝)의 궁궐을 가리킨다.
2) 삼생: 전생과 금생과 내생(來生)을 말한다.
3) 조정: '계수(雞樹)'는 중서성(中書省)을 말하니, 옛날 대궐 안에 닭이 깃드는 나무가 있었는데, 그 옆에 중서성이 있었으므로 중서성을 계수(雞樹)라고 불렀다 한다. 중서성은 승정원이나 의정부에 해당하니 조정을 가리키는 말이다.
4) 상강 언덕: '상고(湘皐)'는 동정호(洞庭湖)로 흘러 들어가는 상수의 언덕으로, 순임금의 아황과 여영이 순임금을 따라 빠져죽은 곳이고, 초나라 굴원이 9년 동안 떠돌았던 곳이기도 하다.

덕조[1]가 안음[2]으로 부임하기에 지어주며 헤어지다 두 수

贈別德祖赴安陰 二首

아우는 활달하니 귀밑머리 세지 않아	愛弟翩翩鬢未華,
은혜 입고 정중하게 사군[3]수레 모네.	承恩重擁使君車.
세상 벼슬길 다시 숨어 사는 데 되고	人間吏道還兼隱,
바닷가 부임길[4] 또한 집과 가깝네.	海上官程又近家.
팽택[5] 부임길은 문 밖 버들[6] 지나가고	彭澤路經門外柳,
하양[7]서 맞은 봄에 고을 안 꽃[8] 찾으리.	河陽春訪縣中花.
듣건대 그곳 초목 모두 신선 되는 약이라니	傳聞草木皆仙藥,
강산이 영가현[9]을 닮았을 뿐 아니로구나.	不但江山似永嘉.

1) 덕조: 심장세(沈長世, 1594~1660)이니, 자(字)는 덕조(德祖), 호(號)는 각금당(覺今堂), 시호(諡號)는 정민(貞敏)이다. 1624년에 이괄(李适)의 난이 일어나자 공주로 왕을 호종(扈從)하여 금부도사(禁府都事)에 임명되었고, 1627년 정묘호란이 일어나자 다시 왕을 강화(江華)로 호종하여 부사(府使)가 되었다. 1633년부터 1638년까지 안음현감을 지냈다.

2) 안음: 경상남도 함양군 안의면의 옛 이름이다.

3) 사군: 한나라 때 태수자사(太守刺史)를 부를 때 사용하던 존칭어로, 태수 또는 사또를 말한다. 본래는 임금의 명을 받들어 가거나 오는 사신(使臣)을 높여 이르는 말이다.

4) 부임길: '관정(官程)'은 관직에 부임하여 떠나가는 여정이다.

5) 팽택: 도연명(陶淵明)이 일찍이 현령으로 있던 고을 이름이다.

6) 대문 밖 버드나무: '문외류(門外柳)'는 도연명이 살던 집 대문 밖에 있던 다섯 그루의 버드나무를 말한다.

7) 하양: 진(晉)나라 반악(潘岳)이 현령으로 있었던 고을 이름이다.

8) 고을 안 꽃: '현중화(縣中花)'는 반악이 하양(河陽) 현령으로 있을 때 그곳에 복숭아나무와 자두나무를 심었던 것을 말한다.

9) 영가현: 중국 절강성(浙江省) 동남쪽에 있는 고을로 산수가 아름답다고 유명하다. 서예가 왕희지(王羲之)와 시인 사영운(謝靈運)이 태수로 있었던 곳이기도 하다.

고을 관사 일이 없어 하루해 유독 더딜 때 　縣齋無事日偏遲,
술 좋아하는 사또 나리[10] 두건[11] 거꾸로. 　愛酒遨頭倒接䍦.
꽃길에 아전 없고 오직 학만 올 테고 　花徑吏稀唯引鶴,
대숲에 스님 떠나면 어지러이 바둑알만. 　竹林僧去亂抛碁.
궁궁이싹[12] 이파리 아래 산그늘 다가오고 　蘪蕪葉底山臨席,
두견이[13] 울음 속에 비 안개 못을 채우리 　鶗鴂聲中雨滿池.
노면[14] 써도 백성 아낌 지장 없으리니[15] 　露冕不妨春有脚,
내 앞서 예전 정당시[16]께 물어보게. 　爲余前問鄭當時.

---

10) 사또 나리: '오두(遨頭)'는 송나라 때 성도(成都)에서 옛날부터 내려오는 풍속에 매년 4월 19일이면 완화계(浣花溪) 옆에서 잔치하고 놀았는데 이를 완화일(浣花日)이라고 했으며, 4월 19일을 성도에서 '완화'라 하여 고을 태수가 두보의 초당 창랑정(滄浪亭)에서 잔치하고 놀았다고 한다. 이때 고을 태수가 나들이하면서 꽃구경하는 것을 사람들이 가리켜서 오두(遨頭)라 불렀다고 한다.

11) 두건: '접리(接䍦)'는 '접리(接籬)'라고도 하며, 두건(頭巾) 또는 백모(白帽)를 말한다. 진(晉)나라 산간(山簡)이 한번 취하여 고양지(高陽池)에 나가 놀고 날 저물어 돌아올 적에 백접리를 거꾸로 쓴 채 말을 타고 돌아왔다는 고사를 말한다. 이백(李白)의 〈양양가(襄陽歌)〉에서 "지는 해가 현산 서쪽으로 넘어가려 할 적에, 백접리 거꾸로 쓰고 꽃 아래서 헤매었네. 양양의 아이들은 모두 손뼉을 치고, 길가에서 가로막고 다투어 백동제를 노래했네. 옆 사람이 애들에게 왜 웃느냐고 물으니, 산간 노인이 진흙처럼 벌겋게 취한 것이 우습다는구나.[落日欲沒峴山西, 倒著接䍦花下迷. 襄陽小兒齊拍手, 攔街爭唱白銅鞮. 傍人借問笑何事, 笑殺山翁醉似泥.]"라고 하였다.

12) 궁궁이싹: '미무(蘪蕪)'는 궁궁(芎藭)이싹인데, 잎에 향기가 있으며 미나리과에 속하는 식물로, 천궁(川芎)을 말한다.

13) 두견이: '제결(鶗鴂)'은 두견(杜鵑)을 말한다.

14) 노면: '노면(露冕)'은 후한 때 곽하(郭賀)가 형주자사(荊州刺史)가 되어 잘 다스리자 한나라 명제(明帝)가 순수하다가 남양(南陽)에 이르러 그 말을 듣고 감탄하여 삼공(三公)의 의복과 보불(黼黻) 문양이 있는 면류관을 내려준 뒤에 수레 타고 다닐 때 휘장을 걷고 면류관을 드러내어 백성들에게 보여주어 그의 치덕을 널리 나타내도록 허락한 이래로, 지방 관리가 정치를 잘 하거나 임금의 은총이 관리에게 내려지는 일을 가리키는 말이 되었다. 물론 '노면(露冕)'은 산림에 은둔한 사람이 쓰는 모자를 가리키기도 한다.

15) 백성 아낌 지장 없으리니: '춘유각(春有脚)'은 당나라 현종(玄宗) 때 재상 송경(宋璟)이 백성을 아끼고 사랑하여 "그가 이르는 곳마다 따뜻한 봄빛이 만물을 비춰 주는 것 같다.[所至之處, 如唱春煦物也.]"고 하여 당시 사람들이 그를 가리켜서 도처에 은혜를 베푸는 관리라는 뜻으로 '다리 있는 따뜻한 봄[有脚陽春]'이라고 불렀다고 한다.

내산[1] 사군을 전송하다

送萊山使君

봉래성[2]은 오랜 관청 있던 곳이라	蓬萊城上舊官居,
문물제도 《월절서[3]》에 전해질만.	文物堪傳越絶書.
군대 말과 병사들이 방진[4] 쳤는데	戎馬甲兵方鎭處,
바다 산 안개 달빛에 신선들 넘치네.	海山煙月列仙餘.
다리 놓고 길 터서 남방산물[5] 실어오며	津梁開隧輸蠻貨,
상선 이어지고[6] 밤 고깃배[7] 보이네.	賈舶連檣見夜漁.
학 타는[8] 벼슬살이 나쁘지는 않으니	跨鶴宦蹤殊不惡,
잠시 부사 가는 것 주저하지 마시게나.	蹔時之府莫蹰躇.

---

1) 내산: 부산 동래(東萊)의 옛 이름으로, 동래는 장산국(萇山國)·내산국(萊山國)·거칠산국
(居漆山國)이라고도 불렀다.
2) 봉래성: 전설 속에 신선이 사는 곳으로, 여기서는 부산 동래를 가리킨다.
3) 월절서: 춘추시대 말엽에서 전국시대 초기에 이르기까지 오나라와 월나라의 역사를 중심으로
서술한 역사책으로, 위로는 하우(夏禹)에서 아래로는 양한(兩漢)에 이르기까지의 여러 제후
국 관련 내용을 기록하였다.
4) 방진: 변방에 진을 치고 수비하는 곳이다.
5) 남방 산물: '만화(蠻貨)'는 남방에서 출산되는 화물(貨物)이다.
6) 이어지고: '연장(連檣)'은 돛대가 연이어 있는 모양으로, 배가 많음을 나타낸 말이다.
7) 밤 고깃배: '야어(夜漁)'는 '야어(夜魚)'라고도 하며, 밤에 고기잡이하는 것은 지방 관리의
덕정(德政)을 비유한 말이다.
8) 학 타는: '과학(跨鶴)'은 '과학양주(跨鶴揚州)'의 준말로, 남조 양은운(梁殷蕓)의 《소설(小
說) 오촉인(吳蜀人)》에 의하면, "나그네들이 서로 좇으며 각각 뜻을 말하였는데 어떤 이는
양주자사(揚州刺史) 되는 것이 소원이라 하였고, 어떤 이는 재물이 많기를 원한다 하였고,
어떤 이는 학을 타고 높이 올라가길 원한다고 하자 한 사람이 말하기를 '허리에 10만관을
묶고 학을 타고 양주로 올라가리라.' 하면서 세 가지를 아우르고자 하였다." 하였는데 그 뒤로
'과학양주(跨鶴揚州)'는 큰 부자가 변화한 곳에서 멋지게 노는 것을 가리키게 되었다.

가을밤 마을에서

秋夜村居

이끼 낀 오솔길 잎이 온통 깔렸는데
지팡이 짚고 느리 가니 흥취 호젓하다.
어지런 세상 떠돌아도 오히려 도도했고
돌아와 띳집 사니 다시 강호 나그네라.
파란 하늘 달 보냄은 예 지금이 똑같고
푸른 봉우리 안개 끼여 보일락말락하네.
빈 골목에 밤 깊어 시골 술 지중하니
오동나무 뜰에 길 든 학춤[1] 보네.

莓苔一徑葉全鋪,
拄杖徐行興轉孤.
亂世萍蹤猶偃蹇,
得歸茅屋復江湖.
青天送月還今古,
碧岫和煙漫有無.
空巷夜深村酒重,
靜看馴鶴舞庭梧.

---

1) 학춤: 춘추시대 진(晉)나라의 악사(樂師) 사광(師曠)이 거문고를 연주하면 검은 학이 목을
긴게 빼면서 울고 깃을 펴서 춤을 추었다고 한다.

영남루¹⁾에서 차운하다

次嶺南樓韻

강가 외론 성 물에 비친 하늘이며	江上孤城水底天,
한꺼번에 밝은 풍광 봉우리 앞에.	一時明槩亂峯前.
누각은 멀리 허공 속 버티어 서고	樓居逈壓空虛裏,
선학소리²⁾ 아스라이 먼 곳에서.	笙鶴微聆縹緲邊.
장사꾼 밤 되자 달 뜬 물가 돌아오고	賈客夜歸沙渚月,
못 보던 새 가을 들어 안개 못가 깃치네.	怪禽秋宿石塘煙.
맑은 물가 푸른 풀 그림 같이 보이나니	晴沙碧草看如畫,
경치 좋은 곤륜산³⁾ 대모자리⁴⁾ 깔은 양.	絕勝崑丘玳瑁筵.

---

1) 영남루: 경상남도 밀양에 있는 누각이다. 영남루는 공루(公樓)로서 공무로 다니는 관원이
   숙박하는 관청 객관이었다. 영남루에는 이숭인(李崇仁)의 〈제영남루(題嶺南樓)〉, 김계창(金
   季昌)의 〈영남루(嶺南樓)〉, 성현(成俔)의 〈차밀양영남루운(次密陽嶺南樓韻)〉 등의 작품이
   있다.
2) 선학 소리: '생학(笙鶴)'은 원래 신선이 학을 타고 생황을 연주하는 것을 말하는데, 뒤에는
   신선이 타는 선학(仙鶴)을 의미하게 되었다.
3) 곤륜산: '곤구(崑丘)'는 곤구(崐丘), 곤구(崑邱)라고도 한다. 《이아》에 의하면, 산악의 모양
   이 세 번 중첩되고 높이가 일만 일천리라고 하였다.
4) 대모자리: 바다거북의 하나인 '대모(玳瑁)'의 등과 배를 싸고 있는 껍데기로 장식한다.

궁궐 동산에서 새로운 꾀꼬리 소리를 듣고 짓다

賦得御苑聞新鶯

뾰족한[1] 궁전 기색 새벽 되어 우뚝우뚝[2]	觚稜氣色曉氳氲,
궁궐 동산 향긋한 풀 골고루 울긋불긋.	禁苑芳菲紫翠均.
청제[3] 이미 초목들 자라게 하고[4]	青帝已令回木德,
꾀꼬리[5] 이제 다시 대전[6]에 우네.	黃公今又報楓宸.
바람결 피리 소리 어찌 곡조 이루려나?	流風簧韻郇成曲,
잎 가린 금빛 옷[7] 알아보지 못하겠네.	隔葉金衣未辨身.
문득 황궁[8] 에워싸는 소리 아름다워[9]	乍繞建章聲睍睆,
궁전[10] 건물 가까이 산뜻하게 우네.	近當溫室語清新.
버들띠[11] 짜느라고 북 던지기[12] 잦고	織來柳帶投梭數,

---

1) 뾰족한 : '고릉(觚稜)'은 전각(殿閣)의 가장 높고 뾰족한 모서리를 말한다.
2) 우뚝우뚝: 온인(氳氲)은 기운이 충만한 모양이니 우뚝우뚝 솟은 모습을 말한다.
3) 청제: 옛날 신화 중에 다섯 천제(天帝) 가운데 하나로서, 동방에 자리하여 봄을 맡은 신이며, 창제(蒼帝) 또는 목제(木帝)라고도 한다.
4) 초목들 자라게 하고: '목덕(木德)'은 하늘이 초목을 자라게 하는 덕을 말하니, 봄의 덕으로 만물을 화육(化育)하는 덕이다.
5) 꾀꼬리: '황공(黃公)'은 꾀꼬리를 말한다.
6) 대전: '풍신(楓宸)'은 임금의 궁전을 말하니, 한나라 궁전에 단풍나무가 많았던 데서 유래한다.
7) 금빛 옷: '금의(金衣)'는 금빛 꾀꼬리를 형용한 말이다.
8) 황궁: '건장(建章)'은 한나라 장안(長安)에 있던 궁전 이름으로, 황궁(皇宮)을 말한다.
9) 아름다운: '현환(睍睆)'은 새의 빛깔이 아름답거나 새소리가 맑고 조화로움을 말한다.
10) 궁전: '온실(溫室)'은 온실성(溫室省)의 준말로, 중서성(中書省)을 가리키니 궁궐 안의 궁전을 가리킨다.
11) 버들띠: '유대(柳帶)'는 유조(柳條)와 같은 말로, 버드나무 가지를 말한다.
12) 북 던지기: '투사(投梭)'는 베틀의 북이 오고가며 베를 짜는 것을 말한다. 버들가지 사이로

꽃 속에서 노래하며 혀 놀리기 바쁘구나.　　歌就花房弄舌頻.

두견 쓰린 피울음 배우기 부끄러우니　　羞學蜀鵑啼苦血,

봉황[13] 따르는 새봄[14] 맞이 원하네.　　願隨儀鳳囿王春.

높이 뜬 빛난 날개짓 돌처 그치고　　遷喬繡翮還知止,

벗 찾는 맑은 소리 하소연하는 듯.　　求友清音似訴人.

옛집 찾느라고 두 줄기 눈물 날 때　　何處憶歸雙淚迸,

몇 집에서 꿈 깨어 눈썹 찡그릴까?　　幾家驚夢翠蛾顰?

오가는 절기 속에 봄기운 먼저 맞아　　徃來物候先迎氣,

시 생각 일으키니 마치 신명 나는 듯.　　皷吹詩腸恰有神.

참으로 궁궐 동산[15] 좋은 나무 많아서　　好是上林多玉樹,

몸 맡겨 향긋한 봄[16] 보낼 수 있구나.　　可能棲托度芳辰.

날아다니는 꾀꼬리를 베틀의 북으로 비유하여 앵사(鸎梭)라고 한다.

13) 봉황: '의봉(儀鳳)'은 봉황의 다른 이름이다.

14) 새봄: '왕춘(王春)'은 천하를 통일한 제왕의 봄이라는 뜻으로, 새해의 봄을 가리키는 말로 쓰인다.

15) 궁궐 동산: '상림(上林)'은 옛 궁궐의 동산 이름이다.

16) 향긋한 봄: '방신(芳辰)'은 향기롭고 아름다운 시절을 가리키니, 온갖 꽃이 피어 향긋한 봄을 말한다. 남조(南朝) 때 양(梁)나라 심약(沈約)의 〈반설부(反舌賦)〉에서 "이 달에 꽃다운 날을 대하다[對芳辰於此月]"라고 하고, 당나라 진자앙(陳子昂)의 〈삼월삼일연왕명부산정(三月三日宴王明府山亭)〉에서 "늦봄 아름다운 달이요, 상사일 꽃다운 날이라.[暮春嘉月, 上巳芳辰.]"이라 하여 3월을 가리키기도 하였다.

가을날 벗에게 보내다

秋日寄友人

하룻밤 가을바람 낙엽 한 잎에 알아채고[1]　　一夜金風一葉知,

두릉[2] 외론 나그네 돌아갈 때 생각네.　　杜陵孤客憶歸時.

인생백년 반 더 지나 늙은이 되려하니　　百年强半老將至,

사철 고루 나뉘지만 가을 가장 슬프네.　　四序平分秋寂悲.

하늘가 기러기소리 들린 지 며칠인가　　天外鴈聲來幾日,

거울 속 허연 모습[3] 전에 기약한 듯.　　鏡中霜影若前期.

맑은 물가 하얀 돌 강마을 가는 길　　晴沙白石江村路,

슬피 구름 바라며 편지 오기 기다려.　　悵望雲霄尺素遲.

---

1) 낙엽 한 잎에 알아채고: 《회남자(淮南子)》에 "나뭇잎 하나에 가을을 안다[一葉知秋]"고
하였다.

2) 두릉: 당나라 시인 두보(杜甫)의 조상이 살았던 장안(長安) 만년현(萬年縣) 동남쪽에 있는
마을로, 두보 자신이 이곳 전원에 은거하면서 두릉야로(杜陵野老), 두릉야객(杜陵野客), 두
릉포의(杜陵布衣)라고 자칭하였다.

3) 허연 모습: '상영(霜影)'은 달그림자나 달빛을 말하는데, 여기서는 자신의 늙은 모습을 가리
킨다.

되는대로 이루다

謾成

눈 점점 흐릿흐릿 살적 점점 희끗희끗	視漸茫茫鬢漸蒼,
이미 근력 없는데다 숨마저 헐떡헐떡.[1]	已無筋力更飛揚.
봄경치[2] 구경빚[3] 갚지 못하고	烟花宿債全逋欠,
글공부 중도에 포기하고 말았구나.	編簡工夫半在亡.
세상살이 이리저리 갖은 고생 다 하고[4]	世路漫經三折臂,
고향생각 하느라고 아홉 번 애 돌았네.[5]	鄉心剩有九廻腸.
가을바람 부는 오늘 파릉[6] 가는 길에	西風此日巴陵路,
십리 정자[7] 다 못 가 저녁노을 비치네.	西風此日巴陵路,

---

1) 숨마저 헐떡헐떡: '飛揚(비양)'은 들뜨는 것처럼 심신(心神)이 불안한 것을 형용한 말로, 숨이 차서 자꾸 가쁘게 쉬고 헐떡거리는 것을 말한다.

2) 봄경치: '연화(烟花)'는 연화(煙花) 또는 연화(煙華)와 같은 말로 남기와 안개가 자욱한 것과 같은 번화한 꽃을 가리키거나, 안개 속에 핀 봄꽃을 가리키니 아름다운 봄날 경치를 말한다. 남조 양(梁)나라 심약(沈約)의 〈상춘(傷春)〉에 "아름다운 봄빛이 금원에 들었고, 안개 봄꽃 켜켜 굽이를 둘렀도다.[年芳被禁籞, 煙花繞層曲.]"라고 하였다. 여기서는 아름다운 봄날 경치를 가리키니, 이백의 〈황학루송맹호연지광릉(黃鶴樓送孟浩然之廣陵)〉에 "옛 친구가 서쪽으로 황학루를 떠나가니, 아름다운 봄날 삼월에 양주로 내려가도다.[故人西辭黃鶴樓, 煙花三月下揚州.]"라고 하였다.

3) 구경빚: '숙채(宿債)'는 예전부터 갚지 못한 빚으로, 오랫동안 봄 경치를 구경하면서 시를 지어 갚지 못함을 나타낸 말이다.

4) 갖은 고생 다 하고: '삼절비(三折臂)'는 여러 차례 고난을 겪는다는 말로, 《춘추좌씨전》 정공(定公) 13년 조에, "팔이 세 번 부러져 봐야 훌륭한 의원 될 수 있다.[三折肱, 知爲良醫.]"라고 하였다.

5) 애 돌았네: '구회장(九廻腸)'은 마음속에 시름이나 슬픔이 맺혀서 풀리지 않음을 뜻하는 말로, 한나라 사마천의 〈보임소경서(報任少卿書)〉에 "이런 까닭에 창자가 하루에 아홉 번 돈다.[是以腸一日而九廻]"고 하였다.

6) 파릉: 오늘날 양천의 옛 이름으로, 양평 일대의 옛 이름이기도 하다.

7) 십리 정자: '정(亭)'은 길가에 있는 역사(驛舍)와 비슷한 것으로 5리마다 있는 것을 단정(短亭), 10리마다 있는 것을 장정(長亭)이라고 하였다.

소치는 아이

牧童

소치는 아이 풀꽃 따다가
냇물 비추는 지는 해 보네.
손뼉 치며 한 바탕 노래하니
물가 갈매기 짝 지어 나르네.

牧童摘花草,
落日清溪上.
撫掌一高歌,
沙鷗飛兩兩.

가을밤 감회

秋夜有感

이 세상 의지해 온 지금의 몸	依隱寰中見在身,
이리저리 떠돌다 어머님 멀리.	飄零遙隔大夫人.
타향에서 병들어 남쪽 국화 그리고	殊方臥病憐南菊,
홀로 밤에 루 올라[1] 북쪽 대궐 바라네.	獨夜登樓望北宸.
일마다 오르내림 가늠키 어려웠고	萬事升沉難自料,
평생 쓸쓸하니 뉘 다시 가까울고?	百年牢落更誰親?
온 세상 황폐하여 만신창이 나날이라	天荒地變瘡痍日,
원통하고 슬픈 노래 온통 마음 아프네.	慷慨悲歌一愴神.

---

1) 루 올라: '등루(登樓)'는 한나라 말기에 왕찬(王粲)이 난리를 피하여 형주(荊州)에서 타향살이하면서 고향으로 돌아갈 것을 생각하며 〈등루부〉를 지었는데, 그 뒤로 고향을 생각하거나 재주를 지니고도 때를 만나지 못함을 나타내는 전고가 되었다.

가구와 자장에게 답하여 부치다
가구는 김덕승 공이고 자장은 조계원 공이다

酬寄可久 子長 可久 金公德承 子長 趙公啓遠

들살구 막 살 오르고　　　　　　　　　野杏纔成肉,

꾀꼬리 멋대로 지저귀.　　　　　　　　林鸎欲放言.

술독 여니 산이 술자리 감싸고　　　　樽開山擁席,

문발 걷자 달이 문에 이르누나.　　　　簾捲月臨門.

세상 난리에 몸 어찌 보살피리?　　　　世難身何補?

살림 가난해 병만 덜렁 남았네.　　　　家貧病獨存.

고향으로 돌아가도 좋겠지만　　　　　故園歸亦可,

어떻게 초혼가[1] 부르겠는가?　　　　何用賦招魂?

---

1) 초혼가: 초나라 송옥(宋玉)이 죄 없이 쫓겨난 굴원(屈原)을 슬퍼하여 상제(上帝)의 명과
　무당의 말을 가탁하여 그의 넋을 기린 노래를 말한다.

또

又

벗이[1] 좋은 소식 전하니	石友傳良訊,
시가 바로 노래 되는구려.[2]	淸詩卽永言.
홀가분히 밤경치 보노라면	翛然看夜色,
운문 노래[3] 듣는 것 같소.	如得聽雲門.
달빛 가르는 서릿발 씩씩하고	斫月霜文壯,
별 찌르는[4] 보검 기세 있구려.	衝星劍氣存.
바람 드는 처마 아래 한번 읊으면	風簷時一詠,
문득 좋은 소리 상쾌함 느낀다오.	斗覺爽吟魂.

---

1) 벗이: '석우(石友)'는 우정이 금석(金石)처럼 굳은 벗을 말한다.

2) 시가 바로 노래 되는구려: 《서경》〈순전(舜典)〉에서 "시는 뜻을 말한 것이고, 노래는 말을 길게 하는 것이고, 소리는 길게 내는 데 의지하고, 율은 소리를 조화하는 것이니, 여덟 가지 악기 소리가 화합하여 서로 차례를 빼앗지 않아야 귀신과 사람이 조화롭게 되리라.[詩言志, 歌永言, 聲依永, 律和聲, 八音克諧, 無相奪倫, 神人以和.]"라고 하였다.

3) 운문 노래: 주(周)나라의 여섯 악무(樂舞) 가운데 하나로 천신(天神)에게 제사할 때 사용하였다. 황제(黃帝) 때 지어진 것이라고도 하며, 《주례》에 보면 이 악무로써 국자(國子)에게 가르쳤다고 하였다. 여섯 악무는 〈운문(雲門)〉·〈대권(大卷)〉·〈대함(大咸)〉·〈대경(大磬)〉·〈대하(大夏)〉·〈대호(大濩)〉·〈대무(大武)〉이며, 정현에 의하면 황제의 〈운문〉은 황제가 만물의 이름을 이루고 백성의 재물을 밝히는 덕이 구름처럼 나와서 가문 친족을 두는 것 같다는 뜻이라고 하였다.

4) 별을 찌르는: '충성(衝星)'은 용연(龍淵)과 태아(太阿)의 두 보검이 땅속에 묻혀 있으면서 칼 빛이 땅 위로 두(斗)와 우(牛)의 별을 찌를 정도로 뻗쳤다는 전설을 말하는데, 뛰어난 인물이 은연중에도 존재를 드러냄을 비유한다.

또
又

숨어삶 익어서 눕기만 좋아하고[1)]　　　　習隱耽高臥,
한가롭게 지내면서 매양 혼잣말.　　　　　閒居每獨言.
대 그림자 때때로 자리 쓸어주고　　　　　竹陰時掃席,
산 그림자 멀리서 문 밀고 드네.　　　　　山影遠推門.
살아온 자취 서툴기만한데　　　　　　　　跡向人間拙,
전란 겪고도 이 몸 남았네　　　　　　　　身今戰後存.
미치광이 취하는 걸 즐겨하니　　　　　　狂奴甘醉味,
굴원 혼백 조문할 수 있으랴?　　　　　　寧弔屈平魂?

---

1) 눕기만 좋아하고: '고와(高臥)'는 고침(高枕)과 같은 말로, 벼슬살이 그만두고 물러나서 은거
　하는 것을 말한다.

또

又

높은 기상[1] 오직 우리들이니	落落唯吾輩,
성대히[2] 함께 큰 뜻 나누네.	炎炎共大言.
초나라 보옥[3] 아는 이 없어	無人知楚寶,
오래 떠돌며 무리[4]에 섞였네.	久客混齊門.
때 못 만나 당대 명성 적지만	局促時名小,
어려워도 벗의 길 지켰다네.	艱危友道存.
모름지기 지난 일 말하지 마세!	莫須談徃事!
옛 생각에 온통 마음만 놀라니.	懷舊一驚魂.

---

1) 높은 기상: '낙락(落落)'은 낙락대방(落落大方)의 준말로, 사람의 행동거지가 깨끗하고 자연스러움을 형용한 말이다.

2) 성대히: '염염(炎炎)'은 이야기를 나누는 것이 아름답고 성대한 모양을 말한다.

3) 초나라 보옥: '초보(楚寶)'는 화씨벽(和氏璧)을 가리키니, 보옥을 알아보지 못하듯이 훌륭한 인재를 알아보지 못함을 비유한다. 《한비자(韓非子)》에 의하면, 초나라 화씨(和氏)가 초산(楚山)에서 옥을 얻어 여왕(厲王)에게 바쳤는데 여왕이 옥인(玉人)에게 살펴보게 하여 돌이라고 하자 화씨가 자신을 속였다고 여겨 화씨의 왼발 뒤꿈치를 잘랐으며, 여왕이 죽고 무왕(武王)이 즉위하여 다시 옥을 바쳤는데 무왕이 옥인(玉人)에게 살펴보게 하여 돌이라고 하자 또 화씨가 자신을 속였다고 여겨 화씨의 오른발 뒤꿈치를 잘랐으며, 무왕이 죽고 문왕이 즉위하여 옥을 바쳤는데 왕이 옥인으로 하여금 옥을 다듬게 하여 보옥을 얻고 나서 드디어 화씨의 보옥이라고 불렀다는 고사가 있다.

4) 무리: '제문(齊門)'은 남곽처사(南郭處士) 또는 남우(濫竽)를 가리키는 말로, 《한비자(韓非子)》에 의하면, 제나라 선왕(宣王)이 사람들에게 피리를 불게 할 때 반드시 3백 명이 되게 하여 남곽처사(南郭處士)가 청하여 같이 피리를 불면서 양식을 받아먹었는데 선왕이 죽고 민왕(湣王)이 즉위하자 한명씩 부르는 것을 좋아하여 남곽처사가 도망갔다는 고사로, 진정한 재주나 배움이 없으면서 능한 사람들 사이에 섞여있는 것을 비유한다. 또는 스스로 겸손함을 나타내는 말이기도 하다.

또
又

따분하게 지내며 마음에 둔 것 없이	懶去無心得,
미친 기운 일면 중얼중얼 떠든다오.	狂來發口言.
몸 이제 은거¹⁾에 돌아와서는	身今歸白社,
꿈에도 권문²⁾에 이르지 않네.	夢不到朱門.
닭고기에 기장밥³⁾ 때맞추어 차리고	雞黍隨時設,
꾀꼬리 우는 꽃나무 간 데마다 있다오.	鸎花在處存.
차고 기움 본디 만물의 이치이니	成虧元物理,
떠도는 몸 슬퍼하여 무엇 하리오?	何用愴離魂?

---

1) 은거: '백사(白社)'는 은둔한 선비를 가리키거나, 은자의 거처를 말한다.
2) 권문: '주문(朱門)'은 붉게 옻칠한 대문이니, 권세 있는 귀족의 부유한 집을 가리킨다.
3) 닭고기에 기장밥: '계서(雞黍)'는 닭고기와 기장밥이다. 동한(東漢)의 범식(范式)이 타향에 있으면서 친구 장소(張邵)와 2년 뒤에 만날 것을 약속하였다. 장소가 집으로 돌아와 어머니께 말씀드리자 범식이 천리나 떨어진 곳에서 올 수 있겠냐고 하자 범식은 신의 있는 선비라서 약속을 어기지 않을 것이라고 하였는데 과연 그 날이 되어 범식이 와서 닭고기와 기장밥으로 즐겁게 술을 마셨다는 고사이다.

또
又

계곡 새들 한가론 친구 되고   谷鳥爲閒友,
샘물소리 정겨운 말 대신하네.   泉聲代晤言.
칡 그늘 큰 골짝 묻어버리고   蘿陰埋巨壑,
봄빛 한적한 문 이르렀구나.   春色赴閒門.
고요함 사랑하여 새로 사귐 없고   靜愛新知少,
어리미침 좋아해 옛 모습 지녔네.   狂憐舊態存.
은근히 비치는 창밖의 밝은 달   慇懃窓外月,
깊은 밤 시인 마음 흔드는구나.   深夜攪詩魂.

비 오는 중에 되는대로 읊조리다

雨中謾吟

몸 아프니 달리 그리움 없고	病裏無他戀,
고향땅 오직 마음에 둘 뿐.	鄉關只在心.
갈바람 가랑비 몰아오고	秋風將小雨,
단풍잎 성긴 숲에 지네.	紅葉落踈林.
계절은 절로 오고 가며	節候自來徃,
강산은 예부터 비어있네.	江山空古今.
시절 느껍고 이별도 섧어	感時兼恨別,
살쩍 흰머리 동곳에 가득.	雙鬢雪盈簪.

가을밤 여러 친구에게 적어 보내다

秋夜錄奉諸友

생사 간 몸뚱이 남아	生死形骸在,
떠돌며 옛적 그리네.	羈危故舊憐.
만나면 밤 지새웠지	相逢須盡夕,
헤어진 지 몇 해인고?	一別幾經年?
막걸리 벌컥 들이켜고[1]	濁酒堪浮白,
맑은 얘기 깊어갔었지.	淸談復入玄.
잘 알았지, 날 밝은 뒤	可知明日後,
품은 생각 그대로일 걸.	懷抱卽依然.

---

[1] 벌컥 들이켜고: '부백(浮白)'은 술을 배부르게 마시거나, 거뜬하고 시원스럽게 술을 마시는 것을 말한다.

〈영보정¹⁾ 제영〉을 재미삼아 본뜨다 두 수

戲擬永保亭題詠 二首

사방 솔과 잣 빽빽하고	四圍松栢欝森森,
솟구친 누대 몇 길인고?	拔地瓊臺定幾尋?
장맛비 개이자 하늘 높은데	蜒雨纔晴天漠漠,
소금가마 연기에 날이 어둑.	塩煙亂起日陰陰.
바다 산 모습 조석으로 달라도	海山氣色殊朝暮,
영보정 화려함 옛날과 꼭 같네.	樓觀繁華自古今.
고기 잡는²⁾ 시골집들 언덕에 많아	蝦菜村閭多住岸,
밤중에도 어선 불빛 파도에 반짝이네.	夜來漁火點波心.

읍취헌³⁾ 시선님 체소⁴⁾ 노옹	把翠詞仙體素翁,

---

1) 영보정: 충청남도 보령의 수군절도사(水軍節度使) 영내에 있던 정자로, 아름다운 풍광으로 인해 많은 제영시가 지어졌다. 정약용은 〈영보정연유기(永保亭宴游記)〉에서 "세상에서 호수·바위·정자·누각의 뛰어난 경치를 논하는 사람들은 반드시 영보정(永保亭)을 으뜸으로 꼽는다."라고 하였다.

2) 고기 잡는: '하채(蝦菜)'는 바다에서 잡는 생선을 말한다.

3) 읍취헌: 박은(朴誾, 1479~1504)은 본관이 고령(高嶺), 자가 중열(仲說), 호가 읍취헌(挹翠軒)이다. 1493년 15세 때 문장에 능통하여 당시 대제학이던 신용개(申用漑)가 사위로 삼았다. 1495년(연산군 1) 17세로 진사가 되고, 이듬해에 식년문과에 병과로 급제하였다. 같은 해에 사가독서(賜暇讀書)를 하고 벼슬길에 올랐다. 1498년 20세에 유자광(柳子光)을 탄핵하는 상소를 올려 그들의 모함을 받았다. 1501년 23세에 직언을 꺼린 연산군이 '사사부실(詐似不實)'이라는 죄목으로 파직되어 옥살이를 하고난 뒤로부터 세상을 멀리하고 자연에 묻혀 시주로 세월을 보냈다. 1503년에 아내 신씨가 25세로 세상을 떠나자 더 이상 관직에 나아가지 않았는데, 1504년 갑자사화가 일어나 동래로 유배되었다가 의금부에 투옥되어 사형을 당했다. 3년 뒤인 1507년(중종 2)에 신원되고 도승지로 추증되었으며, 친구인 이행(李荇)이 《읍취

충청 고을⁵⁾ 앞뒤로 떠돌았네.　　　　　　　湖州前後共飄蓬.

우리나라 어느 명승지 절경 다투랴?　　　　名區海內誰爭長?

동방의 멋진 시구 두 분이 으뜸이라.⁶⁾　秀句天東兩擅雄.

산과 강 끌어당겨 씩씩한 필채에 싣고　挽得山河輸健筆,

녹고 뭉침⁷⁾ 알아서 온전 공작 물렸네.　坐知融結讓全功.

구천 저승⁸⁾에서 이제 짓기 어려우니　九原冥漠今難作,

다시 어떤 이 있어 나라 풍아 이을런가?　更有何人繼國風?

헌유고(挹翠軒遺稿)》를 간행하였다.

4) 체소(體素): 이춘영(李春英, 1563~1606)은 본관이 전주, 자가 실지(實之), 호가 체소재(體
素齋)이다. 성혼(成渾)의 문인으로 허균(許筠) 등과 교유하였다. 1590년(선조 23) 증광문과
(增廣文科)에 병과로 급제하여 이듬해 검열이 제수되었으나 정철이 파직당할 때 연루되어
삼수(三水)로 귀양 갔다가 1592년에 풀려나 검열과 호조좌랑을 거쳐 임진왜란 때 소모관(召募
官)으로 충청도와 전라도를 순행하였고, 이어 초계제술문관(抄啓製述文官)이 되어 중국에
구원을 청하는 주문(奏文)을 초하였다. 1601년 예천군수를 마지막으로 벼슬에서 물러났다.

5) 충청 고을: '호주(湖州)'는 호중(湖中)과 같은 말로, 충청도를 말한다.

6) 동방의 멋진 시구 두 분이 으뜸이라: 박은의 《읍취헌유고》 권3에 실려 있는 칠언율시 〈영후정
자(營後亭子)〉 5수와, 이를 보고 지은 이춘영의 《체소집(體素集)》에 실려 있는 칠언율시
〈湖西水營挹翠軒之詩 膾炙人口蓋百二年 而余過之 海山佳處 依然如舊 而奈才拙不足以
鋪張之何 强題近體五首 續貂之作 能無愧乎〉라는 작품을 가리킨다.

7) 녹고 뭉침: 동진(東晉) 손작(孫綽)의 〈유천태산부(游天台山賦)〉에 "녹아 하천과 도랑이 되
고, 뭉쳐 산과 언덕이 된다.[融而爲川瀆, 結而爲山阜.]"고 하였는데, 융결(融結)은 강과 산
의 자연을 의미한다.

8) 저승: '명막(冥漠)'은 명막지도(冥漠之都) 또는 명막지향(冥漠之鄕)이라고 하니, 하늘나라
인 천정(天庭)이나 지부(地府)를 가리킨다.

마음에 느끼어 일어난 흥취
感興

시골서 떠돌기 몇 년이나 지났나?	鄕社浮沉歲幾移?
짧은 지팡이 가는 데 알까 두렵네.	短筇行處畏人知.
이룬 공명 이미 전생 일 같고	功名已似前生事,
산 자취 오직 후세 슬픔 거리.	蹤跡唯堪後世悲.
오솔길¹⁾ 다북쑥에 옛 집터 덮히고	三徑蓬蒿無舊業,
한 뙈기 꽃밭 대숲 새 시 짓게 하네.	一區花竹有新詩.
산 살림 벼슬살이²⁾ 분수 대로이니	山林鍾鼎從隨分,
네 마리 말 높은 수레 때에 맡겼네.	駟馬高車任爾時.

---

1) 오솔길: '삼경(三徑)'은 전원으로 돌아와 생활하는 것을 말한다. 한나라 장후(蔣詡)가 고향으로 돌아와 가시나무로 문을 만들고 집안에 세 개의 오솔길을 만들어놓고 밖에 나가지 않은 것에 유래한다. 진(晉)나라 도연명의 〈귀거래사〉에 "세 개의 오솔길이 황폐해지는데 소나무와 대나무 여전히 남았구나.[三徑就荒, 松竹猶存.]"라고 하였다.
2) 산살림과 벼슬살이: '산림종정(山林鍾鼎)'은 은일(隱逸)과 부귀를 비유하는 말이다.

우연히 마음을 달래다

偶遣

맑고 귀한 벼슬[1]인들 처사만큼 고결할꼬?	冰銜爭似布衣高?
입 다물고 가르치는[2] 일도 귀찮아하네.	韜舌還嫌問字勞.
강가 전원생활에 두 살쩍 세고	江上田園雙鶴鬢,
세상 명리 한 올 기러기 깃털.	世間名利一鴻毛.
옛사람 지게미로 맑은 담소 나누고	古人糟粕供淸謔,
오늘 이 사람 막걸리만 마시네.	今日生涯只濁醪.
속세 밖 안석 나막신[3] 찾았지만	物外已尋安石屐,
칼집 속 여건 칼[4] 부끄럽구나.	匣中羞見呂虔刀.

---

1) 맑고 귀한 벼슬: '빙함(冰銜)'은 '빙함(冰銜)'과 같으며, 맑고 귀한 관직을 말한다. 송나라 왕군옥(王君玉)의 《국로담원(國老談苑)》에 의하면, "진(陳)나라 팽년(彭年)이 한림(翰林)에 있으면서 여러 벼슬을 겸했는데, 문서가 모두 맑고 신비로워 당시 사람들이 문서 담당 벼슬을 일러 '일조빙(一條冰)'이라고 하였다.

2) 가르치는: '문자(問字)'는 사람을 쫓아 배움을 받거나 사람에게 배움을 청하는 것을 말한다.

3) 안석 나막신: '안석극(安石屐)'은 동진 때 사안(謝安)의 나막신을 가리키는 말로, 그의 자가 안석(安石)이었다. 오랫동안 회계산(會稽山)에서 은거하면서 왕희지(王羲之)·지둔(支遁) 등과 교유하였으며, 마흔이 넘어서 비로소 관직에 나아갔다. 처음에 정서대장군(征西大將軍) 환온(桓溫)의 휘하에 있다가 이부상서로 진급하였고, 제위(帝位)를 찬탈하려는 환온의 야망을 저지한 뒤 재상 자리에 올랐다.

4) 여건 칼: '여건도(呂虔刀)'는 신비롭고 고귀한 칼을 가리키는 말로, 삼국시대 위(魏)나라 때 여건에게 보검 하나가 있었는데 칼 만드는 장인이 그 칼을 보고 삼공(三公)이라야 찰 수 있는 칼이라 말하니, 여건이 자신이 차지 않고 왕상(王祥)에게 주었는데 과연 뒤에 왕상이 삼공의 지위에 올랐으며, 그가 죽으면서 다시 보검을 동생 왕람(王覽)에게 주었는데 왕람도 벼슬이 대중대부(大中大夫)에 이르렀다.

술에 취하다

被酒

술 취해 누워있기 좋아하고   被酒常耽臥,
시 짓느라 문 닫고 지내도다.   攻詩故閉門.
마음 가라앉혀 글자만 찾아내다   冥心唯索字,
졸리우면 또한 술 때문이로구나.   假寐亦憑樽.
눈 빛에 생각이 더하나니   雪色偏添料,
송방주로 온기 빌려오누나.   松肪復借温.
고요 속 이런 맛 즐기지만   靜中甘此味,
묘한 경계 말하기 어렵구나.   深識妙難言.

흥취를 풀다

遣興

시골 사람 게을러 나들이 끊었으니 野人踈嬾斷追尋,
초가집[1] 어둑한데 오솔길 깊숙쿠나. 蓬藋陰陰一徑深.
정원 가에 애오라지 영지버섯[2] 심고 庭畔秖栽三秀草,
책상머리에 새로 만든 오현금이 있구나. 案頭新製五絃琴.
차 향기 막 달여져 먼저 코에 풍기고 茶香乍煉先衾鼻,
시구 두름새 지니 바로 마음 평온쿠나. 詩句將圓便穩心.
여러 잘난 사람께 세상일 맡기고 任使諸賢當世務,
떠돈 자취 지운 채 산림에서 늙네. 已拚萍跡老山林.

1) 초가집: '봉조(蓬藋)'는 가난한 사람이 사는 초가집을 말한다.
2) 영지: '삼수초(三秀草)'는 영지(靈芝) 버섯을 말한다. 영지버섯이 1년에 세 번 꽃이 피기 때문에 삼수(三秀)라고 부른다.

선달 초하룻날
十二月初一日

선달이라 오늘 아침 납일[1] 맞으니　　　　臘月今朝逢臘日,

병 들어 운안서 누운 때[2] 같구나.　　　　恰似臥病雲安時.

봄기운 온통 움직임 보노라니　　　　　　卽看春意已全動,

복사꽃 곧 피리라 짐작 가네.　　　　　　預想桃花亦不遲.

온 세상 태평코 성세기운까지 있고　　　一世太平還有象,

집안 마다 즐겨 노니 하염없음이네.　　萬家行樂正無爲.

가는 곳 마다 그저 그 곳 풍속 따라서　吾生入境聊隨俗,

시골 막걸리 사발 받는 대로 들이켜네.　强倒田間濁酒巵.

---

1) 납일: '납일(臘日)'은 매년 말에 신(神)에게 제사지내는 날을 말하는데, 시대에 따라 날짜가
　달라 신라 시대에는 12월 인일(寅日), 고려 문종 때에는 술일(戌日)을 납일로 정했으나, 대체
　로 대한(大寒) 전후 진일(辰日)을 납일로 삼았으며, 조선시대에는 동지 이후 미일(未日)을
　납일로 삼았다.

2) 운안: 기주(夔州)에 있는 고을 이름이다. 당나라 두보가 운안(雲安)에 머물 때 친구 잠삼(岑
　參)에게 보낸 시에 "가을밤에 배 대는데 봄풀을 거쳤으며, 단풍 아래 몸져 누워 대궐로 못
　가도다.[泊船秋夜經春草, 伏枕青楓限玉除.]"라고 하였다.

가을날 감회를 적다

秋日紀感

물가 마을 산 얼굴이 비 개어 새로운데	水國山容霽更新,
들꽃과 단풍잎에 괜스리 마음 아프네.	野花楓葉漫傷神.
날 맑으니 나그네 〈등루부〉[1] 짓고	時淸客有登樓賦,
벼슬 파하니 술 싣고 오는 사람[2] 없네.	官罷門無載酒人.
고향 꿈 밤새도록 청옥안[3]에 매어있고	鄕夢夜懸靑玉案,
가을이라 좋은 볕 하얀 윤건[4]에 어리네.	歲華秋映白綸巾.
평생토록 내 뜻이 초라하지 않았건만	平生未少伊吾志,
오늘날 고달픔에 이 몸이 부끄럽네.	今日泥塗愧此身.

---

1) 〈등루부〉: 한나라 말기에 왕찬(王粲)이 난리를 피하여 형주(荊州)에서 타향살이할 때 누대에 올라 고향을 그리워하며 〈등루부(登樓賦)〉를 지었는데, "비록 진실로 아름답지만 내 땅이 아니니, 일찍이 어찌 잠시라도 머물 수 있으리오?[雖信美而非吾土兮, 曾何足以少留?]"라고 하였다. 그 뒤로 '등루(登樓)'는 고향을 생각하거나 재주를 지니고도 때를 만나지 못함을 나타내는 전고가 되었다.

2) 술을 싣고 오는 사람: '재주인(載酒人)'은 한나라 때 유분(劉棻)이 일찍이 양웅(揚雄)에게 고문자를 배웠는데, 양웅이 병으로 벼슬을 그만두자 그 집에 찾아오는 이가 없었다. 그런데 당시에 호사가들은 술과 안주를 싣고 와서 양웅에게 고문자를 배우고 《태현경》과 《법언(法言)》 등을 배웠으므로, 이에 술을 싣고 와서 고문자를 묻는다[載酒問奇字] 것이 부지런히 분발하며 배우기를 좋아한다는 뜻을 가리키게 되었다.

3) 청옥안: 청옥으로 만든 다리 짧은 소반, 또는 돌려주어 갚는 물건, 또는 고시(古詩)를 가리킨다. 한나라 장형(張衡)의 〈사수(四愁)〉에서 "미인이 나에게 금수단을 주었으니, 어찌하면 청옥안으로 갚을 수 있을까?[美人贈我錦繡段, 何以報之靑玉案?]"라고 하여 고시(古詩)나 시 작품을 가리키는 말로 사용하였다.

4) 윤건: '윤건(綸巾)'은 흰 베나 푸른 베로 만든 두건으로, 옛날에 은둔한 사람이나 풍류객들이 쓰던 모자를 말한다. 도연명도 흰 윤건을 쓰고 지냈다고 한다.

가을날 마을에서 되는대로 이루다

秋村謾成

나무숲에 바람소리 멀리서 들려오고	萬樹風聲逈,
뭇 봉우리 땅에서 바라보니 드높아라.	羣峯地望高.
사립문은 먼 곳까지 내다보게 통해있고	柴扉通遠眺,
구름은 높은 하늘에 말끔하게 떠있구나.	雲物霽層霄.
늘그막에 이른 몸 무엇을 하련마는	遲暮身何得,
엉뚱하게[1] 흥취 점점 호방해지네.	差池興轉豪.
한가롭게 사노라니 별다른 일이 없어	閒居無別事,
날마다 하릴없이 수풀 언덕 오르누나.	輪日上林皐.

---

1) 엉뚱하게: '치지(差池)'는 어긋나다는 말로, 여기서는 뜻밖에 엉뚱하다는 뜻으로 쓰였다.

또
又

물 넓으니 물고기 마냥 즐겁고
숲 깊으니 두루미 절로 한가하네.
눈에 담는 속된 물건 전혀 없고
몸 밖에는 푸른 산만 줄곧 있네.
지팡이 끌고 구름 따라 나갔다가
거문고 들고 달빛 아래 돌아오네.
뜻이 많아 한 통 술 다 마시며
느긋이 발간 얼굴 한 채로 있네.

水濶魚仍樂,
林深鶴自閑.
眼中無俗物,
身外有靑山.
曳策緣雲去,
携琴帶月還.
多情一樽酒,
遲爾駐童顔.

계윤[1]에게 부치다 감찰[2]로서 청산[3] 사또로 나가다

寄季潤 以監察 出宰靑山

오늘 청산현 나가는 사또	今日靑山縣,
사조[4]의 재주 지녔도다.	當時謝眺才.
거문고 안고[5] 면류관 쓰고[6]	抱琴披露冕,
인끈 잡고 사헌부[7] 나갔도다.	携印出霜臺.
학이 관아 풀밭[8]에서 춤추고[9]	鶴舞公庭草,

---

1) 계윤: 풍양(豐壤) 조각(趙浰, ?~1645)을 가리키는 듯하다. 〈형조좌랑증승지조공묘표〉 참조.
2) 감찰: 조선시대 사헌부에 속하여 관리들의 비위 감시, 회계 감사, 의전(儀典) 감독 따위의 일들을 맡아 하던 정6품 벼슬이다.
3) 청산: 충북 옥천군(沃川郡) 청산면 지방을 중심으로 있었던 고려시대의 행정구역명으로, 조선 세조조에 청주목(淸州牧)에 속하였다.
4) 사조: '사조(謝眺)'는 중국 남제(南齊) 때 사람으로 시문을 짓는 재주가 사영운에 못지않은 산수시인이었다. '사조(謝朓)'로도 표기한다.
5) 거문고 안고: '포금(抱琴)'은 공자(孔子) 제자 복자천(宓子賤)은 성품이 매우 어질고 선량하여 일찍이 선보(單父) 고을을 다스릴 적에 항상 거문고를 껴안고 당(堂) 아래를 내려가지 않았다고 한다.
6) 면류관 쓰고: '노면(露冕)'은 후한 때 곽하(郭賀)가 형주자사(荊州刺史)가 되어 잘 다스리자 한나라 명제(明帝)가 순수하다가 남양(南陽)에 이르러 그 말을 듣고 감탄하여 삼공(三公)의 의복과 보불(黼黻) 문양이 있는 면류관을 내려준 뒤에 수레 타고 다닐 때 휘장을 걷고 면류관을 드러내어 백성들에게 의복을 보여주어 그의 치덕을 널리 나타내도록 허락한 이래로, 지방 관리가 정치를 잘 하거나, 임금의 은총이 관리에게 내려지는 일을 가리키게 되었다. 물론 '노면(露冕)'은 산림에 은둔한 사람이 쓰는 모자를 가리키기도 한다.
7) 사헌부: '상대(霜臺)'는 사헌부(司憲府)의 별칭이다.
8) 뜰의 풀밭: '정초(庭草)'는 송나라 주염계(周濂溪)가 창 앞의 풀을 뽑지 않고 그냥 두자 한 사람이 그 이유를 물었는데 대답하기를, "저 풀들이 살고 싶어 하는 마음은 나랑 똑같도다."라고 말한 고사를 가리키는 말이다.
9) 학은 …… 춤추고: '학무(鶴舞)'는 《한비자(韓非子)》에 의하면, 평공(平公)이 음악을 좋아하여 듣고자 청하여 사광(師曠)이 거문고를 한번 연주하였더니 검은 학 16마리가 남쪽에서 날아와 문 앞에 모이고, 다시 연주하자 줄을 맞춰서고, 또다시 연주하자 목을 빼고 울며 날개를

꿩은 방[10] 곁 매화[11]에 순치되네.[12]

그리워도 보지 못하고

남포 기러기 돌아가네.

雉馴臥閤梅.

相思不相見,

南浦鴈空廻.

펴서 춤을 추었다고 하였는데, 우아하고 아름답게 춤추는 모습을 형용하게 되었다.

10) 방: '와합(臥閤)'은 서한(西漢) 때 급암(汲黯)이 동해태수(東海太守)로 있으면서 침실에 몸져 누워만 있고 밖에 나오지 않았으나 부임한 지 1년 만에 동해 지방이 잘 다스려졌다는 고사를 말한다.

11) 매화: '합매(閤梅)'는 동각관매(東閣官梅)를 가리키는 말로, 남조(南朝) 양(梁)나라 하손(何遜)이 양주(揚州) 고을 관아의 매화꽃을 사랑하였는데, 양주를 떠난 뒤에 매화를 못 잊어 다시 자청하여 양주로 부임한 뒤 종일토록 매화나무 곁에 있으며 시를 읊은 고사를 가리킨다.

12) 순치되네: 후한(後漢) 때 노공(魯恭)이 중모령(中牟令)이 되어 착한 정사를 베풀어 뽕나무 밑에 꿩까지 순하게 되었다는 말이다. 후한 장제(章帝) 때 모든 지방에 해충 피해를 입었는데 노공(魯恭)이 사또로 있는 중모(中牟)에는 피해가 없자, 하남윤(河南尹) 원안(袁安)이 감찰관 비친(肥親)을 보내 사실을 알아보게 하였다. 노공이 비친을 맞아 함께 길을 가다가 뽕나무 밑에서 쉬고 있을 때 꿩이 날아와 어떤 아이 옆에 앉았는데 아이가 가만히 있자 비친이 아이에게 묻기를, "어찌 꿩을 잡지 않느냐?" 하니, 아이가 "꿩은 지금 새끼를 데리고 있습니다." 하여 비친이 깜짝 놀랐다. 노공과 헤어지면서 말하기를, "내가 당신의 정치를 살피려 여기 왔는데, 이제 보니 해충이 고을을 범하지 않은 것이 첫째 이적(異迹)이고, 교화가 새에게까지 미친 것이 둘째 이적이고, 어린 아이가 어진 마음을 가졌으니 셋째 이적입니다. 내가 여기 오래 머무르면 당신에게 폐만 끼칠 뿐입니다."라 하고 돌아갔다는 고사이다.

가을밤에 되는대로 짓다

秋夜謾題

호젓히 숨은 집 시내 언덕 옆에	寥落幽居在磵阿,
삶이 심심하니 빈둥빈둥 쏘다녀.	我生疎懶此婆娑.
울타리 옆 솔과 국화 절개 굳고	籬邊晚節憐松菊,
숲 아래 마름 연잎 평복[1] 찾네.	林下初衣覓芰荷.
산성 땅 깊어 가을 금방 이르고	山郭地深秋便早,
바다 어귀 서리 내려 장기[2] 심하네.	海門霜落瘴仍多.
쓸쓸하게 일어나 명아주 지팡이 짚고	蕭然起策青藜杖,
긴긴 밤 거닐며 〈수조가〉[3] 읊조리네.	遙夜行吟水調歌.

---

1) 평복: '초의(初衣)'는 벼슬하기 전에 입던 일상의 옷을 말한다.
2) 장기: '장(瘴)'은 장기(瘴氣)로 풍토병, 곧 습하고 더운 지역의 기운으로 인해 발생하는 열병을 말한다.
3) 〈수조가〉: 수양제(隋煬帝)가 강도(江都)에 갔을 때 지은 악부로, 은근하면서도 애절한 음조를 띤다고 하였다.

재미삼아 읊조리다[1]

戲占

관문의 노자[2] 진실로 나의 스승
조물 조무래기[3] 어떻게 알겠는가?
세상형편 아득하여 옛날에도 한탄했지만
내 머리털 다 빠진 건 이제 어찌 하겠나?
가을 오니 무쇠 여의봉[4] 자주 두드리고[5]
병 낫자 금 술잔[6]에 이내 빠져 들도다.
큰 노래로 슬퍼하니 뜻 더욱 사나운데
먼 곳에서 휘익휘익 슬픈 바람 불어와.

關門老子眞我師,
造物小兒郍得知?
世情悠悠古所歎,
余髮種種今何爲?
秋來頻擊鐵如意,
病起仍耽金屈卮.
高歌慷慨意激烈,
天末颼颼悲風吹.

---

1) 읊조리다: '점(占)'은 구점(口占)을 가리키니, 즉흥적으로 입으로 읊조려서 시를 짓는 것을 말한다. 구호(口號)'라고도 한다.

2) 관문의 노자: 함곡관(函谷關)의 관령(關令) 윤희(尹喜)가 관문에서 골짜기를 바라보고 있을 때, 한 줄기 자색 기운이 동쪽으로부터 옮겨오는 것을 보고 성인이 올 것을 알았는데, 얼마 뒤에 푸른 소를 타고 관문을 향하는 선풍도골의 노인을 보고 노자임을 알았으며, 세상을 등지고 떠나는 노자에게 지혜의 가르침을 남겨달라고 하여 노자가 직접 쓴 것이 《도덕경》이라고 한다.

3) 조물 조무래기: '조물소아(造物小兒)'는 인간의 운명을 맡은 신(神)을 희롱조로 일컫는 말로, 조화소아(造化小兒)라고도 한다. 당나라 시인 두심언(杜審言)의 병이 위독했을 때 송지문(宋之問)이 위문가자 두심언이 "조화를 맡은 조무래기[造化小兒]가 너무 심하게 골려 먹어 고통 당하고 있으니 또 무슨 말을 하겠는가?"라고 말한 데서 유래하였다.

4) 무쇠 여의봉: '철여의(鐵如意)'는 무쇠로 만든 여의봉(如意棒)으로 등의 가려운 곳을 긁는 데 사용하는 도구인데, 진(晉)나라 석숭(石崇)이 무제가 왕개(王愷)에게 하사한 산호수(珊瑚樹)의 가지가 무성해진 것을 보고 철여의로 쳐서 마구 부숴버렸다는 고사에서 나온 말로, 의기가 호방함을 뜻한다.

5) 두드리고: 왕돈(王敦)의 고사에 "擊碎唾壺" "以如意打唾壺爲節"이라함.

6) 금 술잔: '금굴치(金屈卮)'는 금으로 만든 술잔으로 금곡치(金曲卮)라고도 하며, 화려한 술잔을 말한다.

누각의 밤
閣夜

비 그치자 가을 기운 시원하여	雨霽生秋氣,
홀가분히 띳집 정자 누웠도다.	脩然臥草亭.
타향에서 새 절기 맞아 놀라고	他鄉驚節候,
긴 밤에는 초라한 신세 한탄.	遙夜恨漂零.
옛 나무에 찬 달빛이 아득하고	古木賒寒月,
산들바람에 반딧불이 가라앉네.	微風定亂螢.
구름 사이 돌아가는 길	雲間指歸路,
기러기 까마득 멀어지네.	鴻鴈自冥冥.

우계서원[1]을 지나며

過牛溪書院

산 아래 맑은 시내 푸른 여울	山下淸川瀉碧湍,
사람들 무이산[2] 본다고 여기네.	世間人作武夷看.
학생들 글 되내며 서원에 돌아오고	諸生誦法還祠宇,
고로들 이곳이 고반[3]이라 전하네.	故老流傳此考槃.
작은 집에 봄 되면 화초 버들 자라는데	小閣轉春花柳在,
대현의 도 행함 예나 이제나 어렵구나.	大賢行道古今難.
내 삶이 떠돌이라 가까운 이웃 없이	吾生旅泊空鄰近,
관문에 자색기운[4] 희미함 한하노라. [5]	長恨關門紫氣寒.

---

1) 우계서원: 우계(牛溪)는 성혼(成渾, 1535~1598)의 호로, 우계서원은 경기 파주시 파평면에
있는 파산서원(坡山書院)을 가리키는 듯하다. 파산서원은 성수침(1493~1563), 성수종
(1495~1533) 형제 및 성수침의 아들 성혼과 백인걸(1497~1579)의 위패를 모신 서원이다.
조선 선조 원년(1568)에 율곡 이이 등 파주 유생들이 세웠고, 효종 원년(1650)에 나라에서
현판을 내려 사액서원이 되었다.

2) 무이산: '무이(武夷)'는 송나라 주희가 강서(江西) 무이산(武夷山)에 무이정사(武夷精舍)를
짓고 학문을 강론한 것을 말한 것이다.

3) 고반: '고반(考槃)'은 덕을 이루고 도를 즐긴다는 뜻이거나, 또는 은둔(隱遁)할 집을 만들고
자락(自樂)한다는 뜻으로 쓰이는 말이다. 《시경(詩經)》, 〈위풍(衛風)〉, 〈고반(考槃)〉에 현자
의 은거를 찬미하여 "고반이 시냇가에 있으니, 현자의 마음이 넉넉하도다.[考槃在澗, 碩人之
寬.]"라고 하였다.

4) 자색기운: '자기(紫氣)'는 자주색 구름기운으로, 옛날에는 상서로운 기운으로 여겼으며, 제왕
이나 성현 등이 출현하는 예조(預兆)로 생각했다.

5) 관문에 …… 한하노라: '자기동래(紫氣東來)'를 가리키는 것으로, 한나라 유향의 《열선전(列
仙傳)》에 의하면, 노자가 서쪽에서 놀 적에 관령(關令) 윤희(尹喜)가 바라보니 자주색 기운이
관문에 떠있는데 과연 노자가 푸른 소를 타고 지나갔다고 하여 상서로움을 나타내는 말이
되었다고 하였는데, 여기서는 성인이 나타나지 않음을 한탄한 것이다.

심원지[1] 사군 지원을 생각하다

懷沈源之使君 之源

면류관 쓰고[2] 날마다 꽃구경[3]	露冕看花日,
노래[4]에 해마다 버들 심으리.[5]	風謠種柳年.
백성들 살림살이 두모[6] 만났고	民生逢杜母,
관리들 정사는 매선[7] 얻었네.	吏道得梅仙.
산 대나무 가져다 죽마[8] 만들고	山竹供爲馬,

---

1) 심원지: 심지원(沈之源, 1593~1662)은 자가 원지(源之)이며, 본관이 청송(靑松), 호가 만사 (晚沙)이다.

2) 면류관 쓰고: '노면(露冕)'은 후한 때 곽하(郭賀)가 형주자사(荊州刺史)가 되어 잘 다스리자 한나라 명제(明帝)가 순수하다가 남양(南陽)에 이르러 그 말을 듣고 감탄하여 삼공(三公)의 의복과 보불(黼黻) 문양이 있는 면류관을 내려준 뒤에 수레 타고 다닐 때 휘장을 걷고 면류관 을 드러내어 백성들에게 의복을 보여주어 그의 치덕을 널리 나타내도록 허락한 이래로, 지방 관리가 정치를 잘 하거나, 임금의 은총이 관리에게 내려지는 일을 가리키게 되었다. 물론 '노면(露冕)'은 산림에 은둔한 사람이 쓰는 모자를 가리키기도 한다.

3) 꽃구경: '간화(看花)'는 당나라 때 진사시험에 급제한 사람이 장안성에서 꽃구경하던 풍속을 가리키는데, 여기서는 고을 사또인 심원지가 나들이하면서 꽃구경 하는 것을 말한다.

4) 노래: '풍요'는 지방 풍토나 백성의 사정을 반영하는 가요를 가리키니 풍요를 관찰하거나 채집하여 정치의 득실을 살피는 것을 말한다.

5) 버들 심으리: 버들 심는 사람은 진나라 도잠(陶潛)으로 문밖에 다섯 그루의 버드나무를 심고 스스로 오류선생(五柳先生)이라고 불렀던 고사이니, 뜻이 고상하여 전원으로 돌아가 은둔하 는 것을 말한다.

6) 두모: 서한(西漢)의 소신신(召信臣)과 동한(東漢)의 두시(杜詩)가 앞뒤로 남양태수(南陽太 守)가 되어 은혜로운 정사를 펼쳐서 당시 사람들이 "전에는 소부가 있었고, 뒤에는 두모가 있었네.[前有召父, 後有杜母.]"라고 칭송하였는데, 소신신은 아버지처럼, 두시(杜詩)는 어 머니처럼 백성들을 사랑하였다는 것이다.

7) 매선: 한나라 매복(梅福)은 남창위(南昌尉)가 되었다가 벼슬을 그만두고 처자식과 헤어진 뒤 매선동(梅仙洞)에 들어가 도를 터득하여 신선이 되었다는 고사를 말한다.

8) 죽마: '죽마(竹馬)'는 아이들이 놀이할 때 타고 노는 대나무로 만든 말을 가리키는데, 후한 때 곽급(郭伋)이 부임지에 이를 적에 아이들이 죽마를 타고 길에서 환영하며 절을 했다는

강가 부들 엮어서 채찍 만들리.[9]

임금님 부르심[10] 응당 멀지 않으리니

고을 사또[11] 어찌 공연히 되었으랴?

江蒲效作鞭.

徵黃應不遠,

銅墨豈徒然?

고사에 의거하여 지방 관리의 영전을 칭송하는 말로 쓰이게 되었다. 또는 호마(蟇馬)를 가리키는 말로, 남방의 농촌에서 김매거나 벼를 심을 때 사용하는 일종의 농기구를 가리킨다. 여기서는 대나무로 만든 농기구를 말한다.

9) 강가 부들 …… 만들리: '포편(蒲鞭)'은 부들로 채찍을 만드는 것을 말하는데, 관리가 형벌에 너그럽고 인자함을 나타내는 말이다. 후한 때 유관(劉寬)이 관리들이 허물이 있으면 부들로 채찍을 만들어 벌을 주어 욕됨을 보일 뿐 고통을 주지 않았다는 고사를 말한다.

10) 임금님 부르심: '징황(徵黃)'은 서한(西漢)의 황패(黃霸)가 영천태수(潁川太守)가 되어 치적이 있자 임금의 부름을 받고 경조윤(京兆尹)이 되었다는 고사를 말한다. 또는 임금의 부름을 받드는 황지(黃紙)라는 뜻으로 황지는 황지를 사용하는 임금의 조서(詔書)를 말한다.

11) 고을 사또: '동묵(銅墨)'은 '동인묵수(銅印墨綬)'의 준말로, 동으로 만든 도장꼭지를 검은색 실끈으로 묶는 것을 말하는데 현령(縣令)을 가리키는 말이다.

사군이 약속하고 오지 않다

使君有期不至

사또님 안부 인사 시골 사람 전해주니
오늘 틈이 나서 내 집[1] 방문한다시네.
후미진 곳 어찌 엄무[2] 수레 바라겠는가?
가난하여 광문 방석[3]조차도 없는 터에.
아이 불러 냉큼 울타리 옆 눈 쓸게 하고
차 끓이노라 자주 대숲 속 연기 불어내네.
한번 승낙함에 오유자[4] 되고 말았으니
밤 깊도록 부질없이 대문 앞에 기대있네.

使君存訊野人傳,
暇日今將問草玄.
地僻敢望嚴武駕?
家貧愧乏廣文氈.
呼僮暫掃籬邊雪,
煮茗頻噓竹裏煙.
一諾竟爲烏有子,
夜深空自倚門前.

---

1) 내 집: '초현(草玄)'은 한나라 양웅(揚雄)이 《태현경(太玄經)》을 기초하여 저술한 고사로,
   권세나 이익에 욕심이 없고 저술에 마음을 집중하는 것을 말한다.
2) 엄무: 당나라 엄무(嚴武)는 숙종(肅宗) 때 검남절도사(劍南節度使)가 되어 토번(吐蕃)을
   격파한 공을 세워 예부상서(禮部尙書)에 승진되고 정국공(鄭國公)에 봉해졌다. 안사(安史)
   의 난리 때에는 검남절도사로 있으면서 피난 온 두보를 잘 보살펴 주었는데, 스스로 수레
   타고 두보의 초당을 방문하는 관대한 예의를 보여 두보를 감탄시켰다고 한다.
3) 광문 방석: '광문(廣文)'은 당나라 정건(鄭虔)으로 현종(玄宗)이 일찍이 광문관(廣文館)을
   설치하고 정건을 박사(博士)로 삼아서 광문이라 불렸던 것을 말하며, '전(氈)'은 방석으로
   두보(杜甫)가 일찍이 정건의 가난한 생활을 노래하기를, "재주 명성은 삼십 년을 날렸으되,
   손님은 추워도 앉을 방석이 없네.[才名三十年, 坐客寒無氈.]"라고 하였다.
4) 오유자: 한나라 사마상여(司馬相如)가 〈자허부(子虛賦)〉를 지으면서 설정한 가상의 인물인
   자허(子虛)·오유선생(烏有先生)·망시공(亡是公) 가운데 하나이다. '오유(烏有)'는 어찌 있
   겠느냐는 뜻으로, '오유자(烏有子)'는 실제로 없는 공상적인 인물을 가리키니 여기서는 올
   사람이 오지 않음을 말한 것이다.

표형[1] 심청운[2] 명세을 생각하다

懷表兄沈靑雲 命世

시원시원한 우리 형님 노을 뱉는 신선 기상	落落哥哥氣吐霞,
젊은 시절 미더운 말[3] 또한 자랑할 만하였네.	妙年然諾亦堪誇.
벼슬 높아 상객[4] 되어도 재물 오히려 적었고	官尊上客金猶少,
큰 공으로 나라 일으켜도 살쩍 빛나지 않았네.	功大中興鬢未華.
계포가 어찌 노나라 주가의 은의를 바랐던고?[5]	季布寧望魯 朱義,
임안은 위청의 집안을 끝까지 떠나지 않았네.[6]	任安不去衛靑家.
중유[7]를 가볍게 웃어버리는 게 참 안타까우니	偏憐仲孺輕嘻笑,

---

1) 표형: 고종형이나 이종형이나 외종형을 말하는데, 심명세는 윤순지의 외종형이다.

2) 심청운: 심명세(沈命世, 1587~1632)은 본관이 청송(靑松), 자가 덕용(德用), 호가 청운(靑雲), 시호가 충경(忠景)이다. 은거하다가 인조반정 때 정사공신(靖社功臣)에 책록되고 청운군(靑雲君)에 책봉되었다. 이괄(李适)의 난 때에는 인조를 공주로 호종하여 공조참의(工曹參議)와 호위대장(扈衛大將)을 겸하였다. 세자빈의 가례(嘉禮)를 반대하다가 유배되었고, 정묘호란 때에는 왕을 강화도로 호종하였으며, 뒤에 공조참판이 되었다.

3) 미더운 말: '연낙(然諾)'은 모두 응대(應對)하는 말로, 응답하고 윤허함을 나타내며 하는 말에 신의가 있음을 의미한다.

4) 상객: 존객(尊客) 또는 귀빈(貴賓)이라고도 하며, 자기보다 지위 높은 손님이나 윗자리에 모시어 대접할 만한 손님을 말한다.

5) 계포가 …… 은의를 바랐던고: 한나라 유방이 초나라 항우의 장수인 계포(季布)를 잡으려고 하자, 계포가 머리를 깎고 노나라 주가(朱家)의 집으로 피신하여 살았는데, 주가가 여음후(汝陰侯) 등공(滕公)을 통해서 유방에게 천거하도록 부탁하여 유방이 등공(滕公)의 말을 듣고 계포를 사면하고 낭중(郎中)에 임명하였다는 고사를 말한다.

6) 임안은 …… 떠나지 않았네: 한나라 무제(武帝)가 대장군 위청(衛靑)과 표기장군(驃騎將軍) 곽거병(霍去病)을 모두 대사마(大司馬)로 삼았는데, 위청은 날로 쇠락해가고 곽거병은 날로 더욱 귀하게 되자 위청의 사람들이 모두 곽거병에게로 갔으나 오직 임안은 위청과의 의리를 지켰다는 고사이다.

7) 중유: 전한(前漢) 때 관부(灌夫)의 자가 중유였으니, 일찍이 용맹하고 성품이 강직하며 의협

그냥저냥 준마[8]더러 오래 수레 몰게 하였다네.　　偏憐仲孺輕嘻笑,

심이 강했던 협사(俠士)이다.

8) 준마: '상제(霜蹄)'는 녹이상제(騄耳霜蹄)의 준말로, 녹이는 주(周)나라 목왕(穆王)이 타던
　여덟 준마 가운데 하나이고, 상제는 말굽에 흰 털이 난 좋은 말을 가리키는 말이다. 또는
　'상제(霜蹄)'는 마제(馬蹄), 말발굽을 가리키기도 한다.

정보[1]의 시에 차운하여 주다

次贈正甫

온갖 고생[2] 함께 하며 만 번 죽다 살아난 몸 共把泥塗萬死身,
담소 자리 우연히 열어 한 자리 모인 봄날이네. 偶開談席一團春.
장생[3]은 통달한지라 세상 만물 동등하게 보고 莊生達者能齊物,
양자[4]는 부질없이 가난을 쫓아낼 줄만 알았네. 揚子徒然解逐貧.
술맛은 충분히 꽃 아래서 꿈 꿀만하고 酒味恰堪花下夢,
시정은 온통 속세의 티끌 끊어낸다네. 詩情渾絶鏡中塵.
남자로 태어나서 그릇된 일 없었는데 男兒墮地無非事,
인간세상 꼭두각시 되고 말았네그려. 任作人間傀儡人.

---

1) 정보: '정보(正甫)'는 윤순지의 아우 윤의지의 자이다.
2) 온갖 고생: '이도(泥塗)'는 재난(災難)과 곤고한 생활을 비유하는 말이다.
3) 장생: 중국 전국시대의 사상가 장주(莊周), 곧 장자를 말한다. 도가 사상의 중심인물로, 유교의 인위적인 예교(禮敎)를 부정하고 자연으로 돌아가자는 자연 철학을 제창하였다.
4) 양자: 한나라 때 양웅(揚雄)이 〈축빈부(逐貧賦)〉에서 평생토록 따라다니는 가난을 축출하는 것을 가리킨다.

다시 앞의 시운을 사용하여 정보에게 부치다

復用前韻寄正甫

쓸쓸한 강호에서 병 들은 이 몸

밤이면 못가 풀은 꿈 속 봄 맞네.

한 뙈기에 팽택 선생[1] 살던 집 있고

반평생을 오릉 진중자[2]처럼 가난했네.

그냥저냥 거문고 치며 물가나 에돌 것을

어찌 장차 센 머리로 티끌세상 내달리랴?

곤궁해도 흰 구슬[3] 도리어 감춰야 하리

막판세상 칼자루 잡는 이[4] 유독 많으니.

遼落江湖病裏身,

夜來池草夢中春.

一區彭澤先生宅,

半世於陵仲子貧.

謾有朱絃回淥水,

肯將華髮走紅塵?

窮來白璧還堪掩,

末路偏多按劍人.

---

1) 팽택 선생: 팽택 현령을 지낸 도연명을 말한다.

2) 오릉 진중자: 전국시대 제(齊)나라 오릉에 살던 진중자(陳仲子)는 지나치게 청렴결백에 얽매여서 어머니가 준 음식과 형이 준 집까지 옳지 못한 물건이라 하여 물리치고 오릉에 은거하며 스스로 짚신을 만들고 아내는 길쌈하면서 청빈한 생활을 하였다.

3) 흰 구슬: '백벽(白璧)'은 자신의 훌륭한 재주를 비유하는 말이다. 초나라 화씨(和氏)가 백옥(白玉)을 얻어 조탁하여 훌륭한 미옥[璧]을 만들었다는 고사에서 나온 말로, 화씨벽(和氏璧)이라고도 한다.

4) 칼자루 잡는 이: '안검인(按劍人)'은 사람들이 이유 없이 경계하고 미워함을 말한다. 《사기》에 "명월주(明月珠)와 야광벽(夜光璧) 같은 좋은 보배를 암암리에 길 가는 사람에게 던져주면 칼자루를 잡고 노려보지 않을 사람이 없으니, 그 이유는 까닭 없이 자기 앞에 떨어졌기 때문이다."라고 한 데서 유래하였다.

나그네의 심회

旅宿有懷

도성¹⁾ 안에 머물려니 감개가 더해져　　　　旅宿秦城感慨增,
굽은 난간 기운 달 아래 혼자 기대노라.　　　　曲欄斜月獨來憑.
큰 길에 딱따기소리 길고 짧게 들려오고　　　　九衢長短傳更柝,
많은 집 올망졸망한데 등불이 반짝이네.　　　　萬戶參差耿夜燈.
오늘 같은 구름 안개 어떻게 마주 하리?²⁾　　此日雲煙都對眼,
늘그막 세상살이 가슴 적셔 울만하구나.　　　　暮年天地合沾膺.
불쌍하게 떠도는 몸 끝내 갈 곳 없으니　　　　自憐行脚終無着,
내가 바로 인간 세상 머리 기른 중이네.　　　　我是人間有髮僧.

---

1) 도성: '진성(秦城)'은 진장성(秦長城), 곧 만리장성을 가리키는 말로, 보통 도성을 가리키는
　　말로 사용되었다.
2) 구름 연기 …… 마주 하리: '운연(雲煙)'은 운연과안(雲煙過眼)의 준말로, 송나라 대복고(戴
　　復古)의 〈재부석별정리실부운사(再賦惜別呈李實夫運使)〉에서 "구름 연기 눈 스치며 때마
　　다 변하고, 풀숲은 가을기운에 밤마다 성기도다.(雲煙過眼時時變, 草樹驚秋夜夜疏)"라고
　　하였다.

어리석음에 의탁하다[1]

歸愚

본분 지켜 돌아와서 예전 우둔 알았으니
고상하게 사는 강호 또 하나의 별미로다.
남과 함께 짓지 않아 애오라지 자유롭고
좋아함을 내 좇거늘 다시 어데 가겠는가?
성긴 매화 소식 있어 봄이 먼저 이르고
막걸리가 하도 좋아 늙어감도 모르도다.
지팡이 하나 들고 홀로 길을 가노라니
들녘 다리 남은 눈에 달빛 밝은 때로다.

歸愚心地了前癡,
寄傲江湖又一奇.
與物無營聊自爾,
從吾所好更何之?
疎梅有信春先到,
濁酒多情老不知.
偶把一筇成獨徃,
野橋殘雪月明時.

---

1) 어리석음에 의탁하다: '귀우(歸愚)'는 어리석은 본분을 지켜 귀거래(歸去來)를 행하는 것을
뜻한다. 한유(韓愈)의 〈추회(秋懷)〉에 "귀우함에 평탄한 길을 알게 되고, 옛날 우물 길음에
두레박줄을 얻었도다.[歸愚識夷途, 汲古得修綆.]"라 하였고, 택당 이식(李植)의 〈성직야음
(省直夜吟)〉에서는 "귀우는 본래 충성하고자 함이로다.[歸愚本欲忠.]"라고 하여 어리석은
본분을 지켜 귀거래를 하는 것은 오히려 국가에 충성하는 길이라고 하였다. 청강(淸江) 이제
신(李濟臣)은 시골로 돌아와서 사는 집에 '귀우(歸愚)'라는 편액을 걸고, 오직 도서(圖書)와
화죽(花竹)을 벗 삼아 스스로 즐길 뿐, 사람들과 왕래하는 일 없이 살았다고 한다.

이사하여 고민을 없애다 세 수

移居撥悶 三首

구불구불 뽕밭삼밭 두보 살던 두릉[1] 같고   曲曲桑麻似杜陵,

편안하니 어찌 다시 높은 자리 부러워하랴?   居居郁復羨飛騰?

시냇가에 맑게 퍼진 천 조각의 구름이요   沙頭淡蕩雲千片,

담 모퉁이 희미하게 번진 반달 빛이로다.   墻角微茫月半稜.

조물주가 주신 여유 나쁘지 않건만은   造物與閒殊不惡,

이 몸 취미 많음이 바로 무능이로다.[2]   此身多趣是無能.

울타리 옆 송아지[3] 다니는 게 튼튼하니   籬邊繭犢行猶健,

지붕 위로 솟은 산을 차례대로 오르리라.   屋上羣山取次登.

상나라 시내 건널 꿈[4] 어긋난 지 오래되고   舟楫商川計謬悠,

각건[5] 쓰고 돌아가니 오호[6] 가을 되었네.   角巾歸趁五湖秋.

---

1) 두릉: 당나라 시인 두보(杜甫)가 은거했던 마을로 장안(長安) 만년현(萬年縣) 동남쪽에 있다. 두보 자신이 이곳 전원에 은거하면서 두릉야로(杜陵野老), 두릉야객(杜陵野客), 두릉포의(杜陵布衣)라고 자칭하였다. 〈곡강삼장(曲江三章)〉 제 3수에 "杜曲幸有桑麻田 故將移住南山邊"이라 하였다.

2) 취미 많음이 바로 무능이로다: 두목(杜牧)의 〈장부오흥등락유원일절(將赴吳興登樂游原一絕)〉에 "맑은 세상 취미 가짐이 바로 무능이니, 한가히 외론 구름 사랑하고 고요히 중을 사랑하네. 깃대 하나 손에 쥐고 강과 바다로 나가서, 즐거이 동산에서 노닐며 소릉을 바라보노라.[淸時有味是無能, 閑愛孤雲靜愛僧. 欲把一麾江海去, 樂游原上望昭陵.]"라고 하였다.

3) 송아지: '견독(繭犢)'은 견독(繭犢) 또는 견률(繭栗)이라고 하며, 송아지[牛犢]를 말한다.

4) 상나라 시내 건널 꿈: '주즙상천(舟楫商川)'은 훌륭한 재상이 되리라는 꿈을 말한다. 《서경》〈열명(說命)〉에 은(殷)나라 고종(高宗)이 부열(傅說)에게 "큰 시내를 건너면 너를 배와 노로 삼고, 큰 가뭄을 만나면 너를 장맛비로 삼으리라.[若濟巨川, 用汝作舟楫, 若歲大旱, 用汝作霖雨.]"라고 한 데서 나온 말이다.

평생 동안 배운 실력 끝내 어디 쓸 것이며　　　平生學力終何用,

오늘날 위태한 길 제 맘대로 갈 수 있으랴?　　今日危塗可自由?

골짝친구[7] 사양하여 시모임 좌장 추대하고　　溪友枉推詩社長,

술친구는 자꾸만 취향 제후[8]라 부르는구나.　　酒徒仍號醉鄕侯.

부질없는 명성 이런 쯧쯧! 도리어 닥쳐오니　　浮名咄咄還來逼,

붓 놀리고 술 즐기는 일도 그만두어야 하나.　　搦管耽盃亦合休.

새벽녘에 성긴 눈발 너무나도 정에 겨워　　　曉來踈雪太多情,

춤 추며 앞 처마 드니[9] 시구 맞춰지네　　　舞入前簷琢句成.

교묘한 역술로도 몇 송인지 알지 못하고[10]　　巧曆未曾知幾點,

그림 잘 그린단들 찬바람 소리까지 그리랴?　　畫工那復蹋寒聲?

숲 사이 밥 지으니 마른 지팡이 무겁고　　　林間行飯枯筇重,

강가에 봄 구경하니 버들솜이 가볍구나.　　　江上探春落絮輕.

하늘이 오직 나만 주었다 여기니　　　　　　可道天公偏餉我,

---

5) 각건: '각건(角巾)'은 각이 있는 모자로, 은둔한 선비나 포의(布衣)를 가리키거나, 귀은(歸
　隱)을 말한다.

6) 오호: '오호(五湖)'는 오나라와 월나라 지역에 있는 호수로, 강호에 은퇴하려는 뜻을 가리키
　며, 오호심(五湖心)이라고도 한다. 월나라 범려(范蠡)가 월왕(越王) 구천(句踐)을 도와 오나
　라를 멸망시킨 뒤에 일엽편주를 타고 오호(五湖)로 나가서 이름을 바꾸고 은거하였다는 고사
　가 있다.

7) 골짝친구: '계우(溪友)'는 시냇가에 살면서 뜻을 산수자연에 부친 친구를 말한다. 곧 속세를
　벗어나서 시골이나 산골에 사는 벗을 이른다.

8) 취향 제후: '취향후(醉鄕侯)'는 술을 좋아하는 사람을 장난삼아 일컫는 말이다. 취향은 술에
　얼큰히 취해 느끼는 즐거운 경지를 말한다.

9) 춤 추며 앞 처마 드니: 이백의 〈제동계공유거(題東谿公幽居)〉에 "좋은 새는 봄을 맞아 뒤뜰
　에서 노래하고, 날리는 꽃은 술을 보내 앞 처마에서 춤 추네.[好鳥迎春歌後院, 飛花送酒舞
　前簷.]"라는 시구가 있다.

10) 교묘한 역술로도 몇 송인지 알지 못하고: 송나라 육유(陸游)의 〈구우(久雨)〉에서 "교묘한
　역술가도 능히 빗방울 몇 점인지 알지 못하며, 거문고를 잘 친다 해도 어찌 냇물 소리를 옮겨오
　겠나?(巧曆莫能知雨點, 孤桐那解寫溪聲)"라고 하였다.

〈백설가〉[11] 절로 여러 성[12] 값하네.　　　　　　　　郢中高價自連城.

---

11) 〈백설가〉: '영중고가(郢中高價)'는 영중(郢中)의 수준 높은 〈백설가(白雪歌)〉를 가리키는
　　데, 고아(高雅)한 노래나 시문을 말한다.

12) 여러 성: '연성(連城)'은 연성벽(連城璧)의 준말로, 여러 성만큼의 가치가 있는 옥을 말한다.
　　《사기》〈염파인상여열전(廉頗藺相如列傳)〉에 의하면, 조나라 혜왕(惠文)이 초나라 화씨벽
　　(和氏璧)을 얻자 진(秦)나라 소왕(昭王)이 이 소식을 듣고 조나라 혜왕에게 글을 보내 자기의
　　15개의 성과 바꾸길 원하다고 전하였다 하였는데, 매우 진귀한 물건을 가리키는 말이다.

늦은 봄 한가로이 지내며

暮春閒居

봄날이 여릿여릿 꽃기운 짙으니	春日依依花氣重,
은은한 향에 취해 잠을 깊이 자도다.	微薰如醉睡全濃.
바람이 위아래로 못가 나무에 불고	風吹上下池邊樹,
구름이 동남쪽 먼 봉우리에 이는구나.	雲起東南天末峯.
검은 염소가죽 궤석1)에 서책이 널려있고2)	烏几有書堆枕藉,
빈한한 집 문에 찾는 이 없어 절로 조용하네.	蓬門無客自從容.
숨어사는 이곳이 진정 따분하지만	幽居是處成眞懶,
세상 높은 벼슬3)이 부럽지 않도다.	不羨人間萬戶封.

---

1) 검은 염소가죽 궤석: '오궤(烏几)'는 오피궤(烏皮几)의 준말로, 앉을 때 몸을 기대는 의자로 검은 염소가죽으로 만든다.
2) 널려있고: '침자(枕藉)'는 이리저리 서로 깔고 눕는다는 뜻으로, 책이 많아 어지러운 것을 말한다.
3) 높은 벼슬: '만호봉(萬戶封)'은 만호후(萬戶侯)와 같은 말로, 식읍이 만호(萬戶)인 제후를 말한다. 여기서는 높은 벼슬을 가리키는 말로 사용하였다.

여름날 시골 마을에서 지내며
아우에게 적어서 보여주다

夏日村居錄示舍弟

버들가지 그늘 깊고 보리 벌써 자랐는데　　　　柳幕陰陰麥已齊,
대나무 창 낮고 작아 숨어 살기 알맞구나.　　　竹窓低小愜幽棲.
네모난 못가에는 왕손초[1]가 막 돋아나고　　　方塘乍遍王孫草,
빈 마당에 제비집 진흙이 겨우 말랐구나.　　　空院纔乾燕子泥.
깊은 숲에 앉아 놀며 옛 섬돌에 기대고　　　　坐愛深林依舊砌,
흐르는 물 따라가며 거친 이랑을 에도는구나.　行隨流水遶荒畦.
이웃집 노인이 농촌에 사는 즐거움을 알려주니　鄰翁爲報田家樂,
저물녘 앞들에 비 한 보지락 내리는 거라네.　　向晚前郊雨一犁.

---

1) 왕손초: 풀이름으로, 모몽(牡蒙)·황손(黃孫)·황혼(黃昏)·한우(旱藕)라고도 한다. 또는 사람의 이별 수심을 이끄는 경물의 모습을 가리킨다. 한나라 유안(劉安)의 〈초은사(招隱士)〉에 "왕손이 떠나가서 돌아오지 않는데, 봄풀이 돋아나서 더북더북하구나.[王孫遊兮不歸, 春草生兮萋萋.]"라고 하였다.

자고 일어나 우연히 짓다

睡起偶題

강 구름 뭉실뭉실 버들은 하늘하늘
문발 낮게 드리우니 저녁바람 선선해라.
자주 제비[1] 진흙 물고 추녀 가에 날아들고
푸른 등 넝쿨 뻗어 꽃가지에 오르도다.
살짝 취해 늘어지니 술 깨기가 어려워서
가랑비가 날리는 걸 자느라고 몰랐구나.
고요해도 아무 일이 없을 수가 없는지라
꾀꼬리 울음소리에 새 시심을 깨치도다.

江雲漠漠柳絲絲,
簾額低垂逗晚颸.
紫燕啣泥飛屋角,
翠藤延蔓上花枝.
微醺困懶醒難解,
小雨空濛睡不知.
靜裏未能無一事,
數聲黃鳥攪新詩.

---

1) 자주 제비: '자연(紫燕)'은 월연(越燕) 또는 한연(漢燕)이라고도 한다. 《아익(雅翼)》에 이르기를, 제비는 두 가지 종류가 있는데, 하나는 월연(越燕)으로 덩치가 작고 많이 지저귀며 아래턱이 자줏빛인 자연(紫燕) 또는 한연(漢燕)이며, 다른 하나는 호연(胡燕)으로 월연(越燕)보다 크고 앞가슴이 흰 바탕에 검은 얼룩무늬가 있으며 우는 소리가 큰 편이다.

여름날 우연히 이루다
夏日偶成

채색 문발 금방 걷은 굽은 난간 동쪽에는
샘 가 산 석류가 붉은 씨를 뿜어내네.
보슬비가 잠깐 내려 5월 물[1]에 더해주고
깊은 숲은 아직 연화 바람[2]을 보내네.
구름 가니 밭보리에 가을 장차 이를 테고
해가 기니 뜰 홰나무에 여름이 들려하네.
무지렁이[3] 평상에 기대 제멋대로 뒹굴다가
술에 취해 잠을 자니 더욱 정신 몽롱하네.

細簾纔捲曲欄東,
露井山榴半噴紅.
微雨乍添瓜蔓水,
深林猶送棟花風.
雲移隴麥秋將至,
日永庭槐夏欲中.
癡腹倚床從漫浪,
宿醒和睡更朦朧.

---

1) 5월 물: '과만수(瓜蔓水)'는 음력 5월의 황하의 물을 가리키니, 《송사(宋史)》 하거지(河渠志)》에 의하면, "5월에 오이가 뻗어 덩굴지니 과만수라고 이른다.(五月瓜實延蔓, 謂之瓜蔓水.)"라고 하였다. 또는 음력 5월의 일반적인 물을 가리킨다.

2) 연화 바람: '연화풍(棟花風)'은 24번의 꽃소식을 전해주는 바람인 화신풍(花信風) 가운데 하나로, 때는 늦은 봄에 해당한다. 연(棟)은 낙엽 교목으로 4월에서 5월 사이에 엷은 자주색 작은 꽃이 피며 맑은 향기가 난다.

3) 무지렁이: '치복(癡腹)'은 스스로 조롱한 말로, 뱃속에 든 재주가 없어서 세상을 따르지 못하는 하심한 사람을 말한다.

단비

喜雨

천둥 치는 강가 성곽 사방에 구름 깔리고
갑작스레 비가 날려 맑은 골짝을 지나가네.
신이한 공력 추수 다가온 보리 살려 내고
남은 비 여름 밭에 농부 소생시키네
꾀꼬리 금실옷 아끼며 촘촘한 잎에 기대고
제비는 꽃잎과 다투며 새 진흙을 붙이도다.
천리 길에 쏟아져 내려 살리는 은택
동남으로 왔다가 또 서쪽 향하네.

雷殷江城雲四低,
忽看飛雨過淸谿.
神功醫麥將秋壠,
餘潤蘇人病夏畦.
鶯惜縷衣依密葉,
鳥爭花片貼新泥.
霈然千里生成澤,
來自東南又向西.

좋은 날[1)]

穀日

타향에서 좋은 날에 관문에 서니	殊方穀日關門地,
아물아물 봄경치가 눈 안으로 들어오네.	蒙翳春容入眼中.
남미주[2)] 마셔 노을 기운 따스하게 불어오고	霞氣暖薰藍尾酒,
적심풍[3)] 불어 수풀 향기 새로 물씬 풍기네.	林香新綻赤心風.
고향 가는 꿈길이 향긋한 풀에 이어지고	鄉關去夢連芳草,
산수 즐기는 뜻을 떠돌이 신세[4)]에 부쳤구나.	山水閒情付轉蓬.
나와 어울려 다니는 이 오로지 나뿐이니	與我周旋唯是我,
양서와 양동[5)]을 그냥 두루 다니노라.	等閒行遍瀼西東.

---

1) 좋은 날: '곡일(穀日)'은 길일, 곧 좋은 날을 말한다. 곡일은 음력 정월 8일로, 이날 곡식
   심을 준비를 하면 풍년이 든다고 하였다.

2) 남미주: '남미주(藍尾酒)'는 당나라 때 연회에서 돌아가며 술을 따라 마시다가 마지막 자리에
   앉은 사람에게 이른 술을 가리킨 말이다. 또는 도소주(屠蘇酒)라고도 하였는데, 송나라 두혁
   (竇革)의 《주보(酒譜) 주지사(酒之事)》에 의하면, "지금 사람들이 설날에 도소주를 마시는데
   염병 기운을 피할 수 있다고 하였으며, 또한 남미주라고 하는데 나이가 높은 사람이 가장
   나중에 마시기 때문에 말미의 뜻이 있다.(今人元日飮屠蘇酒, 云可以辟瘟氣, 亦曰藍尾酒,
   或以年高最後飮之, 故有尾之義爾.)"라고 하였다.

3) 적심풍: '적심(赤心)'은 꽃의 중심에 드러나는 붉은색 부분으로, 꽃술을 가리키니, 적심풍(赤
   心風)은 붉은 꽃잎을 피우는 바람, 곧 화신풍(花信風)의 의미로 본다.

4) 떠돌이: '전봉(轉蓬)'은 전봉신(轉蓬身)의 준말로, 도처를 떠도는 사람을 비유하는 말이다.

5) 양서와 양동: 양(瀼)'은 두보가 살던 기주(夔州)의 지명으로 문인의 거주지를 범칭하는 말이
   됨. 또한, 양(瀼)'은 강하가 흘러들어가는 산골 시냇물을 가리키는 말로서, 송나라 육유(陸游)
   의 《입촉기(入蜀記)》에 의하면, "시골사람들이 이르기를, 산골 사이에 흐르는 강을 '양'이라
   고 한다.(土人謂山間之流通江者曰瀼云)"고 하였다.

풍호당[1]에서 되는대로 짓다

風乎堂謾題

산뜻한 은거지가 계곡 구석에 자리하여　　　　　　　蕭灑幽居在磵阿,
한가하게[2] 누워보니[3] 그 얼마나 고상한가?　　　　　散人高枕傲如何?
문발 여니 보리 물결 바람 따라 일렁이고　　　　　　開簾麥浪隨風遍,
난간 두른 솔바람이 빗물 듬뿍 머금었네.　　　　　　遠檻松濤挾雨多.
한낮이라 나무 그늘 북쪽 물가에 흔들거리고　　　　日午淸陰搖北渚,
밤 깊으니 시원한 바람 남쪽가지에 모여드네.　　　　夜深涼籟集南柯.
느긋하게 한가한 데서 마음 맞는 일 하며　　　　　　悠然取適寬閒地,
영화 쇠락 몽땅 다 춘몽파[4]에게 맡겼노라.　　　　　都把榮枯付夢婆.

---

1) 풍호당(風乎堂): 풍호정(風乎亭)을 말한다. 윤두수(尹斗壽), 《오음유고(梧陰遺稿)》에 〈담양(潭陽)에서 송해안(宋海安)의 풍호정(風乎亭) 시에 차운하다(潭陽次宋海安風乎亭韻)〉라는 시가 있는 것으로 보아 전라남도 담양의 풍호정(風乎亭)인 듯하다. 경상북도 청송군 진보면 합강리에 있는 풍호정은 조선 태종 14년(1414)에 고려 개국공신인 장절공 신숭겸(莊節公 申崇謙)의 18대손인 신지(申祉)가 건립한 정자이다.

2) 한가하게: '산인(散人)'은 세상에 쓰임이 되지 못하는 사람으로, 한산(閒散)하여 자유로운 사람을 말한다.

3) 누워보니: '고침(高枕)'은 고와(高臥)와 같은 말로, 벼슬살이 그만두고 물러나서 은거하는 것을 말한다.

4) 춘몽파: '몽파(夢婆)'는 춘몽파(春夢婆)를 가리키니, 소식(蘇軾)이 갑자기 벼슬이 낮아졌을 때 어떤 노파(老婆)가 "내한(內翰)에서 보낸 지난날 부귀는 일장춘몽이었다."고 하였는데, 이로부터 사람들이 이 노파를 춘몽파라고 불렀다.

의욕을 잃다

落魄

의욕 잃은¹⁾ 강호생활 일마다 한가하여²⁾	落魄江湖事事幽,

의욕 잃은¹⁾ 강호생활 일마다 한가하여²⁾　　落魄江湖事事幽,

한 떼기의 솔밭 대숲에 덧없는 삶³⁾ 맡겼구나.　　一區松竹任浮休.

완화일⁴⁾에 시 지으려⁵⁾ 꾀꼬리 소리 좇아가고　　浣花詩債從鶯說,

풍년 비는⁶⁾ 농부들 말씨 학처럼 간절하네⁷⁾　　祈穀農談爲鶴謀.

늙어감에 가난해도⁸⁾ 스스로 만족하며　　老去簞瓢聊自足,

---

1) 의욕 잃은: '낙백(落魄)'은 생활이 곤궁하여 의욕을 잃은 것을 말한다. 또는 낙백불기(落魄不羈)의 준말이니, 낙척불기(落拓不羈)라고도 하며, 이리저리 방랑하여 구속 받지 않음을 말한다.

2) 일마다 한가하여: 당나라 두보의 〈강촌(江村)〉에서는 "맑은 강물 한 굽이 마을 안고 흐르니, 긴 여름 강촌에는 일마다 한가롭구나. 스스로 갔다 스스로 오는 집 위의 제비요, 서로 친근하게 노니는 물속의 갈매기로다. 늙은 아내 종이에 그려 바둑판을 만들고, 어린아이 바늘 두들겨 낚싯바늘 만드네. 병이 많아 바라는 건 오직 약물뿐이니, 미천한 몸이 이 밖에 다시 무엇을 구하겠나?[清江一曲抱村流, 長夏江村事事幽, 自去自來堂上燕, 相親相近水中鷗. 老妻畫紙爲棋局, 稚子敲針作釣鉤. 多病所須唯藥物, 微軀此外更何求?]"라고 하였으나, 여기서는 잘 풀리지 않는 답답한 현실을 말한 듯하다.

3) 덧없는 삶: '부휴(浮休)'는 삶과 죽음, 또는 인생의 무상함을 의미한다. 《장자》〈각의(刻意)〉에 "성인의 삶은 물 위에 떠 있는 것과 같고, 그 죽음은 쉬고 있는 것과 같았다.[其生若浮, 其死若休.]"라고 하였다.

4) 완화일: '완화(浣花)'는 완화일(浣花日) 또는 완화천(浣花天)이라고 한다. 성도(成都)의 옛날 풍속에 매년 4월 19일에 완화계(浣花溪) 물가에서 잔치하며 놀았는데, 또한 성도 태수가 두보의 초당 창랑정(滄浪亭)에서 잔치하며 놀았다고 한다. 여기서는 완화일이 되는 초여름을 가리키는 말이다.

5) 시 지으려: '시채(詩債)'는 다른 사람이 시를 구하거나 화운을 요구하는 데 응하지 못하는 것을 말하는데, 여기서는 시를 짓는다는 말이다.

6) 풍년 비는: '기곡(祈穀)'은 옛날에 곡식의 풍년을 바라는 제사 의례를 말한다.

7) 학처럼 간절하네: 학수고대(鶴首苦待)의 의미. 학처럼 목을 길게 늘이고 기다린다는 의미.

8) 가난해도: '단표(簞瓢)'는 하나의 대그릇 밥과 하나의 표주박 물이라는 뜻의 '일단사일표음(一簞食一瓢飮)'을 줄인 말로, 안회가 누추한 시골에서 빈곤을 근심하지 않고 도를 즐겼다는 《논어》〈옹야(雍也)〉에 나오는 내용을 말한다.

이세껏 벼슬살이 돌아보지 않았노라.　　　　　　向來簪笏不回頭.

마을에서 보리 베며 새로 빚은 술 나누니　　　村人刈麥分新釀,

종일 긴 둑 따라 가다 취한 채 소 걸터타네.　　盡日長堤醉跨牛.

정보 아우가 지난번 시운으로 화운했기에 다시 율시로 화답하다

正甫弟見和前韻 復以一律答之

혜강 거문고 연주 끊어짐을 아까워했으니[1]　　嵇琴彈罷惜朱顔,

명성과 지위 형 아우 사이에 어찌 다투겠는가?　名位郞爭季孟間?

이미 북해에서 맑은 술동이 열기[2] 저버렸는데　己負淸樽開北海,

감히 편히 눕는[3] 동산 풍류[4] 따라 하겠는가?　敢將高臥擬東山?

시냇가 계수 아래에 뉘 불러 주리오?[5]　　窮來澗桂誰招隱?

산골 띳집 늙은이 한가함마저 없으리오?　　老去衡茅可廢閒.

인생 백년 한없이 서러우니　　　　　　　　萬事百年無限慟,

마당에 바람 맞는 나무[6]도 더위잡지 못했네.[7]　一庭風樹未堪攀.

---

1) 혜강 거문고 …… 아까워했으니: 혜강(嵇康)은 죽림칠현(竹林七賢) 가운데 한 사람으로 사마
　소 일당이 모함하여 죽었는데, 죽기 전에 〈광릉산(廣陵散)〉을 연주하고 말하기를, "전에 원효
　니(袁孝尼)가 이 곡을 가르쳐 달라 할 때 아까워서 가르쳐주지 않았는데, 이제 이 곡이 세상에
　서 아주 끊어지게 되었구나."라고 탄식하였다. 여기서는 혜강이 죽기 전에 〈광릉산〉 연주를
　마치고 아직 젊은 나이에 죽게 된 것을 애석하게 여긴 것이다.

2) 이미 …… 열기: 한나라 공융(孔融)이라는 사람이 북해태수(北海太守)가 되어 공북해(孔北
　海)라고 했는데, 술자리에 손님이 항상 가득하고 술동이에 술이 비지 않는 것이 평생의 소원이
　라고 하였다.

3) 편히 눕는: '고와(高臥)'는 고침(高枕)과 같은 말로, 벼슬살이 그만두고 물러나서 은거하는
　것을 말한다.

4) 동산 풍류: 진(晉)나라 사안(謝安)이 회계(會稽) 동산(東山)에 은거하면서 조정의 부름에도
　응하지 않고 유유자적하면서 살았다는 '고와동산(高臥東山)'의 고사를 말한다. 사안(謝安)은
　일찍이 벼슬을 그만두고 회계의 동산에 은거하다가 조정의 부름을 받고 나아가 벼슬이 요직에
　이르고 중신이 되었다. 임안(臨安)과 금릉(金陵)에도 동산이 있었으니 또한 사안의 유게지(游
　憩地)였으며, 그 뒤로 동산(東山)은 은거하여 유게(游憩)하는 곳을 가리키게 되었다.

5) 불러 주리오?: '초은(招隱)'은 은거하는 사람을 불러서 벼슬하게 한다는 뜻이다.

6) 바람 맞는 나무: 《한시외전(韓詩外傳)》에 고어(皐魚)가 말하기를, "나무는 고요하고자 하나 바람이 그치지 아니하고, 자식은 봉양하고자 하나 어버이는 기다려주지 않는다.(樹欲靜而風不止, 子欲養而親不待也.)"라고 하여 '풍수(風樹)'는 부모님이 돌아가셔서 봉양하지 못하는 것을 가리키게 되었다.

7) 더위잡지 못했구나: 부모님이 돌아가심에 부여잡지도 매달리지도 못하는 '풍수지비(風水之悲)'를 말한 것이다.

우연히 읊조려서[1] 여러 아우들에게 보이고 화답을 구하다

偶占示諸季求和

구름 노을[2]이 손의 얼굴 가득해도 괴이타[3] 마라	休怪煙霞滿客顔,
이 몸이 물과 구름 사이에 있어 그렇다네.	爲緣身在水雲間.
문 앞에 장자 노인 지리수[4] 남아있고	門留莊叟支離樹,
집채는 경생의 높고 험한 산[5] 마주했네.	家對庚生偎偏山.
늙은 몸이 다행히도 고니[6]처럼 건강하고	老體幸如黃鵠健,
선정에 든 마음[7] 길이 갈매기 한가함 지니네.	禪心長占白鷗閑.
원래부터 쇠 자물쇠 높이 채워진[8] 곳에서는	從來鐵鎖高垂地,

---

1) 읊조려서: '점(占)'은 구점(口占)을 가리키니 즉흥적으로 입으로 읊조려서 시를 짓는 것을 말한다. 구호(口號)'라고도 한다.

2) 구름 노을: '연하(煙霞)'는 구름과 노을로 물안개나 안개구름, 또는 아름다운 산수나 산림을 가리킨다.

3) 얼굴 가득하다 괴이타: 명나라 왕세정(王世貞)의 〈사제경미자진래운담등화산지승유작(舍弟敬美自秦來郞談登華山之勝有作)〉에 "蕭蕭倦馬出藍關, 怪爾烟霞滿客顔."이라고 하였다.

4) 장자 노인 지리수: '지리수(支離樹)'는 지리소(支離疏)와 같은 나무를 말하니, 지리소(支離疏)와 같이 몸이 온전하지 못한 이도 세상의 피해를 입지 않고 몸을 보존하여 천명을 다할 수 있었다는 말이다.

5) 경생의 높고 험한 산: 당나라 태상박사(太常博士) 경계량(庚季良)이 높고 험한 산에 들어가 개간하고 물길을 터서 논밭에 물을 대던 고사를 말하는 듯하다. '외뢰(偎偏)'는 '외뢰(磈礧)'와 같이 쓰였다.

6) 고니: '황곡(黃鵠)'은 높은 재주를 지닌 현사(賢士)를 말한다.

7) 선정에 든 마음: '선심(禪心)'은 깨끗하고 고요한 마음 상태를 말한다.

8) 쇠 자물쇠 높이 채워진: '철쇄고수(鐵鎖高垂)'는 호북성 건주(乾州) 금정산(金精山)의 여자 신선 장리영(張麗英)이 거처하는 곳에 쇠 자물쇠가 채워져 있는 것을 말하니, 곧 도를 추구하며 고상하게 살면서 속세를 초월하는 경지를 말한다. 두보의 〈현도단가기원일인(玄都壇歌寄元逸人)〉에서 "쇠 자물쇠 높이 드리워진 곳에서는 올라갈 수 없으니, 몸이 다하도록 복된

애송이들 오르는 걸 허여하지 않는다네.　　　　　莫許兒曹取次攀.

땅을 어찌 유유히 소요하겠는가?[鐵鑹高垂不可攀, 致身福地何蕭爽.]”라고 하였다.

다시 이전 시운을 써서 여러 아우들에게 화답하다

復用前韻答諸季

마을 울타리 낮고 짧아 물가로 열려있고　　　　村籬低短水邊開,
시내 양쪽 푸른 산에 이끼 낀 산길 하나.　　　　兩岸靑山一徑苔.
남은 눈이 뜰에 떨어지니 산새들이 내려오고　　殘雪落庭幽鳥下,
늙은이 지팡이 그림자 거두니 조각구름 떠오네.　瘦筇收影片雲來.
처마 앞[1]에 매화꽃이 섣달 추위 훔쳐보고　　　巡簷梅意偸寒臘,
부글대는 술독 향기 옥 술잔에 진하구나.　　　　潑瓮椒香釅玉盃.
꼿꼿한 성품에도 이리저리 다니는 건 괜찮아　　傲骨不妨偏浪跡,
해 질 녘에 짚신 신고 늦어서야 돌아오네.　　　　日斜芒屩任遲回.

---

1) 처마 앞: '순첨(巡簷)'은 사람들이 오고가는 처마 앞을 말한다.

여러 아우들의 〈단비〉에 화답하다

和諸弟喜雨

문발 너머 봄 경물은 아직 변해 가는데　　　　　隔簾春事尚躝珊,
한번 비가 내려 봄가뭄을 달래었네.　　　　　　一雨田家慰旱乾.
깊은 산골 저녁연기 가라앉아 일지 않고　　　　幽壑暮煙沉不起,
짧은 울타리 남은 눈이 녹젖어 사라졌네.　　　短籬殘雪濕難看.
시내 이끼 골짝 물방울은 새롭게 빛을 내고　　溪苔澗溜新生色,
대나무 매화숲은 느직이도 추위 타고 있네.　　竹樹梅林晚弄寒.
타향살이[1] 신세에도 풍년을 기대하나니　　　旅食可期禾穀稔,
시골 사또 칭송하며[2] 평안함을 축원하네.　　更於邊候祝平安.

---

1) 타향살이: '여식(旅食)'은 타향에서 사는 것을 말한다.
2) 칭송하며: '경(更)'은 선(善)이나 미(美)의 뜻으로, 칭송함을 말한다.

산림 생활에 붓 가는대로 쓰다 일곱 수

林居信筆 七首

물고기 떠다니고 새가 나는 곳이나 　　　　　　魚鳥飛浮裏,

티끌먼지 자욱한 세상 속에서 　　　　　　　　塵埃湏洞間.

속세 벗어날 줄 알지도 못하거늘 　　　　　　不能知免俗,

어찌 머물 산 없다고 한탄하리오 　　　　　　何得恨無山.

서린 뿌리1) 쓰일 기량 보여주지 못하고 　　　　未効盤根用,

늙어서도 구유 앞에 엎드린 게2) 기이해라. 　　猶殘伏櫪奇,

수나라 구슬3) 끝내 어둠 속에 처하니 　　　　隋珠終處暗,

더듬어 찾은들 마침 뉘 알아보랴? 　　　　　摸索竟誰知?

---

1) 서린 뿌리: '반근(盤根)'은 반근착절(盤根錯節)의 준말로, 나무의 뿌리와 그루터기가 서리고
구부러지며 가지와 마디가 서로 뒤섞인 것을 말하니, 일의 사정이 어렵고 복잡함을 비유하는
말이다. 진(晉)나라 원굉(袁宏)의 《후한기(後漢紀)》〈안제기(安帝紀)〉에 의하면, 조가현(朝
歌縣)에서 반란이 일어났는데 우후(虞詡)가 현령으로 가게 되자 사람들이 걱정하여 말하기를,
"뜻은 쉬움을 구하지 않고, 일은 험함을 피하지 않는 것이 신하의 도리이다. 서린 뿌리와
뒤섞인 마디를 만나지 않으면 어찌 예리한 기량을 분별할 수 있겠는가?[志不求易, 事不避難,
臣之職也. 不遇盤根錯節, 何以別利器乎?]"라고 하였다.

2) 구유 앞에 엎드린 게: '복력(伏櫪)'은 말이 구유에 엎드리는 것으로 사람에게 길들여짐이니,
높은 뜻을 지녔으나 숨어살며 때를 기다리는 것을 말한다. 삼국시대 위(魏)나라 조조(曹操)의
〈보출하문행(步出夏門行)〉에 "늙은 천리마가 구유에 엎드려도 뜻은 천리 밖에 있으며, 열사
가 늙었어도 장렬한 마음은 그침이 없도다.[老驥伏櫪, 志在千里, 烈士暮年, 壯心不已.]"라
고 하였다.

3) 수나라의 구슬: '수주(隋珠)'는 수후주(隋侯珠)의 준말로, 큰 뱀이 은덕을 갚기 위해 수나라
제후에게 바쳤다고 하여 영사주(靈蛇珠)라고도 하며, 구슬이 밝게 빛난다고 하여 명월주(明
月珠)라고도 한다. 화씨벽(和氏璧)과 마찬가지로 천하에 으뜸가는 보배를 말하니, 재주 있는
사람을 비유하는 말이다.

이런 물건을 장차 어디에 쓰겠는가?　　　　　　此物將何用?

긴 몸뚱이 자유로울 수 있으리.　　　　　　　長身可自由.

시모임에 솜씨 보이기 어렵고　　　　　　　　騷壇難出手,

명리를 돌아보기에도 게으르니.　　　　　　　名利懶回頭.

걱정과 기쁨 모두 잊고자 하는데　　　　　　　臏欲忘憂樂,

무엇 때문에 옳고 그름을 생각 하리오?　　　　因何念是非?

농부와 말의 지혜4) 없어서는 안 되나니　　　　不無農馬智,

변방 노인 기지5) 놓칠까봐 두렵구나.　　　　深恐失邊機.

고달프게 살았어도 한탄한 적 없었건만　　　　窮塗曾不恨,

어려움이 많다보니 시름할 줄 알게 되네.　　　多難始知愁.

조정의 일일랑 조무래기6) 맡겨놓고　　　　　廟筭寄黃口,

산림에서 지내며 흰머리로 늙으리라.　　　　林居餘白頭.

밤새 안개 깔리더니 이내 비가 내리고　　　　宿霧仍成雨,

늦가을7)이 바짝 겨울에 다가가네.　　　　　窮秋遽壓冬.

---

4) 농부와 말의 지혜: '농마지(農馬智)'는 늙은 농부와 늙은 말의 지혜라는 뜻으로, 오로지 한 가지 일에 정력을 기울여서 행하다 보면 좋은 성과를 거두게 된다는 말이다. 공자는 일찍이 제자인 번지(樊遲)가 농사짓는 방법을 묻자, "나는 늙은 농부보다 못하다." 하였으며, 춘추시대 제(齊)나라 관중(管仲)은 산속에서 길을 잃었다가 늙은 말을 뒤따라가 길을 찾았다고 한다. 당나라 한유(韓愈)의 〈상양양우상공서(上襄陽于相公書)〉에, "말의 지혜가 관중만 못하고 농부의 재능이 공자보다 못하지만, 이와 같은 것은 성현의 재능은 여러 가지이고 농부와 말의 지혜는 오직 한 가지이기 때문이다."라고 하였다.

5) 변방 노인 기지: '변기(邊機)'는 새옹지마(塞翁之馬)를 가리킨 말로, 자신의 현재 재앙이 장차 길복이 되리라는 기대를 나타낸 것이다.

6) 조무래기: '황구(黃口)'는 황구소아(黃口小兒)의 준말로, 나이가 어리고 무지한 사람을 가리키는 말이다.

바람이 잦으니 날아가는 새가 없고[8] 　　風多無去鳥,

강물이 차가우니 잠겨있는 용[9] 있다네. 　　江冷有潛龍.

몸 온전히 하는 방술 부질없이 배워놓고 　　漫學全身術,

홀로 돌아가려는 마음 오랫동안 품었네. 　　長懷獨往心.

발 없는 좋은 구슬[10] 　　　　　　莫敎無脛玉,

보잘 것 없게[11] 되진 말지어. 　　　　還作不祥金.

---

7) 늦가을: '궁추(窮秋)'는 만추(晩秋) 또는 심추(深秋)이니, 음력 9월을 가리킨다.

8) 바람이 …… 새가 없고: 어떤 일을 예측하여 미리 대비해야 함을 나타낸 것이다. 《회남자(淮南子)》〈무칭훈(繆稱訓)〉에 "鵲巢知風之所起."라고 하여 까치는 본래 바람을 예감하는 능력이 있어 바람이 많이 불 것 같으면 둥지를 낮은 곳에 틀었다고 한다.

9) 잠겨있는 용: '잠룡(潛龍)'은 천지자연의 양기(陽氣)가 가라앉아 숨어있는 것을 말하니, 《주역》〈건괘(乾卦)〉에 "初九, 潛龍勿用."이라 하였는데 이정작(李鼎祚)이 마융(馬融)의 설명을 인용하여 "사물은 용보다 큰 것이 없다. 그러므로 용을 빌려서 하늘의 양기를 비유한 것이다. 초구는 건자(建子: 동지)의 달이니 양기가 비로소 황천에서 움직이되 아직 싹트지 않고 숨어있기 때문에 '잠룡'이라고 한다.[物莫大於龍, 故借龍以喩天之陽氣也. 初九, 建子之月, 陽氣始動於黃泉, 旣未萌芽, 猶是潛伏, 故曰潛龍也.]"라고 하였다. 이에 성인이 아랫자리에 있으면서 몸을 숨기고 드러내지 않는 것을 비유하거나, 현명하고 재주 있는 사람이 때를 만나지 못함을 비유하기도 한다.

10) 발 없는 좋은 구슬: 무경옥(無脛玉)은 무경이지(無脛而至), 곧 발이 없이 이르는 구슬이라는 뜻으로, 현명한 사람은 부르지 않아도 저절로 그를 사랑하는 사람에게 이른다는 말이다. 공융(孔融)의 〈논성효장서(論盛孝章書)〉에 "주옥은 발이 없는데 스스로 이르는 것은 사람이 그를 좋아하기 때문이니, 하물며 현명한 사람이 발을 가지고 있음에랴[珠玉無脛而自至者, 以人好之也, 況賢者之有足乎?]"라고 하였다.

11) 보잘 것 없게: 좋은 칼이 되지도 못하고 도리어 보잘것없는 쇠붙이가 되어 버렸다는 말이다. 《장자(莊子)》〈대종사(大宗師)〉에 의하면, "지금 위대한 대장장이가 쇠를 녹이는데, 쇠가 펄쩍 뛰면서 말하기를, '나는 장차 반드시 마야검이 되리라.'고 한다면, 대장장이는 반드시 이를 상서롭지 못한 쇠로 여길 것이고, 지금 한번 사람의 형체를 가졌다고 해서 말하기를, '사람일 뿐이다, 사람일 뿐이다.'고 한다면, 무릇 조물주가 반드시 그를 상서롭지 못한 사람이라 여길 것이다.[今大冶鑄金, 金踊躍曰, '我且必爲鏌鋣.' 大冶必以爲不祥之金, 今一犯人之形而曰, '人耳人耳.' 夫造化者, 必以爲不祥之人.]"라고 하였다. 송나라 왕안석(王安石)의 〈화최공도가풍금(和崔公度家風琴)〉에 보면 "이 몸이 높은 자리 매임에 본래 마음 없었는데, 모든 구멍에서 소리 날 때 옥소리가 있었구나. 마야검을 만들어 남의 부림이 되고자 했건만, 그대는 상서롭지 못한 쇠인 줄 알고 비웃겠구나.[繫身高處本無心, 萬竅鳴時有玉音. 欲作鏌耶爲物使, 知君能笑不祥金.]"라고 하였다.

가을날 멀리 바라보며

秋日延眺

경세제민 평생토록 쓸데없이 기약하다	經濟平生浪自期,
백년 일생에 지난 어리석음만 남았네.	百年今世了前癡.
집 짓고 전답 사던[1] 날을 매우 아쉬워해도	深憐問舍求田日,
이제는 쇠약해져 늘그막에 든 때일 뿐[2]	還是從衰得老時.
이름 난 산 만나더라도 걸어가기 어렵고	縱遇名山難着脚,
멋진 경치 볼 적마다 시를 읊지 못 하네.	每逢佳景未吟詩.
풍광을 보답함에 정말 방책 없다보니	風光報答眞無策,
가을 경치 곳곳마다 기묘함에 부끄럽네.	媿爾秋容處處奇.

---

1) 살 집 짓고 전답 사던: '문사구전(問舍求田)'은 살 집을 구하고 밭을 사는 일을 말하니, 단지 개인의 작은 이익만 구하고 원대한 뜻이 없음을 형용한 것이다.

2) 쇠약해져 …… 든 때일 뿐: '종쇠득로(從衰得老)'는 삼국시대 위(魏)나라 혜강(嵇康)이 "몸이 쇠해지면 백발이 나고, 백발이 나면 노년에 접어들며, 노년에 접어들면 곧 죽음에 이른다.[從衰得白, 從白得老, 從老得終.]"고 하였다.

납일 뒤에 함장[1]의 시운에 차운하다

臘後次含章韻

섣달이라 지난밤에 납향[2]했는데	季月前宵臘,
뜬구름처럼 홀가분한 몸이라.	浮雲自在身.
겨우 버티어서 절기 차서 더듬으니	扶持探節序,
매화 버들[3] 정신[4]을 다투누나.	梅柳妬精神.
냇물은 새로 녹은 눈 받아들이고	水納新融雪,
산은 반쯤 새어든 봄기운 머금었네.	山舍半漏春.
아이들은 도리어 할 일을 잘 알아서	兒童還解事,
고기 잡을 낚싯줄을 미리 갖추는구나.	准備釣魚綸.

---

1) 함장: 윤순지의 둘째 아우 윤원지를 말한다.
2) 납향: '납향(臘享)'은 납일(臘日)에 한 해의 농사와 그 밖의 일들을 조상이나 신들에게 고하는
   제사를 말한다. 납일은 매년 마지막 달 가운데 조상이나 신에게 제사지내는 날을 말하는데,
   신라시대에는 12월 인일(寅日)을, 고려 문종 때에는 술일(戌日)을, 그 뒤에는 대한(大寒)
   전후의 진일(辰日)을 납일로 삼았다가 조선시대에 와서는 대한 뒤의 미일(未日)을 납일로
   삼았다.
3) 매화 버들: 도잠(陶潛)의 〈납일(臘日)〉에 "매화 버들 문 옆에 심었더니, 한 가지에 아름다운
   꽃이 있구나.[梅柳夾門植, 一條有佳花.]"라고 하였다.
4) 정신: 나무의 생기를 말한다.

함장의 시운을 다시 쓰다

再疊含章韻

들새는 술병 들라[1] 자꾸만 지저귀고	野鳥提壺數,
물고기는 반찬으로 자주 오르네.	江魚入饌頻.
속세의 티끌이 이르지 못하는 곳이요	風塵未到處,
이 세상에 얽매이지 않는 사람이로다.	天地不覊人.
이끼는 시냇가의 남은 눈에 젖어있고	苔液溪邊雪,
매화는 납일 뒤의 봄기운을 빼앗았네.	梅爭臘後春.
이 시절에 한 번쯤 취하는 일 없다면	此時無一醉,
어찌 대장부로 태어났다 할 수 있으랴?	郍得丈夫身?

---

1) 술병 들라: '제호(提壺)'는 제호로(提壺蘆) 또는 제호로(提胡蘆)라고 쓰며, 물새의 일종인
   제호(鵜鶘)이다.

입으로 읊조리다[1]

口占

이 물건이 어쩌다가 이곳에 왔는가?	此物何來此?
내가 사는 동안에 나를 잊고자 하네.	吾生欲忘吾.
어찌하여 수고롭게 잘난 학문[2] 했던가?	豈容勞北學?
이제는 또한 나무아미타불 염송하네.	今且念南無.
다만 공명이 가까이 다그쳐서	但恐功名逼,
이내 예법에 구속될까 두렵네.	仍成禮法拘.
깨닫고 나서 도리어 스스로 웃나니	悟來翻自笑,
내 신세는 본래 마른 그루터기[3]이라네.	身世本枯株.

---

1) 입으로 읊조리다: '구점(口占)'은 즉흥적으로 입으로 읊조려서 시를 짓는 것을 말하며, 구호 (口號)'라고도 한다.

2) 잘난 학문: '북학(北學)'은 주나라 때 경성에 설치된 최고 학부 가운데 하나로서, 하나라와 은나라와 주나라의 최고 학부 안에는 동서남북 사학(四學)과 태학(太學)이 있었다. 그리고 《맹자》〈등문공상(滕文公上)〉에 의하면, "내가 중국의 것으로써 오랑캐를 변화시켰다는 것은 들었어도 오랑캐에 의해 변화되었다는 것은 듣지 못했소. 진량은 초나라 태생으로 주공과 중니의 도를 좋아하여 북쪽으로 와서 중국을 배운 자인데 북방의 학인들이 그보다 앞서지 못하였으니 그 사람은 이른바 호걸한 선비요.(吾聞用夏變夷者, 未聞變於夷者也. 陳良, 楚産也, 悅周公仲尼之道, 北學於中國, 北方之學者, 未能或之先也, 彼所謂豪傑之士也.)" 라고 하였다.

3) 마른 그루터기: '고주(枯株)'는 마른 그루터기와 썩은 나무[枯株朽木]를 말하며, 쓸모없는 사람을 비유한다.

궁녀의 원망

宮怨

꿈속에서 간절함도 깨고 나면 글러지고　　　　　　夢裏慇懃覺後非,
옥 누각 구슬발이 저 멀리서 아롱아롱.　　　　　　玉樓珠箔遠依依.
아침 되어 향로[1] 앞에 홀로 기대 서있는데　　　朝來獨倚熏籠立,
앞 궁전의 예쁜 궁녀 시침하고 돌아가네.　　　　　前殿佳人侍寢歸.

---

1) 향로: '훈롱(熏籠)'은 훈롱(燻籠)이라고도 하며, 화로 위를 덮어서 향을 피우거나 몸을 덥히는
용도로 쓰는 물건이다.

우연한 감흥

偶興

홀로 봄 술 따르면서 다시금 시를 읊고　　　　獨斟春酒更吟詩,
한가로이 창가에서 바둑 한판 두도다.　　　　　閑覆晴窓一局碁.
산빛은 구름 띠고 난간 앞에 나오고　　　　　　岳色帶雲當檻出,
대 그림자 빗발 섞이어 처마에 드리웠네.　　　竹陰和雨拂簷垂.
인간 세상 다스릴 뜻 없는 게 아니었건만　　　人間經濟非無意,
속세 밖 그윽한 정취에 스스로 기약 두었네.　物外幽閑自有期.
자식 혼사 마칠 때면 몸이 이미 늙을 테니　　婚嫁畢時身已老,
상평[1]의 은거 계획 늦는 게 너무 싫었네.　　尚平歸計太嫌遲.

---

1) 상평: 동한(東漢) 때 상장(尚長)은 자가 자평(子平)으로 자녀들의 혼인을 모두 마치고나서
곧바로 산림에 은거했다고 하는 고사이다.

뒷산에 올라

登後山

유쾌하게 산에 올라 눈길 멀리 보내며	快送登臨眼,
웅대하게 큰 회포를 가슴속에 삼켰어라.[1]	雄呑八九胸.
세월은 지나가는 새와 같은데	古今如過鳥,
세상에 깊이 잠긴 용이 있도다.	江海有潛龍.
가을하늘 맑게 개니 안개구름 탁 트이고	秋霽煙氛豁,
수풀에 서리 내려 울긋불긋 단풍 짙네.	林霜紫翠重.
술에 살짝 취하니 시 생각이 왕성한데	酒酣詩思健,
하늘가에 외로운 산봉우리 바라누나.	天末倚孤峯.

---

1) 큰 회포를 가슴속에 삼켰어라: 한나라 사마상여(司馬相如)의 〈자허부(子虛賦)〉에 "운몽택 같은 것을 그 가슴속에 여덟아홉 삼켰으니, 일찍이 꼭지나 겨자가 아니었도다![呑若雲夢者八九於其胸中, 曾不蔕芥!]"라고 하였다.

유[1] 장성현감을 전송하다

送柳長城

아름다운 음악 소리[2] 청묘[3]의 비파이고	朱絃淸廟瑟,
〈백설가〉[4]는 영사람 지은 노래로다.	白雪郢人詞.
극선의 계수나무[5] 언제인지 알랴마는	郤桂知何日,
반악이 심은 꽃[6]은 이제야 한창이로다.	潘花此一時.
구름 산[7]이 저 멀리 변방까지 이어지고	雲山連遠徼,
거문고와 두루미[8] 행차 깃발[9] 따르도다.	琴鶴伴征麾.

---

1) 유: 유시영(柳時英)을 말하는 듯하다. 인조 13년(1635)에 전라도 장성현감으로 부임하였다.
2) 아름다운 음악 소리: '주현(朱絃)'은 거문고나 비파 따위의 현악기를 가리키고, '주현삼탄(朱絃三歎)'은 아름답고 미묘한 음악을 가리킨다.
3) 청묘: 옛날 제왕이 선조에게 제사드릴 때 사용하던 악장 이름. 청묘(淸廟)는 제왕의 종묘를 가리키니 태묘(太廟)라고도 한다.
4) 〈백설가〉: '영중백설(郢中白雪)'을 말하니, 〈백설(白雪)〉과 〈양춘(陽春)〉은 옛날 초나라의 가곡 이름으로, 곡조가 매우 고상하여 그 노래를 듣고 감히 화답하는 사람이 없을 정도였다고 한다.
5) 극선의 계수나무: '극계(郤桂)'는 극선단계(郤詵丹桂)의 준말이다. 과거에 급제하여 명성을 얻음을 말한다. 진(晉)나라 극선(郤詵)이 현량대책(賢良對策)에서 장원급제하자 진무제(晉武帝)가 극선에게 소감을 물었는데 스스로 "계수나무 숲의 가지 하나이고, 곤륜산의 옥돌 한 조각입니다.[桂林之一枝, 崑山之片玉.]"라고 하였다는 고사이다.
6) 반악이 심은 꽃: '반화(潘花)'는 반악(潘嶽)이 하양(河陽) 현령으로 있을 때 곳곳에 복사나무와 자두나무를 심었다고 한다.
7) 구름 산: 높이 솟아 구름 속으로 들어간 산을 가리키거나, 티끌세상을 멀리 떠난 지방으로 은둔하는 사람이나 집을 나온 사람이 사는 곳을 말한다.
8) 거문고와 두루미: '금학(琴鶴)'은 옛사람이 항상 거문고와 학을 서로 좇으면서 청고(淸高)하고 염결(廉潔)함을 나타냈다. 당나라 정곡(鄭谷)의 〈증부평이재(贈富平李宰)〉에서 "무릇 그대가 청렴하고 가난하건만, 거문고와 학이 가장 서로 친했구나.[夫君淸且貧, 琴鶴最相親.]"라고 하였으며, 오대(五代) 제기(齊己)의 〈기경호방간처사(寄鏡湖方干處士)〉에서 "듣건대 그대는 거문고, 두루미와 더불어, 하루 종일 고깃배에 있다고 하는구나.[聞君與琴鶴, 終日在

애석해라 유공권[10]은 손에 붓을 잡고서   可惜公權筆,

부질없이 버들 심는 시만 베끼겠구나.[11]   空書種柳詩.

　　漁船.]"이라고 하였다.

　9) 행차 깃발: '정휘(旌麾)'는 정패(征旆)라고도 하니, 옛날 관리들이 멀리 갈 때 지니고 갔던
　　깃발을 말한다.

10) 유공권: '공권(公權)'은 당나라 유명한 서예가 유공권(柳公權)을 말한다.

11) 부질없이 …… 베끼는구나: '종류시(種柳詩)'는 버들 심는 사람인 도잠의 시를 가리킨다.
　　도잠(陶潛)은 문밖에 다섯 그루의 버드나무를 심고 스스로 오류선생(五柳先生)이라고 불렀는
　　데 뜻이 고상하여 전원으로 돌아가는 것을 말하는데, 여기서는 당나라 유공권이 천자의 원회
　　(元會)에서 점점 정신이 흐릿하여 깜박하는 일이 있었고, 주청을 잘못하는 일이 있어 어사가
　　탄핵하여 녹봉을 감할 정도였으나 늙도록 벼슬을 그만두고 물러나지 않아 사람들이 안타까워
　　한 것을 조정의 현실에 빗대어 말한 것이다.

가을구경

秋望

아픈 다리 가을 되니 이내 튼튼해지고	病脚秋仍健,
시의 정취 늙을수록 점점 호방하구나.	詩情老轉豪.
강물이 깊으니 배는 저절로 평온하고	江深舟自穩,
하늘이 아득하여 머리 자주 긁는구나.	天逈首頻搔.
기운은 다 떨치고 나르려 하는데	氣欲飄飄擧,
몸은 한 걸음씩 높은 데로 오르네.	身還步步高.
바람과 구름과[1] 함께 약속하며	風雲齊約束,
해 질녘 막걸리 동이 곁에 두었네.	落日傍樽醪.

---

1) 바람과 구름과: '풍운(風雲)'은 《주역》에서 "구름은 용을 쫓고 바람은 범을 쫓으니 성인이
일어서면 만물이 바라본다.[雲從龍, 風從虎, 聖人作而萬物睹.]"고 했듯이 같은 종류끼리
서로 감응하는 것을 말하는데, 서로 우연히 만나거나 서로 좇는 것을 비유하는 말로 쓰인다.

정학사에게 편지를 보내다

東鄭學士

온 세상에 어느 누가 나를 알아주겠소?	擧世誰知我?
집이 이웃하여서도 그대 보지 못했구려.	連墻不見君.
매양 꽃 피고 달 뜨는 밤이 되면	每因花月夜,
혜초 난초 향기[1] 맡기를 생각하네.	思挹蕙蘭芬.
앉는 자리 마련하니 서치 맞을 걸상[2]이요	座設迎徐榻,
사람들이 많다 보니 〈책심문〉[3]이 나온 게라오.	人多責沈文.
술 단지에 봄 술 내음 진하나니	鑪頭春酒重,
오늘 혹시 같이 취해 보시려나.	今日倘同醺.

---

1) 혜초 난초 향기: 절조 있는 고아한 인품을 가리킴. 여기서는 상대방(정학사)과의 교우를 높여 말한 것.

2) 서치 맞을 걸상: '서탑(徐榻)'은 서치탑(徐稚榻)의 준말로, 현탑(懸榻) 또는 현상(懸床)의 고사를 말한다. 동한(東漢)의 서치는 자가 유자(孺子)이며 남주(南州)의 고사(高士)인데, 상서령(尙書令) 진번(陳蕃)이 상소해서 천거하고 황제가 안거(安車)와 현훈(玄纁)을 내려서 불러도 나아가지 않았으며, 친구의 상사(喪事)가 있으면 안장을 지고 음식을 준비해가서 조문하니, 이에 친구 진번이 다른 사람의 방문은 일체 거절하고 서치가 찾아오면 반갑게 맞이하여 의자에 앉게 하고 돌아가면 다시 의자를 매달아 놓았다고 한다.

3) 〈책심문〉: '책심문(責沈文)'은 심제량(沈諸梁)을 책망하는 글이라는 뜻으로, 현철한 사람을 알아보지 못함을 책망하는 글을 말한다. 송나라 진관(陳瓘)은 당시 현인이던 정호(程顥)를 알아보지 못하고 범조우(范祖禹)에게 물어본 것을 부끄럽게 여기고 스스로 〈책심문〉을 지었다고 한다. '책심(責沈)'은 《논어》〈술이(述而)〉에 나오는 말로, 춘추시대 섭공(葉公) 심제량(沈諸梁)이 공자의 인물됨에 대해 자로(子路)에게 물었는데 자로가 대답해주지 않자, 이에 공자가 "그 사람됨이 학문에 감정이 북받치면 식사를 잊고 학문을 즐김에 근심걱정을 잊으며, 늙음이 장차 이르는 것조차 알지 못하였다.[其爲人也, 發憤忘食, 樂以忘憂, 不知老之將至云爾.]"라고 말하지 못했다고 책망한 것을 말한다.

양양부사 이숙향[1] 경생을 전별하다 두 수

奉贐襄陽使君李叔向 更生 二首

형양[2]은 동쪽 바다 구름 사이 뚝 떨어져	荊襄東去水雲間,
오리 신발[3] 훨훨 날아도 오르지 못한다네.	鳧鳥翩翩未可攀.
마을이 크게 도읍 되어 푸른 바다를 바라보고	閭里大都臨碧海,
고을 안에 살면서도 절로 푸른 산을 마주하네.	邑居還自對靑山.
관사가 한가로워 방울소리[4] 봄에 울리지 않고	官閑鈴索春無事,
인심이 질박하여 시골 사립문을 밤에 닫지 않네.	俗朴郊扉夜不關.
섭현[5]에서 진흙 걸러[6] 단약을 다렸지만[7]	葉縣定泥丹竈藥,

---

1) 이숙향: 이경생(李更生)이니, 자가 숙향(叔向), 본관이 전주(全州)로, 김장생(金長生)의 문인이다. 1623년에 김화현감, 이듬해 상의원판관(尙衣院判官)이 되고, 이괄(李适)의 난 때에는 임금을 공주까지 호종하였다. 1627년 정묘호란 때에는 이서(李曙)의 종사관이 되어 군사를 모집하였고, 1632년 풍덕군수에 이어 한성서윤·양양부사 등을 역임하고, 1636년 공조정랑을 거쳐 청도군수·인천부사·나주목사를 지냈다.

2) 형양: 강원도 양양을 가리키는 말이다.

3) 오리 신발: '부석(鳧舃)'은 오리 신발로 지방 관리가 임지로 행차하는 것을 말한다. 후한(後漢) 때 왕교(王喬)가 섭현(葉縣) 현령이 되어 수레를 타지 않고 먼 경사(京師)를 오고가곤 하였는데, 임금이 그것을 괴이하게 여겨 그 내막을 알아보게 하니, 그가 올 때마다 오리 두 마리가 동남쪽에서 날아왔으며, 그물을 쳐서 오리를 잡고 보니 바로 왕교의 신이었다는 고사이다.

4) 방울 소리: '영색(鈴索)'은 고을 사또의 방에 설치한 방울 달린 끈으로, 경보(警報)를 하거나 고을 사또에게 용무가 있는 사람이 이 끈을 당겨서 방울을 울렸다고 한다.

5) 섭현: 후한 때 왕교(王喬)가 섭현(葉縣) 현령이었는데 신선의 방술을 좋아하였다.

6) 진흙 걸러: '정니(定泥)'는 이전성금(煎泥成金)을 말하니, 진흙탕을 달여서 금을 이룬다는 말이다.

7) 단약을 다렸지만: '단조(丹竈)'는 도교에서 금석을 정련(精煉)하여 단약(丹藥)을 만드는 일을 말하며, 단두(丹頭)라고도 한다. 섭현(葉縣) 현령으로 나간 왕교(王喬)가 신선의 방술을 좋아하여 진흙탕을 거르고 단약아궁이에 불 때서 단환(丹丸)을 구하려고 했던 일을 말한 것이다.

부디 그대 거울 속 얼굴 머무르기 바란다네.[8]   憑君要駐鏡中顔.

방장산과 봉래산[9]은 모두 아득히 멀지만   方丈 蓬萊摠渺茫,
낙산[10] 풍경 빼어나니 바로 신선 세계일세.   洛山形勝卽仙鄕.
높은 하늘 선학 타고[11] 천제들과 소통하고   雲霄笙鶴通群帝,
금빛 단청 누대 법당에 부처 모셔 두었다네.   金碧樓居捧法王.
어부들[12]이 한밤중에 강원 와서 게송 듣고   龍伯夜聆經院偈,
계수 향기 가을마다 스님[13] 선방에 들어오네.   桂香秋入贊公房.
명승지에 빚만 지니 인연 다시 얕아지고   名區有債緣還淺,
세상살이에 살쩍 벌써 셈 무척 부끄럽네.   深愧泥塗鬢已霜.

---

8) 부디 …… 바란다네: 발그레한 거울속의 얼굴이 오래지 않아 창백하게 변해가듯이 세월이
   금방 흘러가겠지만 황금이나 단약으로도 만들 수 없는 몸과 얼굴을 잘 보존하길 바란다는
   당부의 말이다.

9) 방장산과 봉래산: 동해에 있다는 삼신산(三神山)의 봉래(蓬萊)·방장(方丈)·영주(瀛洲) 가
   운데 두 산을 가리킨다.

10) 낙산: 강원도 양양군의 북쪽에 위치한 산으로 낙산사가 있는 곳이다.

11) 선학 타고: ‘생학(笙鶴)’은 신선이 학을 타고 생황을 연주하는 것으로, 일반적으로 선학(仙鶴)
    을 뜻한다.

12) 어부들: ‘용백(龍伯)’은 옛날 전설속의 거인국의 거인을 가리키는 말이나, 고기 잡는 어부를
    비유한다.

13) 스님: ‘찬공(贊公)’은 당나라 때 스님으로 두보(杜甫)와 서로 사귀었는데, 보통 고승을 가리
    키는 말로 사용한다. 두보의 〈대운사찬공방(大雲寺贊公房)〉에 “불등 그림자 비쳐 잠 못 이루
    고, 마음이 맑으니 불당 향내 맡는구나.[燈影照無睡, 心淸聞妙香.]”이라 하였다.

홍경사[1]를 지나며

過弘慶寺

작은 기슭 한번 떠서 강가에다 붙였는데　　　　一抔丘麓倚江濱,
고려왕이 이곳에다 군대 주둔 했다 하네.　　　　見說麗王此駐軍.
낙엽이 행랑 전각 주춧돌 모두 묻었고　　　　　碉葉揔埋行殿礎,
이끼[2] 피어 옛 비문을 온통 파먹었다네.　　　　土花全蝕古碑文.
다비하고[3] 극락정토[4] 어느 날에 가셨는지　　　茶毗寶界知何日,
불 타버린[5] 절터에는 저녁 구름 덮여있네.　　　灰刦香臺有暮雲.
지난 시절 흥망성쇠 물어보려 하였건만　　　　欲問向來興廢事,
다만 단풍 어지러이 지는 것만 바라보네.　　　只看紅葉落紛紛.

---

1) 홍경사: 봉선홍경사(奉先弘慶寺) 또는 홍경원(弘慶院)이라고도 한다. 1021년에 형긍(逈兢)
　선사가 왕명을 받들어 창건하였다. 충청남도 천안의 직산(稷山)에 있었는데, 절은 없어지고
　한림학사 최충(崔冲)이 글을 지은 비석만 남아 있다.
2) 옛 비석: '토화(土花)'는 돌에 낀 이끼를 말한다.
3) 다비하고: '다비(茶毗)'는 불에 태운다는 뜻으로, 죽은 사람의 시신을 태워서 유골을 거두는
　장례식을 말한다.
4) 극락정토: '보계(寶界)'는 아미타불이 살고 있는 극락정토(極樂淨土)를 말한다.
5) 불 타버린: '회겁(灰刦)'은 회겁(灰劫) 또는 겁회(劫灰)라고도 하며, 세계가 멸망할 때 일어나
　는 큰 불의 재를 말한다.

승방 벽에 쓰다
題僧壁

나막신 신고[1] 스님 뵈러[2] 시내 굽이 건너니　　　雙蠟隨緣度澗阿,

윗방의 누대 전각 안개 서린 넝쿨[3]이 에워싸.　　　上方臺殿鎖煙蘿.

좋은 필체[4] 쓰인 옛 벽에는 단청이 남아있고　　　龍蛇古壁丹青在,

과두문자[5] 큰 비석[6]에 새긴 그림 여럿이네.　　　蝌蚪豐碑刻畫多.

어둔 골짝 저녁구름 색계[7]를 어지럽히고　　　陰洞暮雲迷色界,

저문 숲에 성근 비 불계[8]를 어둡게하네.　　　晩林疎雨暗頭陀.

부들방석 잠시 치며 무생 법문 설교 듣고[9]　　　蒲團暫打無生話,

인간 번뇌 세월[10] 쫓아감 문득 깨닫는구나.　　　陸覺塵煩逐逝波.

---

1) 나막신 신고: '쌍랍(雙蠟)'은 밀랍으로 칠한 나막신을 말한다.

2) 스님 뵈러: '수연(隨緣)'은 부처가 중생에게 응하는 연으로 교화를 베푸는 것을 말한다. 연(緣)은 몸과 마음이 외물의 감촉을 대하는 것을 가리킨다. 또는 기연(機緣)에 순응하는 것이나, 자연에 맡기는 것을 말한다.

3) 안개 서린 넝쿨: '연라(煙蘿)'는 초목이 무성하게 빽빽하고 안개가 자욱하며 넝쿨이 뒤엉킨 것을 이른다. 또는 그윽한 곳에 살거나, 수진(修眞)하는 곳을 가리킨다.

4) 좋은 필체: 화려한 필체를 용사비등(龍蛇飛騰)이라 이른다.

5) 과두문자: '과두(蝌蚪)'는 고대 중국의 황제(黃帝) 때 창힐이 만들었다는 문자이다. 글자 모양이 머리는 굵고 끝이 가늘어서 올챙이를 닮았으며, 새의 발자국에서 암시를 얻어 만들었다고 한다.

6) 큰 비석: '풍비(豐碑)'는 공적을 기록한 거대한 석비(石碑)를 말한다.

7) 색계: '색계(色界)'는 중생이 생사윤회(生死輪廻)하는 세계인 삼천(三天) 중의 하나이다. 탐욕의 세계인 욕계(欲界), 색욕의 세계인 색계(色界), 정신의 세계인 무색계(無色界)가 있다. 여기서는 인간세계, 곧 현상계를 불계(佛界), 곧 관념 세계에 대비하는 의미로 쓰였다.

8) 불계: '두타(頭陀)'는 속세의 모든 번뇌를 끊고 청정하게 불도를 닦는 스님을 말한다. 또는 불계(佛界)를 통칭하기도 한다.

9) 무생 법문 설교 듣고: '무생화(無生話)'는 무생무멸(無生無滅)의 법문을 설교하는 것을 말한다.

10) 세월: '서파(逝波)'는 한번 가서 돌아오지 않는 물이나, 흘러가는 세월을 비유하는 말이다.

겨울날 우연히 읊다

冬日偶吟

바깥 날씨[1] 내 자신 게으르게 만들건만 物意成吾懶,
아이들은 제 맘대로 나가 놀고 있구나. 兒曹任爾爲.
뜬 구름도 그 모양이 일정하지 않으니 浮雲不定態,
오늘 날씨 끝내 누가 알 수 있겠는가? 今日竟誰知?
절기 중에 청양 가절[2] 닥쳐오는데 歲色靑陽逼,
고향생각 그리다가 흰머리만 느는구나. 鄕心白髮垂.
매화 버들 비친 모습 무척이나 예쁘니 絶憐梅柳影,
봄기운이 꿈틀대며 남쪽 가지 향하누나. 春動向南枝.

---

1) 바깥 날씨: '물의(物意)'는 경물의 정태(情態)나 날씨를 가리키는 말이다.
2) 청양 가절: '청양(靑陽)'은 봄철을 말하니, 음력 1월의 별칭이다. 《시자(屍子)》〈인의(仁意)〉
   에, "봄에는 청양이라 하고, 가을에는 주명이라고 한다."[春爲靑陽, 夏爲朱明.]고 하였다.

함장[1]의 시운을 다섯 번 겹쳐 쓰다[2]

五疊含章韻

세상 예법 내 자신을 따분하게 구속하여	禮法拘吾懶,
부평초와 쑥대처럼 떠도는 몸 되었어라.	萍蓬任此身.
해가 갈수록 오히려 몸이 아파 누워있고	經年猶臥病,
객지생활 오래되어 절로 마음 아프구나.	久客自傷神.
땅이 멀리 떨어져서 먼저 해를 맞이하고	地逈先迎日,
산색이 밝은지라 일찌감치 봄을 보리라.	山明早見春.
한나라 조정에는 사냥 따를 신하[3] 없건만	漢庭無羽獵,
헛되이 위천[4]에서 낚싯줄만 잡고 있구나.	虛把渭川綸.

---

1) 함장: 윤순지의 둘째 아우 윤원지를 말한다.
2) 시운을 다섯 번 겹쳐 쓰다: '첩운(疊韻)'은 한시에 있어서 같은 운자(韻字)를 거듭하여 쓰는
   것을 말한다.
3) 사냥 따를 신하: '우렵(羽獵)'은 제왕이 사냥하러 나갈 때 군사들이 날개 화살을 지고 따라가
   는 것을 말하는데, 사냥을 따라감에 날개 장식의 화살을 등에 진다는 뜻이다.
4) 위천: 위수(渭水)의 유역을 가리키니, 옛날 여상(呂尙) 강태공(姜太公)이 낚시하던 곳으로,
   나이 70세에 위수(渭水) 물가 반계(磻溪)에서 낚시하여 80세가 되어 문왕(文王)을 만나서
   천거되어 등용되었다.

산림생활

林居

수풀 아래 내 집이라 시냇가를 곁에 두고	林下吾家傍水涯,
대 울타리에 넝쿨 길 삐뚜름이 번었구나.	竹籬蘿徑趁欹斜.
산에 늘어선 오랜 나무 달을 지탱하고	山排古木撑持月,
봄이 보낸 활발한 꾀꼬리 꽃 구경하누나.	春送流鸎點檢花.
다만 술동이가 저녁경치 바쳐서	但遣清樽供暮景,
귀밑머리 세어도 세월 한탄 하지 않네.	不將衰鬢恨年華.
내일 저녁 대문 앞길 그려 보노라니	明宵想像門前路,
복사 자두 꽃길[1]에 지는 노을 비치네.	桃李成蹊襯落霞.

---

1) 복사 자두 꽃길: '도리성혜(桃李成蹊)'는 복숭아꽃과 자두나무 꽃은 말이 없으나 그 아래
자연히 길이 이루어진다는[桃李不言, 下自成蹊.] 말로 학덕을 갖추면 자연스럽게 사람들이
찾아온다는 뜻이다.

두보의 〈상춘〉[1]을 본뜨다

擬傷春

내 늦게 태어남을 한탄하지 아니하고	不恨吾生晚,
나라의 옛 위용[2]을 깊이 탄식하노라.	深嗟舊國容.
땅의 형세는 우임금의 영토와 맞닿고	地圖連禹甸,
군대 병력은 절로 기자조선 봉토되었네.	兵力自箕封.
게다 또한 삼천 명의 날랜 군사 있었으며	亦有三千士.
험준하고 견고한 산하[3] 없었던 게 아니로다.	非無百二重.
금과 비단 헤아리기 수고로웠고	金繒勞筭策,
옥과 폐백 조공 길[4] 가로 막았네.	玉帛阻朝宗.

---

1) 〈상춘〉: 당나라 두보가 난리를 피해 촉땅에 있을 때 지은 〈상춘오수(傷春五首)〉를 말한다. 제1수를 보면, "천하에 병사가 비록 가득하나, 봄빛은 날마다 절로 짙어가도다. 서경은 백번 싸움에 지쳐있고, 북쪽 궁궐은 많은 흉도에게 맡겨졌어라. 변방 관문 3천리 밖이고, 안개꽃은 만 겹이나 되도다. 전란을 입어 맑은 이슬 급하니, 임금 숙소 장차 누가 수호하리오. 은나라는 지난 왕조의 도를 회복하고, 주나라는 옛날 나라 모습으로 옮겨가도다. 봉래산에 구름 기운이 넉넉하니, 응당 모두 용을 쫓아감이 마땅하리라.[天下兵雖滿, 春光日自濃. 西京疲百戰, 北闕任羣凶. 關塞三千里, 煙花一萬重. 蒙塵淸露急, 御宿且誰供. 殷復前王道, 周遷舊國容. 蓬萊足雲氣, 應合總從龍.]"하였다.

2) 나라의 옛 위용: '구국용(舊國容)'은 훌륭했던 선왕(先王)의 정치를 회복하여 옛날 나라의 위용을 되찾음을 말한다. 두보(杜甫)의 〈상춘오수(傷春五首)〉 가운데, "은나라는 예전 임금의 도를 회복하였고, 주나라는 옛날 나라의 모습으로 옮겨간다.[殷復前王道, 周遷舊國容.]"라고 하였다.

3) 험준하고 견고한 산하: '백이(百二)'는 둘로써 백을 대적한다는 말로, 산하가 험난하고 견고함을 비유한다.

4) 조공 길: '조종(朝宗)'은 옛날에 제후가 봄과 여름에 천자를 알현하던 일로, 신하가 제왕을 조회하는 일을 말한다. 봄에 알현하는 것을 조(朝)라 하고, 여름에 알현하는 것을 종(宗)이라 하고, 가을에 알현하는 것을 근(覲)이라 하고, 겨울에 알현하는 것을 우(遇)라고 하였다.

성대한 나라 대업 점점 무너지니　　　　　　盛業還陵替,

뉘 다시 충성스러운 신하[5] 되리오　　　　　何人更折衝?

불쌍하다, 서울 나그네　　　　　　　　　　可憐京華客,

말 세우고 변방 봉홧불 보누나.　　　　　　立馬看邊烽.

---

5) 충성스러운 신하: '절충(折衝)'은 적의 창끝을 꺾는다는 뜻으로, 상대와 교섭하거나 제압하여
　　목적을 이루고 승리를 쟁취하는 신하, 곧 충성스럽고 용맹한 신하를 말한다.

또
又

시들시들 붉은 꽃잎 이울어가고	蕭蕭紅將謝,
파릇파릇 푸른 잎이 더부룩해지네.	菲菲綠漸苞.
숲 속에 비둘기는 방금 비를 부르고[1]	林鳩纔喚雨,
들보에 제비들은 짐짓 둥지 찾는구나.	梁燕故尋巢.
경치나 구경하며 편안하게 늙어가고	撫景安垂老,
문을 닫고 느짓이 비웃음을 푸는구나.[2]	關門懶解嘲.
옥구슬을 품은 죄[3] 너무나 많은지라	己多懷璧罪,
어찌 쇠 끊는 사귐[4] 자랑할 수 있으리오?	寧恃斷金交?
세상 일을 마침내 평정하기 어렵거늘	世事終難定,

---

1) 비를 부르고: '환우(喚雨)'는 환우구(喚雨鳩)의 준말로, 얼룩비둘기를 말한다. 얼룩비둘기가 울면 비가 곧잘 내렸기 때문에 붙여진 이름이다.

2) 비웃음을 푸는구나: '해조(解嘲)'는 사람들의 비웃음을 받고 스스로 해소한다는 뜻이다. 한나라 양웅(揚雄)이 《태현경(太玄經)》을 지을 때 권세에 아부하여 출세한 사람들이 그의 담박한 생활을 비웃었는데, 스스로 이를 해소하는 글을 지어 '해조(解嘲)'라고 하였다.

3) 옥구슬을 품은 죄: '회벽죄(懷璧罪)'는 구슬을 품은 죄라는 말로, 자기 분수에 맞지 않는 귀한 물건을 지니고 있으면 재앙을 부를 수 있음을 나타낸 말이다. 춘추시대 노(魯)나라 왕 우공은 욕심이 많아 동생 우숙이 가지고 있던 구슬을 탐냈다. 그러나 우숙은 구슬이 아까워 내놓지 않다가 얼마 뒤 우숙이 "주나라의 속담에 '필부는 죄가 없어도 구슬을 가지고 있으면 그것이 곧 죄가 된다.[匹夫無罪, 懷玉其罪.]'라고 하며 우공에게 구슬을 주었다. 그리고 얼마 뒤 우공이 다시 우숙이 가지고 있는 보검을 달라고 하자 우숙은 형 우공이 욕심이 많아 언젠가는 목숨까지 빼앗을 것이라는 생각에 반란을 일으켰고, 우공은 도망가게 되었다는 고사이다.

4) 쇠 끊는 사귐: '단금교(斷金交)'는 금란지교(金蘭之交)를 말하며, 매우 두터운 우정을 뜻하는 말이다. 《주역》〈계사전〉에 "두 사람이 마음을 같이하니 그 예리함이 쇠를 끊는다. 마음을 같이하는 말은 그 향기가 난초와 같다.[二人同心, 其利斷金, 同心之言, 其臭如蘭.]"고 하였다.

나의 삶을 던지지 못함이 부끄럽도다.　　　　　　　吾生愧未抛.

아아! 예나 지금이나 같은 마음이니　　　　　　　　咄嗟今古意,

쓸쓸하게 두 겹 띳집에 기대는구나.　　　　　　　　牢落倚重茅.

또
又

아아! 무슨 일에 관여할 수 있겠는가?	呰呰關何事?
답답한 심정 스스로 금할 수 없구나.	悠悠自不禁.
세상 처신[1] 내 맘대로 하기조차 어려운데	行藏難任性,
자녀 혼사 마치기[2]를 어찌 맘에 두리오?	婚嫁豈嬰心?
바깥 인심이 부질없이 깔보고 딱딱대니	物態空陵勁,
떠돌이 신세 이처럼 딱하고 초라하네.[3]	羈形此陸沉.
내 자신이 내치니 남들도 버렸거늘	己拚人共棄,
어찌하여 늙음이 다시 닥쳐오는가?	何意老還侵?
전쟁 겪어 세상천지 온통 부서지고	兵革乾坤破,
어지러운 세상에 세월만 깊어가네.	風塵日月深.
한평생 장부의 뜻 펼치고자 했건만	平生丈夫志,
한밤중에 〈백두음〉[4]을 노래하는구나.	中夜白頭吟.

---

1) 세상 처신: '행장(行藏)'은 세상에 나서고 집에 있는 처신의 일을 말한다. 《논어》〈술이(述而)〉에 보면, "공자가 안연에게 말하기를, '등용되면 도를 행하고, 버려지면 몸을 숨겨야 하니 오직 나와 너만이 이것을 하겠구나!'라고 하였다.[子謂顏淵曰, '用之則行, 舍之則藏, 唯我與爾有是夫!']"는 데서 나온 말이다.

2) 자녀 혼사 마치기: 여기서 '혼가(婚嫁)'는 자녀 혼사를 마치고 산수유람하는 것을 가리킴. 동한(東漢)의 고사 상장(向長)은 자가 자평(子平)으로 상평(向平)이라고도 부르는데, 은거하여 벼슬을 하지 않고 자녀의 혼사를 마치자 마침내 오악(五岳)과 명산을 유람하였다는 고사가 있다. 이에 상평지원(向平之願)은 자녀의 혼사를 마치는 것을 가리키게 되었다.

3) 딱하고 초라해라: '육침(陸沉)'은 육지에 물이 없어서 그대로 가라앉는다는 것으로, 은거함을 비유하거나 높은 벼슬에 등용되지 못하고 매몰되어 불우한 처지에 있는 인재를 사람들이 알아주지 못함을 비유한다.

자고나서 우연히 읊다

睡罷偶吟

나지막한 산기슭은 평야에 닿아있고	短麓臨平野,
성긴 울을 지는 꽃이 에워쌌구나.	疎籬遶落花.
물가 구름 가벼이 떠 나무숲을 가리고	渚雲輕翳樹,
강 비 멀리 날려 모래밭에 잠기네.	江雨遠沉沙.
경물 모습 더욱 심하게 부쳐오나니	物意憑陵甚,
시 지을 재료 점점 더 쌓여가도다.	詩材積漸加.
문발 걷어 올리고 졸린 눈을 떠보니	捲簾開睡睫,
봄 농사에 뽕나무와 대마가 걱정이라.	春事惱桑麻.

늦봄에 감회를 적다

暮春紀感

세상일은 어찌할 수 없다는 걸 알지만	世事知無奈,
봄날 경치[1] 이미 절로 시들어가는구나.	烟花已自稀.
이리저리 떠돌면서 근심 속에 지내니	飄零愁裏過,
지난 사십육년이 모두 그릇되었네.[2]	四十六年非.
술 단지에 술이 부글부글 들끓고	樽蟻嘈嘈咽,
숲 속에 꾀꼬리는 줄줄이 나는구나.	林鸎續續飛.
눈앞에 경치 좋은 계절을 만나서	眼中形勝節,
웅대한 뜻이 어긋남을 문득 깨닫는구나.	便覺壯心違.

---

1) 봄날 경치: '연화(烟花)'는 연화(煙花), 연화(煙華)와 같은 말로 남기와 안개가 자욱한 것과 같은 번화한 꽃을 가리키거나, 안개 속에 핀 봄꽃을 가리키니 아름다운 봄날 경치를 말한다. 남조 양(梁)나라 심약(沈約)의 〈상춘(傷春)〉에 "아름다운 봄빛이 금원에 들었고, 안개 봄꽃 켜켜 굽이를 둘렀도다.[年芳被禁籞, 煙花繞層曲.]"라고 하였다.

2) 지난 사십육년 …… 그릇되었네: 춘추시대 위(衛)나라 대부인 거백옥(蘧伯玉)이 "나이 50세 때 지난 49년의 잘못을 깨달았다.[年五十而知四十九年非.]"고 하였는데, 지난 46년 동안의 삶이 잘못되었다는 뜻이다.

시골생활
郊居

문밖 들판 숨어산 지 몇 해나 지났는가?	竄跡郊園歲幾淹?
한 떼기 솔밭 대숲이 띳집 처마에 어우러졌네.	一區松竹映茅簷.
귀뚜라미 달밤에 우니 가을이 문에 닥치고	蛩謠咽月秋侵戶,
산기운이 안개에 날리니 밤이 문발에 듣는구나.	山氣霏煙夜滴簾.
혼자 사는[1] 살림살이 초라해도 괜찮으나	索處不妨生計拙,
병만 남은 귀밑머리 세는 것은 두렵구나.	病餘猶怕鬢華添.
등잔 앞에 묵묵하게 지난 일을 생각하니	燈前默想年前事,
조정[2] 문서[3]들을 손 가는대로 잡았지.[4]	珍舘牙籤信手拈.

---

1) 혼자 사는: '삭처(索處)'는 '삭거(索居)'와 같은 말이니, 친구나 친지와 헤어져서 쓸쓸하게 혼자 사는 것을 말한다.
2) 조정: '진관(珍舘)'은 대진관(臺珍舘)의 준말로 대각(臺閣)을 말하니, 곧 조정을 가리킨다.
3) 문서: '아첨(牙籤)'은 상아나 뼈로 만든 책 속에 끼워서 표지(標識)로 삼는 첨대로, 문서나 서적을 말한다.
4) 손 가는대로 잡았지: '신수념(信手拈)'은 신수념래(信手拈來)의 준말로, 생각하지 않고 손이 가는대로 잡는 것을 말한다.

밤에 앉아

夜坐

들판 오솔길에 푸른 풀이 이어지고 　　野徑連靑草,
마을 연기가 흰 모래밭을 에웠도다. 　　人煙繞白沙.
문발이 듬성해서 달빛이 새어 들고 　　簾踈通月色,
울타리 터져서 물빛[1]이 어른거리네. 　　籬缺動川華.
경물 기색[2]이 가을이라 쇄락하고 　　物候逢秋落,
나그네 고향 생각 밤들어 더해지네. 　　羈懷入夜加.
깊은 밤에 근심하다 그냥 잠이 들어서 　　深更愁祇睡,
쓸쓸한 꿈속에 또 집으로 돌아가누나. 　　寒夢又還家.

---

1) 물빛: '천화(川華)'는 낭화(浪花)와 같은 말로, 시냇물이 일렁이며 생기는 물빛의 번득임을
　　가리킨다.
2) 경물 기색: '물후(物候)'는 동식물이 계절의 기후에 따라 변화하는 주기적 현상으로, 보통
　　시령(時令)을 가리키니, 절기나 기후를 말한다.

취한 뒤에 재미삼아 읊조리다

醉後戱占

늙어온 것도 별달리 대수롭지 않았고
덧없는 인생 또한 그럭저럭 지내왔구나.
인생백년 오히려 짧은 것이 한스럽거늘
이쪽저쪽 귀밑머리 벌써 반백 되었도다.
스스로 삼매경1)을 궁구하지 못한다면
누구인들 팔환2)을 잘 알 수가 있겠는가?
다만 세상 굴레3)에 매여 사는 처지이지만
물과 구름4) 사이에서 흠뻑 술에 취하노라.

到老殊容易
浮生亦等閒.
百年猶恨小,
雙鬢已成斑.
不自窮三昧,
誰能了八還?
祇堪遺俗累,
沈醉水雲間.

---

1) 삼매경: '삼매(三昧)'는 마음을 한 가지 일에 집중시키는 일심불란(一心不亂)의 경지나 사물에 열중함을 이르는 말이다.

2) 팔환: 여덟 가지로 변화한 상(相)이 각자 그 근본으로 돌아가는 것을 말한다. 곧 밝음은 해로 돌아가고, 어둠은 흑월(黑月)로 돌아가고, 통함은 창문으로 돌아가고, 가려 막힘은 담장으로 돌아가고, 인연은 분별로 돌아가고, 형상이 없는 것은 텅 빈 데로 돌아가고, 어둡고 막힘은 먼지로 돌아가고, 청명함은 개임으로 돌아간다.[明還日輪, 暗還黑月, 通還戶牖, 壅還墻, 宇 緣還分別, 頑虛還空, 鬱還塵, 淸明還霽.]는 것이다. 흑월은 한 달 중에 뒤에 오는 15일을 말한다.

3) 세상 굴레: '속루(俗累)'는 세상일에 이끌리거나 얽매이는 것을 말한다.

4) 물과 구름: '수운(水雲)'은 물과 구름이 서로 접하는 경치를 말한다. 또는 안개가 피어오르는 곳으로, 은자가 사는 곳을 가리킨다.

감회를 적다

述懷

꼿꼿한 성격[1]이라 예의 차릴 줄도 모르고	傲骨仍無禮,
빠짝 마른 몸뚱이는 점점 둔해지는구나.	枯骸漸不仁.
이미 몸에 근력이 탕진했음을 알았으며	已知筋力盡,
오직 타고난 참된 성정만이 남아있구나.	唯有性情眞.
학문은 삼년 동안 실력 쌓음[2]을 구하고	學要三冬富,
집안 네 벽 모두 비어도[3] 달게 여기노라.	家甘四壁貧.
사람이 살아감에 청주 탁주[4] 마셔야 하고	生涯酒賢聖,

---

1) 꼿꼿한 성격: '오골(傲骨)'은 꼿꼿하여 대쪽 같은 성격이나, 도도하여 굽히지 않는 기개를
말한다.

2) 3년 동안 실력 쌓음: '삼동부(三冬富)'는 송나라 육유(陸遊)의 〈왕무남제거만사(汪茂南提擧
挽詞)〉에서 "학문은 이미 세 번의 겨울로 풍부해지고, 책은 오히려 만권을 지녔구나.[學已三
冬富, 書猶萬卷藏.]"라고 하였다. 이는 《한서(漢書)》〈동방삭전(東方朔傳)〉에서 "나이 열셋
에 글을 배우고, 세 겨울이면 문사를 족히 쓸 만하리라.[年十三學書, 三冬文史足用.]"라고
한 데서 연유한 것이다.

3) 네 벽 모두 비어도: '사벽빈(四壁貧)'은 송나라 필중유(畢仲游)의 〈만조단우저작(輓晁端友
著作)〉에서 "배우기를 좋아하여 다섯 수레의 책을 읽었고, 재물을 경시하여 집안 네 벽이
가난하였네.[好學五車富, 輕財四壁貧.]"라고 하였다. 《사기》〈사마상여열전(司馬相如列
傳)〉에서 "탁문군이 밤에 도망하여 상여에게 달아나자 상여가 이내 함께 성도를 내달렸는데
집안에는 한갓 네 벽만 서있을 뿐이었다.[文君夜亡奔相如, 相如乃與馳成都, 家居徒四壁
立.]"라고 하여 사벽(四壁)이 집안이 빈한하여 하나도 소유한 것이 없음을 형용하는 말이
되었다.

4) 청주 탁주: '주현성(酒賢聖)'은 청주(清酒)를 성인(聖人)이라 하고, 탁주(濁酒)를 현인(賢
人)이라 하는 것을 말한다. 《삼국지》〈위지(魏志)·서막전(徐邈傳)〉에서 "평일에 취객이 이르
기를, 술의 맑은 것이 성인이 되고, 탁한 것이 현인이 된다.[平日醉客謂, 酒清者爲聖人,
濁者爲賢人.]"이라 하였고, 당나라 이백의 〈월하독작(月下獨酌)〉에서는, "이미 맑은 것을
성인에 비김을 들었고, 다시 탁한 것을 현인이라고 말하더라. 성인과 현인을 이미 모두 마셨으
니, 어찌하여 신선을 구할 필요가 있겠는가?[已聞清比聖, 復道濁如賢. 聖賢旣已飲, 何必

몸 아플 때에는 주약 보약5) 있어야 하노라.	契闊藥君臣.
이 세상을 다스리랴6) 길 헤맨 것이 슬프고	撫世悲迷路,
자취 숨기고7) 나루터 묻기8)에 게을렀구나.	沉冥懶問津.
부평초 떠돌듯이 오래도록 나그네 되었는데	萍浮長作客,
쓸모없는 나무9)가 그래도 사람이 되었도다.10)	樗散尙爲人.
숨어살려는 그 곳11)으로 돌아가는 그 날은	白社歸來日,
현도관12)에 복사꽃이 흐드러진 봄날이리라.	玄都爛熳春.
지초 난초 부질없이 아름다움 내보이고	芝蘭空委美,
복사 자두 제멋대로 싱그러움 다투리라.	桃李漫爭新.
재미있게 즐기면서 여러 사람 뒤따르고	行樂從餘子,
이리저리 거닐면서 이 몸뚱이 맡기리라.	逍遥任此身.

求神仙?]"라고 하였다.

5) 주약 보약: '약군신(藥君臣)'은 약을 조제할 때 병을 치료하는 주약(主藥)을 군(君)이라 하고, 이를 돕는 보약(補藥)을 신(臣)이라고 한다.

6) 이 세상 다스리랴: '무세(撫世)'는 무세수물(撫世酬物)의 준말로, 정사를 다스리고 사람과 사물을 접대하는 것을 말한다.

7) 자취를 숨기고: '침명(沉冥)'은 은거하여 자취를 숨기는 것으로 현적(玄寂)과 같은 말이며, 은거하는 사람을 가리키기도 한다.

8) 나루터 묻기: '문진(問津)'은 나루터를 묻는다는 것은 올바른 삶의 길이나 정치의 방도를 탐구하는 것을 비유하는 말이다. 《논어》〈미자(微子)〉에서 공자가 자로로 하여금 장저(長沮)와 걸닉(桀溺)에게 나루터를 묻게 하였다는[使子路問津] 고사로, 세상이 혼탁하여도 숨어살지 아니하고 세상에 나아가 사람들과 함께 하며 올바른 정치가 행해지고 올바른 도가 행해질 수 있도록 노력해야 함을 말한다.

9) 쓸모없는 나무: '저산(樗散)'은 저력산목(樗櫟散木)의 준말로, 가죽나무와 상수리나무는 재목이 될 수 없는 쓸모없는 나무라는 뜻인데, 재능이나 실력이 부족한 사람을 비유한다.

10) 남을 위했도다: '위인(爲人)'은 '위인모(爲人謀)'를 말하니, 남을 위해 일을 꾸미고 행하는 것을 말한다.

11) 숨어살려는 그 곳: '백사(白社)'는 은둔한 선비를 가리키거나, 은자의 거처를 말한다.

12) 현도관: '현도(玄都)'는 전설 속에 신선이 사는 곳을 말한다. 당나라 유우석(劉禹錫)의 〈희증간화제군자(戲贈看花諸君子)에서 "현도관 안에는 복사나무 천 그루니, 이는 모두 유랑이 떠난 뒤에 심은 거라.[玄都觀裏桃千樹, 盡是劉郎去後栽.]"라고 하였다.

어찌 날개가 부러진 것을 슬퍼하랴?   豈容悲折翼?

늘 숨은 용[13] 일으킴을 생각할지어다.   恒恐起潛鱗.

---

13) 숨은 용: '잠린(潛鱗)'은 잠룡(潛龍)과 같은 말로, 성인이 아랫자리에 있으면서 몸을 숨기고 드러내지 않는 것이나, 현명하고 재주 있는 사람이 때를 만나지 못함을 비유한다.

선원[1] 상국께서 문책 받고 사직했다는 말을 듣다

김상용 공의 호이다

聞仙源相國遭嘖言辭位 金公尙容號

우뚝한 지주산[2]이 퇴폐한 세파 겪으며	屹然砥柱閱頹波,
문을 열고 현사 맞음에 예우를 갖췄도다.	開閤迎賢禮作羅.
한나라 조정에 가의[3] 나무란 이 많다 해도	假使漢庭多短誼,
누가 줄곧 소하 따른 조참만 하겠는가?[4]	孰如曹相一遵何?
온화하게 사람 대하니 도량이 한이 없고	陽和接物無邊幅,
충심에서 말 하나니 다듬지를 않았도다.	忠讜由心不琢磨.
오늘날 백성들이 모두 은택 받았으니	今日生靈皆受賜,
오래도록 강물처럼 기릴 것을 알겠노라.	可知千古似江河.

---

1) 선원: 김상용(金尙容, 1561~1637)은 자가 경택(景擇), 호가 선원(仙源)·풍계(楓溪)·계옹(溪翁)이다. 인조반정 뒤에 대사헌·형조판서·우의정을 지냈다. 병자호란 때 왕족을 호종하고 강화로 피난 갔다가 이듬해 강화산성이 함락되자 자살하였다.

2) 지주산: 하남성 삼문협(三門峽) 동북쪽 황하 중심에 있는 산이다. 황하의 물결이 아무리 거세게 흘러도 이 산을 무너뜨리지 못하고, 이 지점에 와서 갈라져 두 갈래로 산을 싸고 흐른다. 흔히 난세에 지조를 지키는 선비를 비유하는 말로 쓰인다.

3) 가의: 가의(賈誼)는 최연소로 박사가 된 중국 전한 문제 때 사람이다. 진나라 때부터 내려온 율령·관제·예악 등의 제도를 개정하고 전한의 관제를 정비하는 의견을 올렸는데, 당시 고관들의 시기로 좌천되자 자신의 불우한 운명을 굴원(屈原)에 비유하며 〈복조부(鵩鳥賦)〉와 〈조굴원부(弔屈原賦)〉 등을 지었다. 4년 뒤에 복직하여 문제의 막내아들 양왕(梁王)의 태부가 되었으나, 왕이 낙마하여 급서하자 이를 애도한 나머지 1년 뒤인 33세 나이에 죽었다.

4) 누가 줄곧 …… 하겠는가: 한나라 초기에 소하(蕭何)가 법을 제정하였는데, 조참(曹參)이 그 뒤를 이어 상국(相國)이 되었으나 그 법을 변경하지 않고 그대로 따르자 백성들이 노래를 지어 부르면서 "소하가 제정한 법이 일직선을 긋듯이 명백했는데, 조참이 대신하여 지키면서 그 정신을 잃지 않았도다.[蕭何爲法, 顜若畫一, 曹參代之, 守而勿失.]"라고 칭송하였다.

저자 **윤순지(尹順之)**

1591(선조 24) 生 ~ 1666(현종 7) 沒

해평윤문 백사 윤훤의 장자.

시집으로만 이루어진 문집 〈행명재시집〉 전 6권에 전생애의 시작이 실려있다.

초역 책임자 **조기영**

강원대학교 한문교육과 졸업

연세대 국문과 문학박사

초역 연구원 **이진영**

고려대학교 교육학과 문학박사

독서당고전교육원 교수

초역 연구원 **강영순**

연변대학교 조선어학부 졸업

서울대학교 철학과 박사과정 수료

고려대학교 교육학과 박사과정 재학

교열 **윤호진**

성균관대학교 문학박사

경상대학교 한문학과 교수

교열 **윤덕진**

연세대학교 문학박사

연세대학교 명예교수

독서당고전교육원 원장

역주 행명재시집 1

2021년 2월 8일 초판 1쇄 펴냄

저　자 尹順之
역　자 독서당고전교육원
발행인 김흥국
발행처 보고사

책임편집 이경민
표지디자인 손정자

등록 1990년 12월 13일 제6-0429호
주소 경기도 파주시 회동길 337-15 보고사
전화 031-955-9797(대표)
　　　02-922-5120~1(편집), 02-922-2246(영업)
팩스 02-922-6990
메일 kanapub3@naver.com / bogosabooks@naver.com
http://www.bogosabooks.co.kr

ISBN 979-11-6587-136-9
　　　979-11-6587-135-2 94810 (세트)
ⓒ독서당고전교육원, 2021

정가 25,000원